रोज़ एक कहानी

सआदत हसन मण्टो

सम्पादक

डॉ. नरेन्द्र मोहन

वाणी प्रकाशन

प्रकाशन के उत्कृष्टतम 62 वर्ष

पेपरबैक पहला संस्करण : 20
पेपरबैक दूसरा संस्करण : 20
पेपरबैक तीसरा संस्करण : 20
पेपरबैक चौथा संस्करण : 20.

vaniprakashan.com

वाणी प्रकाशन
4695, 21-ए, दरियागंज, नयी दिल्ली-110 002
फ़ोन : + 91 11 23273167, 23275710
शाखाएँ
अशोक राजपथ, पटना-800 004, बिहार
कॉफ़ी हाउस कैम्पस, महात्मा गांधी मार्ग, प्रयागराज-211 001, उत्तर प्रदेश
महात्मा गांधी अन्तरराष्ट्रीय हिन्दी विश्वविद्यालय, वर्धा-442 001, महाराष्ट्र
sales@vaniprakashan.in
vaniprakashan@gmail.com

Roz Ek Kahani
by Saadat Hasan Mnato
Edited by Dr. Narendra Mohan

ISBN : 978-93-5229-163-2
Collection of Stories

मूल्य : ₹ 295

जी.एस. ऑफ़सेट, दिल्ली-110 095 में मुद्रित

वाणी प्रकाशन का लोगो मक़बूल फ़िदा हुसैन की कूची से

रोज़ एक कहानी

सआदत हसन मंटो की कहानियाँ

कथाकार
जोगिंदर पाल के नाम

रोज़ एक कहानी और मंटो

सृजनात्मक लेखन में प्रतिभा बड़ी और बुनियादी चीज़ बेशक है, लेकिन कम कला-क्षमता वाले लेखकों के हाथ में बेजान-सी हो जाती है। ठीक है कि प्रतिभा के बिना कोरा अभ्यास दूर तक साथ नहीं देता और जिसे अभ्यास कहते हैं, देखा जाए तो वह रचना-कौशल ही है। उर्दू में इसे 'मश्के-सुखन'—कहने का अभ्यास या कौशल—कहा गया है। इसे शायरी या कथा-कथन की महारत भी कहा जा सकता है। दरअसल, प्रतिभा और अभ्यास मिलकर सृजन को उच्च स्तर तक ले जाते हैं, ले जा सकते हैं।

किसी बड़ी कृति के संदर्भ में यह कहना मुश्किल है कि प्रतिभा का रोल कहाँ खत्म हुआ और अभ्यास या रचना-कौशल ने कहाँ पाँव जमाने शुरू किए। दोनों एक-दूसरे में घुल-मिलकर, मिल-जुलकर ही रचना को सँवारते-निखारते और कृति को आकार देते हैं। यह एक ऐसा खेल है जिसके एक नहीं कई रंग हैं, एक नहीं कई ध्वनियाँ हैं, एक नहीं कई कोण हैं। प्रतिभा और अभ्यास के इस खेल को हर लेखक अपने-अपने तरीक़े से खेलता है—कभी खुद को तो कभी कृति को केंद्र में रखकर। ऐसे लेखक भी हैं जो अपनी रचना-प्रक्रिया की भनक तक नहीं पड़ने देते—कहते कुछ हैं, दिखाते कुछ हैं और करते कुछ और ही हैं। किसी लेखक की रचना-प्रक्रिया के रहस्यों को इन सबके बीच से ही पाना होता है। यही इसकी जटिलता है। सआदत हसन मंटो जैसे लेखक को लें जिन्होंने प्रतिभा और अभ्यास के इस मिले-जुले और अजीबोग़रीब खेल को अपनी शर्तों पर, अपनी तरह खेला है। एक जगह उन्होंने लिखा है कि शराब की तरह अफ़साना लिखने की उन्हें लत पड़ी हुई है। अफ़साना न लिख पाने की सूरत में उन्हें महसूस होता है कि जैसे उन्होंने कपड़े न पहने हुए हों या गुसल न किया हो या शराब न पी हो। मंटो ने जो कालजयी कहानियाँ लिखी हैं, उन्हें देखते हुए उनका

यह मानना "मैं अफ़साना नहीं लिखता, हक़ीकत यह है कि अफ़साना मुझे लिखता है", सही लगता है। देखने की बात यह है कि यहाँ मंटो और अफ़साना एक साथ हैं। अहमियत अफ़साने की ही है, पर मंटो भी कम नहीं हैं। इसमें शक नहीं कि उन्होंने लगातार लिखते हुए अपनी प्रतिभा और कला को कहानियों में निचोड़ दिया और कहानियों में जहाँ वे सृजन की बुलंदियों को छूते रहे, वहीं औसत, साधारण-सी दिखने वाली कहानियों में भी ज़िंदगी की सच्चाइयाँ गूँथते रहे और अफ़सानों में अपने सृजनात्मक व्यक्तित्व के हर पहलू को इस तरह उजागर करते रहे, गोया ज़िंदगी की जुर्राब के धागों को उधेड़ रहे हों।

1990 में मैंने 'सआदत हसन मंटो की कहानियाँ' और 1991 में 'सआदत हसन मंटो के नाटक' जैसी दो बड़ी किताबें संपादित की थीं, जिनकी हिंदी और उर्दू के साहित्यिक क्षेत्रों में व्यापक चर्चा रही। पाठकों का एक बड़ा समुदाय इन कहानियों और नाटकों से विचलित, उद्वेलित और प्रेरित होता रहा है। भारतीय भाषाओं और विश्व की कई भाषाओं के रचनाकारों तक जब ये कहानियाँ अनूदित होकर पहुँचीं तो वे मंटो की कहानी-कला से बेहद प्रभावित हुए। मैं स्वयं उनकी कहानियों से रचनात्मक स्तर पर बिंधा रहा हूँ—कभी 'एक अग्निकांड जगहें बदलता' जैसी लंबी कविता लिखते हुए तो कभी 'टोबा टेकसिंह' से प्रेरित होकर 'नो मैंस लैंड' नाटक लिखते हुए। बहरहाल, मंटो भारतीय उपमहाद्वीप की अंतश्चेतना (साइकी) का स्थाई हिस्सा बन चुके हैं। यह तो है ही कि हम उन्हें बीसवीं शताब्दी के एक बड़े लेखक की हैसियत से आज भी अपने साथ महसूस करते हैं। इसमें संदेह नहीं कि आने वाली पीढ़ियाँ अपने समय और परिस्थिति में उनकी कहानियों के नए पाठ तैयार करेंगी।

विश्व-संदर्भ में और भारतीय संदर्भ में भी कहानीकार के नाते मंटो का ज़ायजा लेने की कोशिश उनकी केवल शिखर समझी जाने वाली कहानियों के सहारे संभव नहीं है। इसके लिए ज़रूरी है कि उनकी शिखर कहानियों के साथ-साथ नितांत साधारण समझी जाने वाली कहानियों और उनके ऐसे कथा-दौरों (जब उन पर सर्वाधिक दबाव रहे) को भी ध्यान में रखा जाए। ऐसी कुछ कहानियाँ और दौर जब मेरी नज़र से गुज़रे तो मुझे लगा कि इनके ज़रिए मंटो को, उनकी कहानियों, रोज़मर्रा की उनकी मनःस्थितियों और रुझानों को एक साथ समझने में

मदद मिल सकती है।

मंटो की रचना-प्रक्रिया पर बहुत कम लिखा गया है, उस पक्ष पर तो बिल्कुल नहीं, जब वे रोज़ एक कहानी लिखते थे। रोज़ लिखी जाती ये कहानियाँ बहुचर्चित या बड़ी बेशक न हों, लेकिन रोज़ लिखी जाने की एकमात्र वजह से इनकी तरफ ध्यान आकृष्ट होना स्वाभाविक है। मेरे विचार में मंटो के रचना-मन को समझने के लिए अन्य बातों के साथ-साथ इन कहानियों का संदर्भ लेना ज़रूरी है। उनकी कहानियों के दो ऐसे दौर हैं, जब वे रोज़ एक कहानी लिखते थे। आप इन्हें उनकी कहानियों के दो सिलसिले भी कह सकते हैं—पहला सिलसिला : 23 जुलाई, 1950 से 31 जुलाई, 1950 तक यानी 'गोली' से 'शारदा' तक कुल सात कहानियाँ, और दूसरा सिलसिला : 11 मई, 1954 से 1 जून, 1954 तक यानी 'बाई-बाई' से 'अनारकली' तक कुल उन्नीस कहानियाँ। सवाल है कि ऐसी क्या बाध्यता थी कि उन्हें रोज़ एक कहानी लिखनी ही पड़ती थी? क्या कहानी कहने के भीतरी, रचनात्मक दबाव उनसे रोज़ एक कहानी लिखवाते थे? क्या पत्रिकाओं के तकाज़ों से तंग आकर वे रोज़ कहानी लिखने बैठ जाते थे? क्या बीवी-बच्चों की ज़रूरतों को पूरा करने के लिए या शाम को शराब पीने की तलब उनसे ऐसा करवाती थी? क्या वे इतने खस्ता-हाल हो गए थे कि रोज़ पीने के लिए उन्हें रोज़ कुआँ खोदना पड़ता था? इन सवालों का सीधे-सीधे कोई एक जवाब नहीं हो सकता। संभव है कि कहानी लिखने के भीतरी दबाव और संपादकों के तकाज़े मिलकर उन्हें रोज़ एक कहानी लिखने की तरफ धकेल देते हों। जल्दबाज़ी में किसी निर्णय पर पहुँचने से पहले अच्छा यह होगा कि हम जानें कि मंटो इस बारे में क्या कहते हैं?

'मैं अफ़साना क्योंकर लिखता हूँ' लेख में अपनी रचना-प्रक्रिया की सलवटों को खोलते हुए वे एक जगह लिखते हैं : "अनलिखे अफ़सानों के दाम पेशगी वसूल कर चुका होता हूँ, इसलिए बड़ी कोफ्त होती है। करवटें बदलता हूँ। उठकर अपनी चिड़ियों को दाने डालता हूँ। बच्चों को झूला झुलाता हूँ। घर का कूड़ा-करकट साफ करता हूँ। जूते—नन्हे जूते जो घर में जहाँ-तहाँ बिखरे होते हैं, उठाकर एक जगह रखता हूँ। मगर कमबख्त अफ़साना जो मेरी जेब में पड़ा होता है, मेरे ज़ेहन में नहीं उतरता और मैं तिलमिलाता रहता हूँ।" मंटो के इस वक्तव्य से दो बातें बड़ी साफ हैं : एक—अफ़साना उन्हें लिखना ही है क्योंकि वे अनलिखे

अफ़साने के दाम पेशगी वसूल कर चुके हैं। इसीलिए वे अफ़साना लिखने के लिए तड़प रहे हैं, तिलमिला रहे हैं। बाहरी दबावों की वजह से एक नैतिक संकट (अनलिखे अफ़साने के दाम पेशगी वसूल कर चुकना) से उनका घिरे होना उन्हें मजबूर करता है कि वह कहानी लिखें। ध्यान दीजिए, रोटी और कला यहाँ परस्पर उलझे हुए हैं। 'मैं क्या लिखता हूँ' में एक स्थल पर वे कहते भी हैं : "रोटी और कला का संबंध प्रकटतः अजीब-सा मालूम होता है, लेकिन क्या किया जाए कि खुदावंद ताला को यही मंजूर है। वह खुद को हर चीज़ से निरपेक्ष कहता है—यह ग़लत है। वह निरपेक्ष और निर्लेप हरगिज़ नहीं है। उसको इबादत चाहिए और इबादत बड़ी ही नर्म और नाज़ुक-सी रोटी है, बल्कि यों कहिए चुपड़ी हुई रोटी है, जिससे वह अपना पेट भरता है।" रोटी और कला के इस अजीब-से संबंध को अपने स्नायु-तंत्र पर झेलते हुए, रोज़ एक अफ़साना लिखने की मजबूरी को भी मंटो ने एक कलाकार की हैसियत से निभाया है—ईमानदारी और सच्चाई के साथ, बिना कोई समझौता किए।

एक बार एक दोस्त ने मंटो से पूछा : "मंटो साहब, आप नावल क्यों नहीं लिखते?" मंटो साहब का जवाब था : "यहाँ रोज़ पीने को पैसा चाहिए। रोज़ अफ़साना लिखते हैं। मुआवज़ा मिल जाता है, अब नावेल कौन लिखे?"

यह अजब विरोधाभास है कि जो मंटो पैसे के लिए अफ़साने लिखते थे, उनके लिए पैसे की कोई अहमियत नहीं थी। रोज़मर्रा की ज़रूरतों के लिए उन्हें पैसा चाहिए था, लेकिन आत्म-सम्मान की क़ीमत पर नहीं। एक बार मंटो ने अमेरिकी पॉलिसी की नुक्ताचीनी करते हुए चचा 'साम' के नाम से कई पत्र लिखे थे, जिससे उन दिनों बवंडर-सा उठ खड़ा हुआ था। तब पाकिस्तान में अमेरिका के हाई कमिश्नर ने मंटो को संदेश भिजवाया : "अगर तुम हमारे अखबार के लिए लेख लिखो तो तुम्हें एक लेख पर पाँच सौ रुपए पारिश्रमिक दिया जाएगा।" मंटो को समझते देर न लगी कि यह उनको खरीदने की, उनकी ज़ुबान पर ताला लगाने की कोशिश है। आर्थिक परेशानियों से घिरे होते हुए भी उन्होंने साफ इंक़ार कर दिया : "मंटो फरोख्त नहीं हो सकता।"

मंटो की विसंगतियों और अंतर्विरोधों को, उनकी ज़िंदगी और साहित्य के रिश्तों को समझे बिना यह कहना बेमाने है कि वह ज़िंदगी-भर

पीते रहे और बेकायदा ज़िंदगी बसर करते रहे। पीने और जीने और लिखने की उनकी परिस्थितियों को सिर्फ़ सतह पर देखते हुए नहीं समझा जा सकता। उनकी ज़िंदगी की बाहरी-भीतरी सच्चाइयों में दूर तक झाँकते हुए वहाँ पहुँचा जा सकता है, जहाँ ज़िंदगी और मौत एक ही सिक्के के दो पहलू नज़र आने लगते हैं। फ़ैज़ अहमद फ़ैज़ ने एलिस के नाम खत में इस तरफ संकेत किया है : "बात यह है कि जब आर्थिक हालत की वजह से फ़न और ज़िंदगी एक दूसरे से टकरा रहे हों तो दोनों में से एक की कुर्बानी देनी पड़ती है।"

26 कहानियों के जो दो सिलसिले यहाँ दिए जा रहे हैं, वे मंटो की कहानी-कला के अंतिम दौर के हैं। दूसरे सिलसिले के छह महीने बाद उनका निधन (18 जनवरी, 1955) हो गया था। यही वह दौर है जब वे बेतहाशा पीने लगे थे—इतनी कि उनका जिगर छलनी हो गया था, लेकिन इसकी उन्हें परवाह नहीं थी। ध्यान दीजिए, इस दौर में वे लगातार लिखते रहे—रोज़ एक कहानी। वे ताउम्र ज़िंदगी को कहानी में और कहानी को ज़िंदगी में ढूँढ़ते रहे।

मंटो की इन कहानियों का अनुवाद श्री शंभु यादव ने किया है। श्री देवेंद्र इस्सर और डॉ. सादिक ने अनुवाद-कार्य को देखा-पड़ताला है—मंटो की भाषा, खास अंदाज़ और शैली को ध्यान में रखते हुए। अपने इन मित्रों का मैं हृदय से आभारी हूँ।

—नरेंद्र मोहन

अनुक्रम

पहला सिलसिला : गोली से शारदा तक

(23 जुलाई, 1950 से 31 जुलाई, 1950)

गोली

शफ़क़त दोपहर को दफ्तर से आया तो घर में मेहमान आए हुए थे। औरतें थीं जो बड़े कमरे में बैठी थीं। शफ़क़त की बीवी आयशा उनकी खातिरदारी में लगी थी। जब शफ़क़त सहन में दाखिल हुआ तो उसकी बीवी बाहर निकली और कहने लगी, "अज़ीज़ साहब की बीवी और उनकी लड़कियाँ आई हैं।"

शफ़क़त ने हैट उतारकर माथे का पसीना पोंछा, "कौन अज़ीज़ साहब।"

आयशा ने आवाज़ दबाकर जवाब दिया, "हाय, आपके अब्बाजी के दोस्त?"

"ओह, अज़ीज़ चाचा!"

"हाँ-हाँ, वही।"

शफ़क़त ने ज़रा हैरत से कहा, "मगर वह तो अफ्रीका में थे।"

आयशा ने मुँह पर अँगुली रखी, "ज़रा आहिस्ता बात कीजिए। आप तो चिल्लाना शुरू कर देते हैं—वह अफ्रीका ही में थे। लेकिन जो अफ्रीका में हो क्या वापस नहीं आ सकता।"

"लो, अब तुम लगीं मीन-मेख करने।"

"आप तो लड़ने लगे।" आयशा ने एक नज़र अंदर कमरे में डाली, "अज़ीज़ साहब अफ्रीका में ही हैं। लेकिन उनकी बीवी अपनी लड़की की शादी करने आई हैं। कोई अच्छा वर ढूँढ रही हैं।"

अंदर से अज़ीज़ की बीवी की आवाज़ आई, "आयशा, तुमने रोक क्यों लिया शफ़क़त को। आने दो—आओ, शफ़क़त बेटा, आओ, तुम्हें देखे इतनी मुद्दत हो गई है।"

"आया, चचीजान", शफ़क़त ने हैट स्टैंड की खूँटी पर रखा और अंदर कमरे में दाखिल हुआ, "आदाब अर्ज़ चचीजान!"

अज़ीज़ की बीवी ने उठकर उसको दुआएँ दीं। सिर पर हाथ फेरा और बैठ गईं। शफ़क़त बैठने लगा तो उसने देखा कि सामने सोफे पर दो गोरी-गोरी लड़कियाँ बैठी हैं। एक छोटी थी, दूसरी बड़ी। दोनों की शक्ल आपस में मिलती थी। अज़ीज़ साहब बड़े खूबसूरत आदमी थे। उनकी यह खूबसूरती उन लड़कियों

में बड़े दिलकश तौर पर बँटी हुई थी—आँखें माँ की थीं, नीली। बाल भूरे और काफी लंबे। दोनों की दो-दो चोटियाँ थीं। छोटी का चेहरा बड़ी के मुकाबले ज़्यादा निखरा हुआ था। बड़ी का चेहरा ज़रूरत से ज़्यादा गंभीर था।

उनकी माँ उनसे बोली, "बेटा, सलाम करो भाई को।"

छोटी ने उठकर शफ़क़त को आदाब अर्ज़ किया। बड़ी ने बैठे-बैठे ज़रा झुककर कहा, "तस्लीमात।"

शफ़क़त ने मुनासिब और मौज़ूँ जवाब दिया। इसके बाद अज़ीज़ साहब और अफ़्रीका के बारे में बातों का अटूट सिलसिला शुरू हो गया। नैरोबी, टांगानीका और राजधानी करातीना, युगांडा—इन सबकी बातें हुईं। कहाँ का मौसम अच्छा है, कहाँ का खराब है। फल कहाँ अच्छे होते हैं··· फलों का ज़िक्र छिड़ा तो छोटी ने कहा, "यहाँ हिंदुस्तान में तो निहायत ही ज़लील फल मिलते हैं।"

"जी, नहीं। बड़े अच्छे फल मिलते हैं, बशर्ते कि मौसम हो।" शफ़क़त ने हिंदुस्तान की आबरू बचानी चाही।

"ग़लत है," छोटी ने नाक चढ़ाई, "अम्मीजान, ये जो कल आपने मार्केट से माल्टे लिए थे क्या वहाँ के मचंगों का मुकाबला कर सकते हैं?"

लड़कियों की माँ बोली, "शफ़क़त बेटा, यह सही कहती है। यहाँ के माल्टे वहाँ के मचंगों का मुकाबला नहीं कर सकते।"

आयशा ने छोटी से पूछा, "तलअत, यह मचंगा क्या होता है—नाम तो बड़ा अजीबोग़रीब है।"

तलअत मुस्कराई, "आपा, एक फल है, माल्टे और मीठे की तरह। इतना लज़ीज़ होता है कि मैं बयान नहीं कर सकती—और रस, एक निचोड़िए—यह गिलास जो तिपाई पर पड़ा है, लबालब भर जाए।"

शफ़क़त ने गिलास की तरफ देखा और अंदाज़ा लगाने की कोशिश की कि वह फल कितना बड़ा होगा, "एक मचंगे से इतना बड़ा गिलास भर जाता है?"

तलअत ने बड़े गर्वीले अंदाज़ में जवाब दिया, "जी, हाँ।"

शफ़क़त ने यह सुनकर कहा, "तो फल यक़ीनन बहुत बड़ा होगा।"

तलअत ने सिर हिलाया, "जी नहीं—बड़ा होता है न छोटा—बस आपके यहाँ के बड़े माल्टे के बराबर होता है—यही तो उसकी खूबी है कि रस-ही-रस होता है उसमें, और अम्मीजान, वहाँ का अन्नानास—बड़ी रोटी के बराबर उसकी एक फाँक होती है।"

देर तक अन्नानास की बातें होती रहीं। तलअत बहुत बातूनी थी। अफ़्रीका से उसको इश्क़ था। वहाँ की हर चीज़ उसको पसंद थी। बड़ी जिसका नाम

निगहत था, बिल्कुल खामोश बैठी रही। उसने गुफ्तगू में कोई हिस्सा न लिया। शफ़क़त को जब महसूस हुआ कि वह खामोश बैठी है तो वह उससे बोला, "लगता है आपको इन बातों से कोई दिलचस्पी नहीं।"

निगहत ने अपने होंठ खोले, "जी नहीं—सुनती रही हूँ, बड़ी दिलचस्पी से।"

शफ़क़त ने कहा, "लेकिन, आप बोली नहीं।"

अज़ीज़ की बीवी ने जवाब दिया, "शफ़क़त बेटा, इसकी तबीयत ही ऐसी है।"

शफ़क़त ने ज़रा बेतकल्लुफी से कहा, "चचीजान, इस उम्र में लड़कियों को खामोशीपसंद नहीं होना चाहिए। यह भी कोई बात है मुँह में कुंगणियाँ डाले बैठे रहो।" फिर वह निगहत से बोला, "जनाब, आपको बोलना पड़ेगा।"

निगहत के होंठों पर एक शर्मीली मुस्कराहट पैदा हुई, "बोल तो रही हूँ, भाईजान!"

शफ़क़त मुस्कराया, "तस्वीरों से दिलचस्पी है, आपको?"

निगहत ने निगाहें नीची करके जवाब दिया, "जी, है।"

"तो उठिए मैं आपको अपना एलबम दिखाऊँ—दूसरे कमरे में है।" यह कहकर शफ़क़त उठा, "चलिए।"

आयशा ने शफ़क़त का हाथ दबाया। पलटकर उसने अपनी बीवी की तरफ सवालिया नज़रों से देखा। उसने आँखों-ही-आँखों में कोई इशारा किया, जिसे शफ़क़त न समझ सका। वह हैरान था कि खुदा मालूम क्या बात है कि उसकी बीवी ने उसका हाथ दबाया और इशारा भी किया। वह सोच ही रहा था कि तलअत खट से उठी, "चलिए, भाईजान,—मुझे दूसरों के एलबम देखने का बहुत शौक है—मेरे पास भी एक कलेक्शन है।"

शफ़क़त तलअत के साथ दूसरे कमरे में चला गया। निगहत खामोश बैठी रही। शफ़क़त तलअत को तस्वीरें दिखाता रहा। अपनी आदत के मुताबिक तलअत बोलती रही। शफ़क़त का दिमाग किसी और तरफ था। वह निगहत के बारे में सोच रहा था कि वह इतनी खामोश क्यों है। तस्वीरें देखने उसके साथ क्यों न आई। जब उसने उसको चलने के लिए कहा तो आयशा ने उसका हाथ क्यों दबाया। उस इशारे का क्या मतलब था जो उसने आँखों के ज़रिए किया था।

तस्वीरें खत्म हो गईं। तलअत ने एलबम उठाया और शफ़क़त से कहा, "बाजी को दिखाती हूँ। उनको बहुत शौक है तस्वीरें जमा करने का।"

शफ़क़त पूछने ही वाला था कि अगर उनको शौक है तो वह उसके साथ क्यों न आईं, मगर तलअत एलबम उठाकर कमरे से निकल गई। शफ़क़त बड़े कमरे में दाखिल हुआ तो निगहत बड़ी दिलचस्पी से एलबम की तस्वीरें देख रही थी।

हर तस्वीर उसको खुशी देती थी।

आयशा लड़कियों की माँ से बातें करने में लगी देख रही थी। शफ़क़त कनखियों से देखता रहा। उसका चेहरा जो पहले ज़रूरत से ज़्यादा गंभीरता की धुंध में लिपटा था, अब खुश था। ऐसा लगता था कि तस्वीरें जो आर्ट का बहतरीन नमूना थीं, उसको राहत पहुँचा रही थीं। उसकी आँखों में अब चमक थी। लेकिन जब एक घोड़े और तंदुरुस्त औरत की तस्वीर आई तो वह चमक धीमी पड़ गई, एक हल्की-सी आह उसके सीने में लरजी और वहीं दब गई।

तस्वीरें खत्म हुईं तो निगहत ने शफ़क़त की तरफ देखा और बड़े प्यारे अंदाज़ में कहा, "भाईजान, शुक्रिया!"

शफ़क़त ने एलबम निगहत के हाथ से लिया और मैंटलपीस पर रख दिया। उसके दिमाग में खुदबुद हो रही थी। उसको ऐसा लगता था कि कोई बहुत बड़ा रहस्य उस लड़की की ज़िंदगी के साथ लगा हुआ है। उसने सोचा, शायद कोई अधूरा रोमांस हो या कोई मनोवैज्ञानिक घटना।

चाय आई तो शफ़क़त निगहत से बोला, "उठिए, चाय बनाइए—यह प्रिविलेज लेडीज़ का है।"

निगहत खामोश रही लेकिन तलअत फुदककर उठी, "भाईजान, मैं बनाती हूँ।"

निगहत का चेहरा फिर धुंध में लिपट गया। शफ़क़त की उत्सुकता बढ़ती गई। एक बार जब उसने अनायास निगहत को घूरकर देखा तो वह सिटपिटा-सी गई। शफ़क़त को दिल ही दिल में इस बात का अफसोस हुआ कि उसने क्यों ऐसी ग़लत हरकत की।

चाय पर इधर-उधर की बातें हुईं। तलअत ने उनमें सबसे ज़्यादा हिस्सा लिया। टेनिस का ज़िक्र आया तो उसने शफ़क़त को बड़े गर्वीले अंदाज़ में, जो शेखी की हद तक जा पहुँचा था, बताया कि वह नैरोबी में नंबर वन टेनिस प्लेयर थी और पंद्रह-बीस कप जीत चुकी थी। निगहत बिल्कुल खामोश रही। उसकी खामोशी बड़ी उदास थी। साफ लगता था कि उसको इस बात का अहसास है कि वह खामोश है।

एक बात जो शफ़क़त ने खासतौर पर नोट की वह यह थी कि अज़ीज़ की बीवी की ममता का रुख ज़्यादातर निगहत की तरफ था। उसने खुद उठकर बड़े प्यार-मुहब्बत से उसको क्रीमरोल दिए। मुँह पोंछने के लिए अपना रूमाल दिया। उससे कोई बात करती थी तो उसमें प्यार भी होता था। ऐसा लगता था कि वह बातों के जरिए से भी उसके सिर पर मुहब्बत-भरा हाथ फेर रही है या उसको चुमकार रही है।

रुखसत का वक़्त आया तो अज़ीज़ की बीवी उठी। बुर्का उठाया। आयशा से गले मिली। शफ़क़त को दुआएँ दीं और निगहत के पास जाकर आँखों में आँसू ला देने वाले प्यार से कहा, "चलो बेटा, चलें।"

तलअत फुदककर उठी। अज़ीज़ की बीवी ने निगहत का एक बाजू थामा और दूसरा बाजू तलअत ने पकड़ा। उसको उठाया गया—शफ़क़त ने देखा कि उसका निचला धड़ बिल्कुल बेकार है! एक क्षण के लिए शफ़क़त का दिल व दिमाग़ स्थिर हो गया। जब वह सँभला तो उसे अपने अंदर एक टीस-सी उठती महसूस हुई।

लड़खड़ाती हुई टाँगों पर माँ और बहन का सहारा लिए निगहत ग़ैर-यक़ीनी क़दम उठा रही थी। उसने माथे के क़रीब हाथ ले जाकर शफ़क़त और आयशा को आदाब अर्ज़ किया। कितना प्यारा अंदाज़ था। मगर उसके हाथ ने शफ़क़त के दिल पर जैसे घूँसा मारा—सारा भेद उस पर खुल गया था। सबसे पहला ख्याल उसके दिमाग में यह आया, "कुदरत क्यों इतनी बेरहम है। ऐसी प्यारी लड़की और उसके साथ इतना ज़ालिमाना और बेरहम सलूक। इस मासूम का आखिर गुनाह क्या था, जिसकी सज़ा इतनी कड़ी दी गई?"

सब चले गए। आयशा उनको बाहर तक छोड़ने गई। शफ़क़त एक दार्शनिक बनकर सोचता रह गया। इतने में शफ़क़त के दोस्त आ गए और वह भी अपनी बीवी से निगहत के बारे में कोई बात न कर सका—अपने दोस्तों के साथ ताश खेलने में ऐसा व्यस्त हुआ कि निगहत और उसके रोग को भूल गया। जब रात हो गई और आयशा ने उसे नौकर से खाने पर बुलवाया तो उसे अफ़सोस हुआ कि उसने सिर्फ़ एक खेल की खातिर निगहत को भुला दिया। चुनाँचे उसने उसका ज़िक्र आयशा से भी किया लेकिन उसने कहा, "आप खाना खाइए। अधिक बातें फिर हो जाएँगी।"

मियाँ-बीवी दोनों इकट्ठे सोते थे। जब से उनकी शादी हुई थी वे कभी रात को एक-दूसरे से अलग नहीं हुए थे और उनकी शादी को क़रीब-क़रीब छह वर्ष हो गए थे। मगर इस दौरान कोई बच्चा न हुआ था। डॉक्टरों का यह कहना था कि आयशा में कुछ कमी है जो सिर्फ ऑपरेशन से दूर हो सकती है। मगर वह इससे डरी हुई थी। मियाँ-बीवी बहुत प्यार-मुहब्बत की ज़िंदगी गुज़ार रहे थे। उनके बीच कोई रंजिश नहीं थी।

रात को वे इकट्ठे लेटते। सामान्य तौर पर जब एक-दूसरे के साथ लेटे तो शफ़क़त को निगहत की याद आई। उसने एक आह भरकर अपनी बीवी से पूछा, "आयशा, निगहत बेचारी को क्या रोग है?"

आयशा ने भी आह भरी और बड़े अफ़सोस वाले लहजे में कहा, "तीन वर्ष की नन्ही-मुन्नी बच्ची थी कि टायफायड हुआ, निचला धड़ फालिज से मारा गया।"

शफ़क़त के दिल में निगहत के लिए हमदर्दी का बेपनाह जज़्बा पैदा हुआ। उसने अपनी बीवी की पीठ को अपने सीने के साथ लगा लिया और कहा, "आयशा, खुदा क्यों इतना ज़ालिम है?"

आयशा ने कोई जवाब न दिया। शफ़क़त को दिन की घटनाएँ याद आने लगीं। "जब मैंने उससे कहा कि चलो, मैं तुम्हें एलबम दिखाता हूँ तो तुमने मेरा हाथ इसीलिए दबाया था कि…"

"हाँ, हाँ। और क्या?– आंप तो बार-बार–"

"खुदा की कसम, मुझे मालूम नहीं था।"

"उसको इस बात का बहुत अहसास है कि वह अपाहिज है।"

"तुमने यह कहा है तो मुझे ऐसा मालूम हुआ है कि मेरे सीने में किसी ने तीर मारा है।"

"जब वह आई तो खुदा की क़सम, मुझे बहुत दुःख हुआ–बेचारी को पेशाब करना था। माँ और छोटी बहन साथ गईं। अज़ारबंद खोला–फिर बंद किया–कितनी खूबसूरत है–बैठी हो…"

"तो खुदा की कसम, पता नहीं चलता कि फालिजज़दा है।"

"बड़ी ज़हीन लड़की है।"

"अच्छा!"

"माँ कहती थी कि उसने कहा था कि अम्मीजान, मैं शादी नहीं करूँगी। कँवारी रहूँगी।"

शफ़क़त थोड़ी देर के लिए खामोश हो गया। इसके बाद उसने असीम दुःख महसूस करते हुए कहा, "तो उसको इस बात का अहसास है कि उससे शादी करने के लिए कोई रज़ामंद नहीं होगा।"

आयशा ने शफ़क़त की छाती के बालों में उँगलियों से कंघी करते हुए कहा, "शफ़क़त साहब, कौन शादी करेगा एक अपाहिज़ से?"

"नहीं, नहीं। ऐसा न कहो आयशा!"

"इतनी बड़ी कुर्बानी कौन कर सकता है, शफ़क़त साहब?"

"तुम ठीक कहती हो।"

"खूबसूरत है। अच्छे खाते-पीते माँ-बाप की लड़की है–सब ठीक है मगर…"

"मैं समझता हूँ–लेकिन…"

"मर्दों के दिल में रहम कहाँ?"

शफ़क़त ने करवट बदली, "ऐसा न कहो, आयशा!"

आयशा ने भी करवट बदली—दोनों आमने-सामने हो गए, "मैं सब जानती हूँ, कोई ऐसा मर्द ढूँढ़िए जो इस बेचारी से शादी करने को तैयार हो।"

"मुझे मालूम नहीं। लेकिन…"

"बड़ी बहन है। गरीब को कितना बड़ा दुःख है कि उसकी छोटी बहन की शादी की बातचीत हो रही है।"

"सही कहती हो, तुम।"

आयशा ने एक लंबी आह भरी, "क्या बेचारी सारी उम्र इसी तरह कुढ़ती रहेगी।"

"नहीं।" यह कहकर शफ़क़त उठकर बैठ गया।

आयशा ने पूछा, "क्या मतलब?"

"तुम्हें उससे हमदर्दी है।"

"क्यों नहीं?"

"खुदा की कसम खाकर कहो।"

"हाय, यह भी कोई कसम खिलवाने की बात है। हर इंसान को उससे हमदर्दी होनी चाहिए।"

शफ़क़त ने कुछ क्षण खामोश रहने के बाद कहा, "तो, मैंने एक बात सोची है।"

आयशा ने खुश होकर कहा, "क्या?"

"मुझे हमेशा इस बात का अहसास रहा है कि तुम बहुत बुलंदख्याल औरत हो। आज तुमने मेरे इस ख्याल को साबित कर दिया है—मैंने—खुदा मेरे इस इरादे को पक्का बनाए—मैंने इरादा कर लिया है कि मैं निगहत से शादी कर लूँगा—सारा सवाब तुम्हें मिलेगा।"

थोड़ी देर खामोशी रही। फिर एकदम जैसे गोला-सा फटा, "शफ़क़त साहब, मैं गोली मार दूँगी उसे, अगर आपने उससे शादी की।"

शफ़क़त ने ऐसा महसूस किया कि उसे जबरदस्त गोली लगी है, और वह मरकर अपनी बीवी के आग़ोश में दफन हो गया है।

(23 जुलाई, 1950)

रहमत-ए-खुदावंदी के फूल

'ज़मींदार' अखबार में जब डॉक्टर राथर पर रहमत-ए-खुदावंदी के फूल बरसते थे तो यार-दोस्तों ने गुलाम रसूल का नाम डॉक्टर राथर रख दिया था। मालूम नहीं, क्यों। इसीलिए कि गुलाम रसूल की डॉक्टर राथर से कोई समानता नहीं थी। इसमें कोई शक़ नहीं कि वह एम. बी. बी. एस. में तीन बार फेल हो चुका था। मगर कहाँ डॉक्टर राथर, कहाँ गुलाम रसूल।

डॉक्टर राथर एक इश्तहारी डॉक्टर था जो इश्तहारों के ज़रिए कुव्वते-मर्दी की दवाएँ बेचता था। खुदा और उसके रसूल की क़समें खा-खाकर अपनी दवाओं को आज़माया हुआ बताता था और यूँ सैकड़ों रुपए कमाता था। गुलाम रसूल को ऐसी दवाओं से कोई दिलचस्पी न थी। वह शादीशुदा था और उसको कुव्वते-मर्दी बढ़ाने वाली चीज़ों की कोई ख्वाहिश न थी। लेकिन फिर भी उसके यार-दोस्त उसको डॉक्टर राथर कहते थे। इस कायाकल्प को उसने मान लिया था, इसलिए कि इसके अलावा और कोई चारा नहीं था। उसके दोस्तों को यह नाम पसंद आ गया था और यह ज़ाहिर है कि गुलाम रसूल के मुकाबले में डॉक्टर राथर कहीं ज़्यादा मॉडर्न है।

अब गुलाम रसूल को डॉक्टर राथर ही के नाम से याद किया जाएगा। इस लिए कि जो सब कहते हों, उसी को खुदा की बात समझना चाहिए।

डॉक्टर राथर में अनगिनत खूबियाँ थीं। सबसे बड़ी खूबी उसमें यह थी कि वह डॉक्टर नहीं था और न बनना चाहता था। वह एक फरमाबरदार बेटे की तरह अपने माँ-बाप की ख्वाहिश के मुताबिक मेडिकल कालेज में पढ़ा था। इतने समय से कि अब कालेज की इमारत उसकी ज़िंदगी का एक अंग बन गई थी। वह यह समझने लगा था कि कालेज उसके किसी बुजुर्ग का घर है, जहाँ उसको हर रोज़ सलाम अर्ज़ करने के लिए जाना पड़ता है।

उसके माता-पिता की जिद्द थी कि वह डॉक्टरी पास करे। उसके पिता को यक़ीन था कि उसमें एक कामयाब डॉक्टर के गुण हैं। अपने बड़े लड़के के बारे में मौलवी सबाहउद्दीन ने अपनी बीवी से भविष्यवाणी की थी कि वह बैरिस्टर

होगा। चुनाँचे जब उसको एल. एल. बी. पास कराकर लंदन भेजा गया तो वह बैरिस्टर बनकर ही आया। यह अलग बात है कि उसकी प्रैक्टिस दूसरे बैरिस्टरों के मुकाबले में बहुत कम थी।

यद्यपि डॉक्टर राथर तीन बार एम. बी. बी. एस. के इम्तहान में फेल हो चुका था, मगर उसके बाप को यक़ीन था कि वह अंत में बहुत बड़ा डॉक्टर बनेगा। और डॉक्टर राथर अपने बाप का इतना फरमाबरदार था कि उसको भी यक़ीन था कि एक दिन वह भी हारले स्ट्रीट में बैठा होगा और सारी दुनिया में उसकी धूम मची होगी।

डॉक्टर राथर में अनगिनत खूबियाँ थीं। एक खूबी यह भी थी कि वह सीधा-सादा था, लेकिन सबसे बड़ी बुराई उसमें यह थी कि पीता था और अकेला पीता था। शुरू-शुरू में तो उसने बहुत कोशिश की कि अपने साथ किसी और को न मिलाए लेकिन यार-दोस्तों ने उसको तंग करना शुरू कर दिया। उनको उसका ठिकाना मालूम हो गया। 'सिवाए बार' में शाम को सात बजे पहुँच जाते। मज़बूर होकर डॉक्टर राथर को उन्हें अपने साथ पिलानी पड़ती। ये लोग उसका गुण गाते। उसके भविष्य के बारे में बड़ी हौसला अफज़ा बातें करते। राथर नशे की तरंग में बहुत खुश होता और अपनी जेब खाली कर देता।

पाँच-छह महीने इसी तरह गुज़र गए। उसको अपने बाप से दो सो रुपए माहवार मिलते थे। रहता अलग था। मकान का किराया बीस रुपए माहवार था। दिन अच्छे थे, वरना राथर की बीवी को भूखों मरना पड़ता। लेकिन फिर भी उसका हाथ तंग हो गया, इसलिए कि राथर को दूसरों को पिलानी पड़ती थी।

उन दिनों शराब बहुत सस्ती थी। आठ रुपए की एक बोतल, अद्धा चार रुपए आठ आने में मिलता था। मगर हर रोज़ एक अद्धा लेना—यह डॉक्टर राथर की बिसात से बाहर था। उसने सोचा कि घर में पिया करे। मगर यह कैसे मुमकिन था। उसकी बीवी फौरन तलाक ले लेती। उसको मालूम ही नहीं था कि उसका खाविंद शराब का आदी है। इसके अलावा उसको शराबियों से सख्त नफ़रत थी। नफ़रत ही नहीं, उनसे बहुत डर लगता था। किसी की सुर्ख आँखें देखती तो डर जाती—हाय डॉक्टर साहब, कितनी डरावनी आँखें थीं, उस आदमी की—ऐसा लगता था कि शराबी है!

और डॉक्टर राथर दिल-ही-दिल में सोचता कि उसकी आँखें कैसी हैं? क्या पीकर आँखों में सुर्ख डोरे आते हैं?—क्या उसकी बीवी को उसकी आँखें अभी तक सुर्ख नज़र नहीं आईं?—कब तक उसका राज़, राज़ रहेगा?—मुँह से बू तो ज़रूर आती होगी। क्या वजह है कि उसकी बीवी ने कभी नहीं सूँघी। फिर वह यह

सोचता—'नहीं, मैं सावधानी बरतता हूँ। मैंने हमेशा मुँह परे करके उससे बात की है। एक बार उसने पूछा था कि आपकी आँखें आज सुर्ख क्यों हैं तो मैंने उससे कहा था—धूल पड़ गई है। इसी तरह एक बार उसने पूछा था, यह बू कैसी है तो मैंने यह कहकर टाल दिया था—आज सिगार पिया था, बहुत बू होती है, कमबख़्त में!'

डॉक्टर राथर अकेला पीने का आदी था। उसको साथी नहीं चाहिए थे। वह कंजूस था। इसके अलावा उसकी जेब भी इजाज़त नहीं देती थी कि वह दोस्तों को पिलाए। उसने बहुत सोचा कि ऐसी तरकीब क्या हो सकती है कि साँप भी मर जाए और लाठी भी न टूटे। यानी यह मसला कुछ इस तरह हल हो कि वह घर में पिया करे, जहाँ उसके दोस्तों को शामिल होने की हिम्मत नहीं हो सकती थी।

डॉक्टर राथर पूरा डॉक्टर तो नहीं था लेकिन उसको डॉक्टरी की चंद चीज़ों का ज्ञान ज़रूर था। वह इतना जानता था कि दवाएँ बोतलों में डालकर दी जाती हैं और उन पर अक्सर यह लिखा होता है, 'शेक दि बोटल बिफोर यूज'—उसने इतने ज्ञान पर अपनी तरकीब की दीवारें खड़ी कीं। आखिर में बहुत सोच-विचार के बाद उसने यह सोचा कि वह घर ही में पिया करेगा। साँप भी मर जाएगा और लाठी भी न टूटेगी। वह दवा की बोतल में शराब डलवाकर घर में रख देगा। बीवी से कहेगा कि उसके सिर में दर्द है और उसके उस्ताद डॉक्टर सैयद रमज़ान अली शाह ने अपने हाथ से यह नुस्खा दिया है और कहा है कि शाम को हर पंद्रह मिनट बाद एक खुराक पानी के साथ पिया करे, इंशा अल्लाह बीमारी ठीक हो जाएगी।

यह तरकीब तलाश करने पर डॉक्टर राथर बेहद खुश हुआ। अपनी ज़िंदगी में पहली बार उसने यूँ महसूस किया जैसे उसने नया अमेरिका तलाश कर लिया है। चुनाँचे सुबह-सबरे उठकर उसने अपनी बीवी से कहा, "नसीमा, आज मेरे सिर में बड़ा दर्द हो रहा है—ऐसा लगता है फट जाएगा।"

नसीमा ने बड़े दुःख से कहा, "कालेज न जाइए, आज।"

डॉक्टर राथर मुस्कराया, "पगली, आज तो मुझे ज़रूर जाना चाहिए। डॉक्टर सैयद रमज़ान अली शाह साहब से पूछूँगा। उनके हाथ में बड़ी शफ़ा है।"

"हाँ, हाँ, ज़रूर जाइए—मेरे बारे में भी उनसे बात कीजिएगा।"

नसीमा को महावारी की शिकायत थी जिससे डॉक्टर राथर को कोई दिलचस्पी नहीं थी। मगर उसने कहा, "हाँ, हाँ, बात करूँगा।"

"मगर मुझे यक़ीन है वह मेरे लिए कोई निहायत ही कड़वी और बदबूदार

दवा तज़्वीज करेंगे।"

"आप खुद डॉक्टर हैं। दवाएँ मिठाइयाँ तो नहीं होतीं।"

"ठीक है, लेकिन बदबूदार दवाओं से मुझे नफरत है।"

"आप देखिए तो सही, कैसी दवा देते हैं। अभी से क्यों अपनी राय क़ायम कर रहे हैं, आप?"

'अच्छा' कहकर डॉक्टर राथर अपने सिर को दबाता कालेज चला गया। शाम को दवा की बोतल में व्हिस्की डलवाकर ले आया और अपनी बीवी से कहा, "मैंने तुमसे कहा था न कि डॉक्टर सैयद रमज़ान अली शाह ज़रूर कोई ऐसी दवा लिखकर देंगे जो बेहद कड़वी और बदबूदार होगी—लो, ज़रा इसे सूँघो।" बोतल का कार्क उतारकर उसने बोतल का मुँह अपनी बीवी की नाक के साथ लगा दिया। उसने सूँघा और एकदम नाक हटाकर कहा, "बहुत वाहियात-सी बू है।"

"अब ऐसी दवा कौन पिए!"

"नहीं, नहीं—आप ज़रूर पीएँगे। सिर का दर्द कैसे दूर होगा?"

"हो जाएगा, अपने आप।"

"अपने आप कैसे दूर होगा। यही तो आपकी बुरी आदत है। दवा लाते हैं, मगर इस्तेमाल नहीं करते।"

"यह भी कोई दवा है—ऐसा लगता है, जैसे शराब है।"

"आप तो जानते ही हैं, अंग्रेज़ी दवाओं में शराब हुआ करती है।"

"लानत है, ऐसी दवाओं पर।"

डॉक्टर राथर की बीवी ने खुराक के निशान देखे और हैरत से कहा, "इतनी बड़ी खुराक!"

डॉक्टर राथर ने बुरा-सा मुँह बनाया, "यही तो मुसीबत है।"

"आप मुसीबत-मुसीबत न कहें। अल्लाह का नाम लेकर पहली खुराक पिएँ—पानी कितना डालना है?"

डॉक्टर राथर ने बोतल अपनी बीवी के हाथ से ले ली और बनावटी तौर अनचाहे मन से कहा, "सोडा मँगवाना पड़ेगा—अजीबोग़रीब दवा है—पानी नहीं, सोडा।"

यह सुनकर नसीमा ने कहा, "सोडा इसलिए कहा होगा कि आपका मेदा खराब है।"

"खुदा मालूम क्या खराब है!" यह कहकर डॉक्टर राथर ने एक खुराक गिलास में डाली, "भई, खुदा की कसम, मैं नहीं पीऊँगा।"

बीवी ने बड़े प्यार से उसके कंधे पर हाथ रखा, "नहीं, नहीं—पी जाइए—नाक

बंद कर लीजिए—मैं इसी तरह फीवर मिक्सचर पिया करती हूँ।"

डॉक्टर राथर ने बड़े नखरों के साथ शाम का पहला पैग पिया। बीवी ने उसको शबाश दी और कहा, "पंद्रह मिनट के बाद दूसरी खुराक—खुदा की मेहरबानी से दर्द यूँ चुटकियों में दूर हो जाएगा।"

डॉक्टर राथर ने सारा ढोंग कुछ ऐसे सरल ढंग से रचाया था कि उसको महसूस ही न हुआ कि उसने दवा की बजाय शराब पी है, लेकिन जब हल्का-सा सरूर उसके दिमाग में पैदा हुआ तो वह दिल-ही-दिल में खूब हँसा।

तरकीब खूब थी। उसकी बीवी ने ऐन पंद्रह मिनट के बाद दूसरी खुराक गिलास में उँडेली। उसमें सोडा डाला और डॉक्टर राथर के पास ले आई, "यह लीजिए दूसरी खुराक—कोई ऐसी बुरी बू तो नहीं है।"

डॉक्टर राथर ने गिलास पकड़कर बड़ी बेदिली से कहा, "तुम्हें पीना पड़े तो मालूम हो—खुदा की कसम, शराब की-सी बू है—ज़रा सूँघकर तो देखो।"

"आप तो बिल्कुल मेरी तरह जिद्द करते हैं।"

"नसीमा, खुदा की कसम, जिद्द नहीं करता—जिद्द का सवाल ही कहाँ पैदा होता है लेकिन—खैर ठीक है।" यह कहकर डॉक्टर राथर ने गिलास मुँह से लगाया और शाम का दूसरा पैग गटागट चढ़ा गया।

तीन खुराकें खत्म हो गईं। डॉक्टर राथर ने कुछ राहत महसूस की, लेकिन दूसरे दिन फिर दर्द उभर आया। डॉक्टर राथर ने अपनी बीवी से कहा, "डॉक्टर सैयद रमज़ान अली शाह ने कहा है कि यह रोग आहिस्ता-आहिस्ता दूर होगा। लेकिन दवा का इस्तेमाल बराबर जारी रहना चाहिए। खुदा मालूम क्या नाम लिया था उन्होंने बीमारी का—कहा था मामूली सिर का दर्द होता तो दो खुराकों ही से दूर हो जाता। मगर तुम्हारा केस ज़रा सीरियस है।"

यह सुनकर नसीमा ने ज़ोर देकर कहा, "तो आपको दवा अब बाक़ायदा पीनी पड़ेगी।"

"मैं नहीं जानता—तुम वक़्त पर दे दिया करोगी तो जैसे-तैसे पी लिया करूँगा।"

नसीमा ने एक खुराक सोडे में मिलाकर उसको दी। उसकी बू नाक में घुसी तो मतली आने लगी, मगर उसने अपने खाविंद पर कुछ ज़ाहिर न होने दिया, क्योंकि उसको डर था कि वह पीने से इंकार कर देगा।

डॉक्टर राथर ने तीन खुराकें अपनी बीवी के इसरार करने पर पीं। वह बहुत खुश थी कि उसका खाविंद उसका कहना मान रहा है क्योंकि बीवी की बात मानने के मामले में डॉक्टर बहुत बदनाम था।

कई दिन गुज़र गए। खुराकें पीने और पिलाने का सिलसिला चलता रहा। डॉक्टर राथर खुश था कि उसकी तरकीब काम कर गई। अब उसे दोस्तों का कोई डर नहीं था। एक खुराक पीता और लेटकर कोई अफ़साना पढ़ना शुरू कर देता। दूसरी खुराक ऐन 15 मिनट के बाद उसकी बीवी तैयार करके ले आती। इसी तरह तीसरी खुराक उसके बिन माँगे मिल जाती—डॉ. राथर बेहद संतुष्ट था। इतने दिन बीत जाने पर उसके और उसकी बीवी के लिए दवा का यह सिलसिला सामान्य बात हो गई थी।

डॉक्टर राथर एक पूरी बोतल ले आया था। उसका लेबल उतारकर उसने अपनी बीवी से कहा था, "कैमिस्ट मेरा दोस्त है। उसने मुझसे कहा, आप हर रोज़ तीन खुराकें लेते हैं। दवा आपको यूँ महँगी पड़ती है, पूरी बोतल ले जाइए। इसमें से छोटी निशानों वाली बोतल में हर रोज़ तीन खुराकें डाल लिया कीजिए—बहुत सस्ती पड़ेगी इस तरह आपको यह दवा।"

यह सुनकर नसीमा को खुशी हुई कि चलो बचत हो गई। डॉक्टर राथर भी खुश था कि उसके कुछ पैसे बच गए, क्योंकि रोज़ाना तीन पैग लेने से उसको ज़्यादा दाम देने पड़ते थे और बोतल आठ रुपयों में मिल जाती थी।

कालेज से फारिग होकर डॉक्टर राथर एक दिन घर आया तो उसकी बीवी लेटी हुई थी। डॉक्टर राथर ने उससे कहा, "नसीमा, खाना निकालो, बहुत भूख लगी है।"

नसीमा ने कुछ अजीब-से लहजे में कहा, "खाना—क्या आप खाना खा नहीं चुके!"

"नहीं तो···"

नसीमा ने एक लंबी 'नहीं' कही, "आप खाना खा चुके हैं— मैंने आपको दिया था।"

डॉक्टर राथर ने हैरत से कहा, "कब दिया था? मैं अभी-अभी कालेज से आ रहा हूँ।"

नसीमा ने एक जमुहाई ली, "झूठ है—आप कालेज गए ही नहीं।"

डॉक्टर राथर ने समझा नसीमा मज़ाक कर रही है। चुनाँचे मुस्कराया, "चलो, उठो, खाना निकालो। सख्त भूख लगी है।"

नसीमा ने एक लंबी 'नहीं' कही, "आप झूठ बोलते हैं। मैंने आपके साथ खाना खाया था।"

"कब?—हद हो गई—चलो, उठो, मज़ाक न करो।" यह कहकर डॉक्टर राथर ने अपनी बीवी का बाजू पकड़ा, "खुदा की क़सम, मेरे पेट में चूहे दौड़ रहे हैं।"

नसीमा खिलखिलाकर हँसी, "चूहे—आप ये चूहे क्यों नहीं खाते।"

डॉक्टर राथर ने बड़े ताज्जुब से पूछा, "क्या हो गया है तुम्हें?"

नसीमा ने गंभीरता धारण कर अपने माथे पर हाथ रखा और अपने खाविंद से कहा, "मैं···मैं···सिर में दर्द···था मेरे···आपकी दवा की दो खु···खु···खुराकें पी हैं···चूहे···चूहे बहुत सताते हैं, उनको मारने वाली गोलियाँ ले आइए···खाना?··· निकालती···हूँ···खाना।"

डॉक्टर राथर ने अपनी बीवी से सिर्फ इतना कहा, "तुम सो जाओ। मैं खाना खा चुका हूँ।"

नसीमा ज़ोर से हँसी, "मैंने झूठ तो नहीं कहा था।"

डॉक्टर राथर ने जब दूसरे कमरे में जाकर परेशान हालत 'ज़मींदार' का ताज़ा अंक खोला तो उसको एक खबर की सुर्खी नज़र आई—'डॉक्टर राथर पर रहमत-ए खुदावंदी के फूल'। उसके नीचे यह दर्ज था कि पुलिस ने उसको धोखाधड़ी के सिलसिले में गिरफ़्तार कर लिया है।

गुलाम रसूल उर्फ डॉक्टर राथर ने यह खबर पढ़कर यूँ महसूस किया कि उस पर रहमत-ए-खुदावंदी के फूल बरस रहे हैं।

(25 जुलाई, 1950)

साढ़े तीन आने

"मैंने क़त्ल क्यों किया। एक इंसान के खून में अपने हाथ क्यों रँगे, यह एक लंबी दास्तान है। जब तक इसके तमाम अच्छे-बुरे हालत से आपको आगाह न करूँगा, आपको कुछ पता न चलेगा—मगर इस वक़्त आप लोगों की गुफ्तगू का विषय जुर्म और सज़ा है, इंसान और जेल है—चूँकि मैं जेल में रह चुका हूँ इसलिए मेरी राय ग़लत नहीं हो सकती। मुझे मंटो साहब से पूरा इत्तफाक है कि जेल अपराधी की ग़लती ठीक नहीं कर सकती। मगर यह हक़ीक़त इतनी बार दुहराई जा चुकी है कि इस पर ज़ोर देने से आदमी को यूँ महसूस होता है जैसे वह किसी महफिल में हज़ार बार सुनाया लतीफा बयान कर रहा है—और यह हक़ीक़त लतीफा नहीं कि इस हक़ीक़त को जानते-पहचानते हुए भी हज़ारों जेलखाने मौजूद हैं। हथकड़ियाँ हैं और इंसानियत को नंगा करने वाली बेड़ियाँ—मैं कानून का यह जेवर पहन चुका हूँ।"

यह कहकर रिज़वी ने मेरी तरफ देखा और मुस्कराया। उसके मोटे-मोटे हब्शियों जैसे होंठ अजीब अंदाज़ में फड़के। उसकी छोटी-छोटी नशीली आँखें जो क़ातिल की आँखें लगती थीं, चमकीं। हम सब चौंक पड़े जब उसने यकायक हमारी गुफ़्तगू में हिस्सा लेना शुरू कर दिया था। वह हमारे करीब कुर्सी पर बैठा क्रीम मिली हुई कॉफी पी रहा था। जब उसने अपना परिचय कराया तो हमें वे तमाम घटनाएँ याद आ गईं जो क़त्ल की वारदात से जुड़ी थीं। वायदा माफ गवाह बनकर उसने बड़ी सफाई से अपनी और अपने दोस्तों की गर्दन फाँसी के फंदे से बचाई थी।

वह उसी दिन रिहा होकर आया था। बड़े सुंदर और सभ्य ढंग से वह मुझ से बोला, "माफ कीजिएगा मंटो साहब···आप लोगों की गुफ्तगू से मुझे दिलचस्पी है। मैं अदीब तो नहीं लेकिन आपकी गुफ्तगू का जो विषय है, उस पर अपनी टूटी-फूटी जबान में कुछ-न-कुछ ज़रूर कह सकता हूँ।" फिर उसने कहा, "मेरा नाम सदीक रिज़वी है—लुंडा बाज़ार में जो क़त्ल हुआ था, मैं उससे जुड़ा था।"

मैंने उस क़त्ल के बारे में सिर्फ सरसरी तौर पर पढ़ा था। लेकिन जब रिज़वी

ने अपना परिचय कराया तो मेरे दिमाग में खबरों की तमाम सुर्खियाँ उभर आईं।

हमारी गुफ्तगू का विषय यह था कि क्या जेल अपराधी को ठीक कर सकती है। मैं खुद महसूस कर रहा था, हम एक बासी रोटी खा रहे हैं। रिज़वी ने जब यह कहा, "यह हक़ीक़त इतनी बार दुहराई जा चुकी है कि इस पर ज़ोर देने से आदमी को यूँ महसूस होता है कि जैसे वह किसी महफिल में हज़ार बार सुनाया हुआ लतीफा बयान कर रहा है," तो मुझे बड़ी तसल्ली हुई। मैंने यह समझा जैसे रिज़वी ने मेरे ख्यालात को अपने शब्दों में कह दिया है।

क्रीम मिली हुई कॉफी खत्म करके रिज़वी के अपनी छोटी-छोटी नशीली आँखों से मुझे देखा और बड़ी गंभीरता से कहा, "मंटो साहब, आदमी जुर्म क्यों करता है—जुर्म क्या है, सज़ा क्या है—मैंने इस विषय में बहुत ग़ौर किया है। मैं समझता हूँ कि हर जुर्म के पीछे एक हिस्ट्री होती है—ज़िंदगी की घटनाओं का एक बहुत बड़ा टुकड़ा होता है, बहुत उलझा हुआ, टेढ़ा-मेढ़ा—मैं मनोविज्ञान का माहिर नहीं—लेकिन इतना ज़रूर जानता हूँ कि इंसान से खुद जुर्म नहीं किया जाता, हालात से होता है!!"

नसीर ने कहा, "आपने बिल्कुल ठीक कहा है।"

रिज़वी ने एक और कॉफी का आर्डर दिया और नसीर से कहा, "मुझे मालूम नहीं, जनाब, लेकिन मैंने जो कुछ अर्ज़ किया है अपने अनुभव के आधार पर अर्ज़ किया है। वरना यह विषय बहुत पुराना है। मेरा ख्याल है कि विक्टर ह्यूगो—फ्रांस का एक मशहूर नावलिस्ट था—शायद किसी और मुल्क़ का हो—आप तो खैर जानते ही होंगे—जुर्म और सज़ा पर उसने काफी लिखा है—मुझे उसकी एक रचना के कुछ वाक्य याद हैं।" यह कहकर मुझसे बोला, "मंटो साहब, शायद आप ही का तर्जुमा था—क्या था?—वह सीढ़ी उतार दो जो इंसान को जुर्म और ग़लत रास्तों की तरफ ले जाती है—लेकिन मैं सोचता हूँ कि वह सीढ़ी कौन-सी है। उसके कितने ज़ीने हैं।

"कुछ भी हो, यह सीढ़ी ज़रूर है। इसके ज़ीने भी हैं, लेकिन जहाँ तक मैं समझता हूँ, अनगिनत हैं। इनका गिनना ही सबसे बड़ी बात है। मंटो साहब, हकूमतें जनगणना करती हैं। हकूमतें आँकड़े इकट्ठे करती हैं। हकूमतें हर किस्म की गणना करती हैं—इस सीढ़ी के ज़ीनों की गणना क्यों नहीं करतीं? क्या यह उनका फर्ज़ नहीं? मैंने क़त्ल किया—लेकिन इस सीढ़ी के कितने ज़ीने तय करके किया। हकूमत ने मुझे वायदा माफ गवाह बना लिया, इसलिए कि क़त्ल का सबूत उसके पास नहीं था। लेकिन सवाल यह है कि मैं अपने गुनाह की माफी किससे माँगूँ। वे हालात जिन्होंने मुझे क़त्ल करने पर मजबूर किया था, अब मेरे

नज़दीक नहीं हैं। उनमें और मुझमें एक साल का फासला है। मैं इस फैसले से माफी माँगूँ या उन हालात से जो बहुत दूर खड़े मेरा मुँह चिढ़ा रहे हैं।"

हम सब रिज़वी की बातें बड़े ग़ौर से सुन रहे थे। वह देखने में पढ़ा-लिखा नहीं लगता था, लेकिन उसकी गुफ्तगू से साबित हुआ कि वह पढ़ा-लिखा है और बात करने का सलीका जानता है। मैंने उससे कुछ कहा होता, लेकिन मैं ़चाहता था कि वह बातें करता जाए और मैं सुनता जाऊँ। इसलिए मैं उसकी गुफ्तगू में बाधा न बना।

उसके लिए नई कॉफी आ गई थी। उसे बनाकर उसने चंद घूँट पिए और कहना शुरू किया, "खुदा मालूम मैं क्या बकवास करता रहा हूँ लेकिन मेरे दिमाग़ में हर वक़्त एक आदमी का ख्याल रहा है—उस आदमी का, उस भंगी का, जो हमारे साथ जेल में था। उसको साढ़े तीन आने चोरी करने पर एक साल की सज़ा हुई थी।"

नसीर ने हैरत से पूछा, "सिर्फ साढ़े तीन आने चोरी करने पर?"

रिज़वी ने ठंडा-सा जवाब दिया, "जी, हाँ। सिर्फ साढ़े तीन आने की चोरी पर—जो उसको नसीब न हुए, क्योंकि वह पकड़ा गया—यह रक़म खजाने में महफूज़ है और फग्गू भंगी ग़ैर-महफूज़ है, क्योंकि हो सकता है वह फिर पकड़ा जाए, क्योंकि हो सकता है उसका पेट फिर उसे मज़बूर करे, क्योंकि हो सकता है कि उससे गू-मूत साफ कराने वाले उसको तनख्वाह न दे सकें, क्योंकि हो सकता है उसको तनख्वाह देने वालों को अपनी तनख्वाह न मिले—यह हो सकता है। यह सिलसिला मंटो साहब, अजीबोग़रीब है। सच पूछिए तो दुनिया में सब कुछ हो सकता है—रिज़वी से क़त्ल भी हो सकता है।"

यह कहकर वह थोड़ी देर के लिए खामोश हो गया। नसीर ने उससे कहा, "आप फग्गू भंगी की बात कर रहे थे?"

रिज़वी ने अपनी छिदरी मूछों पर से कॉफी रूमाल के साथ पोंछी, "जी, हाँ। फग्गू भंगी चोर होने के बावजूद, यानी वह कानून की नज़रों में चोर था, हमारी नज़रों में पूरा ईमानदार था—खुदा की कसम, मैंने आज तक उस जैसा ईमानदार आदमी नहीं देखा। साढ़े तीन आने उसने ज़रूर चुराए थे। उसने साफ-साफ अदालत में कह दिया था कि यह चोरी मैंने ज़रूर की है। मैं अपने हक में कोई गवाही पेश नहीं करना चाहता—मैं दो दिन का भूखा था। मज़बूरन मुझे करीम दर्ज़ी की जेब में हाथ डालना पड़ा। उससे मुझे पाँच रुपए लेने थे—दो महीनों की तनख्वाह—हजूर, उसका भी कोई कसूर न था, इसलिए कि उसके कई ग्राहकों ने उसकी सिलाई के पैसे मारे हुए थे। हजूर, मैं पहले भी चोरियाँ कर चुका हूँ। एक

दफा मैंने दस रुपए एक मेम साहब के बटुए से निकाल लिए थे। मुझे एक महीने की सज़ा हुई थी। फिर मैंने डिप्टी साहब के घर से चाँदी का एक खिलौना चुराया था, इसलिए कि मेरे बच्चे को निमोनिया था और डॉक्टर बहुत फीस माँगता था –हजूर, मैं आपसे झूठ नहीं कहता, मैं चोर हूँ–कुछ हालात ही ऐसे थे कि मुझे चोरियाँ करनी पड़ीं–और हालात ही ऐसे थे कि मैं पकड़ा गया–मुझसे भी बड़े-बड़े चोर मौजूद हैं लेकिन वे अभी तक पकड़े नहीं गए।–हजूर, अब मेरा बच्चा भी नहीं है, बीवी भी नहीं है–लेकिन हजूर, अफसोस है कि मेरा पेट है, यह भर जाए तो सारा झंझट ही खत्म हो जाए, हजूर, मुझे माफ कर दो। लेकिन हजूर ने उसको माफ नहीं किया और पक्का चोर समझकर उसको एक साल क़ैद बामशक्कत की सज़ा दे दी।"

रिज़वी बड़े बेतकल्लुफ अंदाज़ में बोल रहा था। उसमें कोई बनावट नहीं थी। ऐसा लगता था कि शब्द खुद-ब-खुद उसकी जबान पर आते और बहते चले जा रहे हैं। मैं बिल्कुल खामोश था। सिगरेट पर सिगरेट पी रहा था और उसकी बातें सुन रहा था। नसीर फिर उससे बोला, "आप फग्गू की ईमानदारी की बात कर रहे थे?"

"जी, हाँ।" रिज़वी ने जेब से बीड़ी निकालकर सुलगाई, "मैं नहीं जानता कानून की निगाहों में ईमानदारी क्या चीज़ है। लेकिन मैं इतना जानता हूँ कि मैंने बड़ी ईमानदारी से क़त्ल किया था–और मेरा ख्याल है कि फग्गू भंगी ने भी बड़ी ईमानदारी से साढ़े तीन आने चुराए थे–मेरी समझ में नहीं आता कि लोग ईमानदारी की सिर्फ अच्छी बातों से क्यों तुलना करते हैं, और सच पूछिए तो अब मैं यह सोचने लगा हूँ कि अच्छाई और बुराई है क्या? एक चीज़ आपके लिए अच्छी हो सकती है, मेरे लिए बुरी। एक सोसाइटी में एक चीज़ अच्छी समझी जाती है और दूसरी में बुरी–हमारे मुसलमानों में बगलों के बाल बढ़ाना गुनाह समझा जाता है, लेकिन सिख उससे अलग हैं। अगर यह बाल बढ़ाना वाकई गुनाह है तो खुदा उनको सज़ा क्यों नहीं देता। अगर कोई खुदा है तो मेरी दरख्वास्त है कि खुदा के लिए ये इंसानों के कानून तुम तोड़ दो। उनकी बनाई हुई जेलें ढा दो।--और आसमानों पर अपनी जेलें खुद बनाओ। खुद अपनी अदालत में उनको सज़ा दो, क्योंकि और कुछ नहीं तो कम-से-कम खुदा तो हो।"

रिज़वी की इस तक़रीर ने मुझे बहुत प्रभावित किया। उसकी सादगी ही असल में इस प्रभाव का कारण थी। वह बातें करता था तो यूँ लगता था जैसे हमसे नहीं, बल्कि अपने आपसे दिल-ही-दिल में गुफ्तगू कर रहा है।

उसकी बीड़ी बुझ गई थी। शायद उसमें तंबाकू की गाँठ अटकी हुई थी,

इसलिए कि उसने पाँच-छह बार उसको सुलगाने की कोशिश की। जब न सुलगी तो फेंक दी और मुझसे बोला, "मंटो साहब, फग्गू मुझे अपनी तमाम ज़िंदगी याद रहेगा–आपको बताऊँगा तो आप ज़रूर कहेंगे कि भावुकता है लेकिन खुदा की कसम, भावुकता का इसमें कोई दखल नहीं–वह मेरा दोस्त नहीं था–नहीं, वह मेरा दोस्त था क्योंकि उसने हर बार खुद को ऐसा ही साबित किया।"

रिज़वी ने जेब में से दूसरी बीड़ी निकाली मगर वह टूटी हुई थी। मैंने उसे सिगरेट पेश किया तो उसने कबूल कर लिया, "शुक्रिया, मंटो साहब! माफ कीजिएगा। मैंने इतनी बकवास की है, हालाँकि मुझे नहीं करनी चाहिए थी। इसलिए कि माशाअल्लाह आप…"

मैंने उसकी बात काटी, "रिज़वी साहब, मैं इस वक़्त मंटो नहीं हूँ, सिर्फ सआदत हसन हूँ। आप अपनी गुफ्तगू जारी रखिए। मैं बड़ी दिलचस्पी से सुन रहा हूँ।"

रिज़वी मुस्कराया। उसकी छोटी-छोटी नशीली आँखों में चमक पैदा हुई, "आपकी बड़ी मेहरबानी है," फिर वह नसीर से बोला, "मैं क्या कह रहा था।"

मैंने उससे कहा, "आप फग्गू की ईमानदारी के बारे में कुछ कहना चाहते थे।"

"जी, हाँ।" यह कहकर उसने मेरा पेश किया हुआ सिगरेट सुलगाया, "मंटो साहब, कानून की नज़रों में वह आदी चोर था। बीड़ियों के लिए उसने एक बार आठ आने चुराए थे। बड़ी मुश्किलों से, दीवार फाँदकर जब उसने भागने की कोशिश की थी तो उसके टखने की हड्डी टूट गई थी। करीब-करीब एक साल तक वह उसका इलाज कराता रहा था। मगर जब मेरे जैसे कसूर वाला मेरा दोस्त जर्जी बीस बीड़ियाँ उसकी मार्फत भेजता तो वे सब-की-सब पुलिस की नज़रें बचाकर मेरे हवाले कर देता। वायदा माफ गवाहों की बड़ी कड़ी निगरानी होती है लेकिन जर्जी ने फग्गू को अपना दोस्त और हमराज़ बना लिया था। वह भंगी था लेकिन उसका स्वभाव बहुत खुशबूदार था। शुरू-शुरू में जब वह जर्जी की बीड़ियाँ लेकर मेरे पास आया तो मैंने सोचा, इस हरामज़ादे चोर ने ज़रूर इनमें से कुछ गायब कर ली होंगी। मगर बाद में मुझे मालूम हुआ वह कतई तौर पर ईमानदार था–बीड़ी के लिए उसने आठ आने चुराते हुए अपने टखने की हड्डी तुड़वा ली थी, मगर यहाँ जेल में जहाँ उसको तंबाकू कहीं से भी नहीं मिल सकता था, वह जर्जी की दी हुई बीड़ियाँ सारी-की-सारी मेरे हवाले कर देता था, जैसे वे अमानत हों–फिर वह कुछ देर हिचकिचाने के बाद मुझसे कहता, बाबूजी, एक बीड़ी तो दीजिए और मैं उसको सिर्फ एक बीड़ी देता–इंसान भी कितना कमीना है!"

रिज़वी ने कुछ इस अंदाज़ में अपना सिर झटका जैसे उसे खुद से नफ़रत

है, "जैसा मैं अर्ज़ कर चुका हूँ मुझ पर बहुत कड़ी पाबंदिया लगी थीं। वायदा माफ गवाहों के साथ ऐसा ही होता है। जर्जी जबकि मेरे मुकाबले में बहुत आज़ाद था। उसको रिश्वत दे-दिलाकर बहुत-सी सुविधाएँ मिली हुई थीं। कपड़े मिल जाते थे। साबुन मिल जाता था। बीड़ियाँ मिल जाती थीं। जेल के अंदर रिश्वत देने के लिए रुपए भी मिल जाते थे—फग्गू भंगी की सज़ा खत्म होने में सिर्फ कुछ दिन बाकी रह गए थे जब उसने आखिरी बार जर्जी की दी हुई बीस बीड़ियाँ मुझे लाकर दीं। मैंने उसका शुक्रिया अदा किया। वह जेल से निकलने पर खुश नहीं था। मैंने जब उसको मुबारकबाद दी तो उसने कहा, 'बाबूजी, मैं फिर यहाँ आ जाऊँगा—भूखे इंसान को चोरी करनी ही पड़ती है—बिल्कुल ऐसे ही जैसे एक भूखे इंसान को खाना खाना ही पड़ता है। बाबूजी, आप बड़े अच्छे हैं। मुझे इतनी बीड़ियाँ देते रहे—खुदा करे आपके सारे दोस्त बरी हो जाएँ। जर्जी बाबू आपको बहुत चाहते हैं।'

नसीर ने यह सुनकर लगभग अपने आपसे कहा, "और उसको सिर्फ साढ़े तीन आने चुराने के जुर्म में सज़ा मिली थी।"

रिज़वी ने गर्म कॉफी का एक घूँट पीकर ठंडे अंदाज़ में कहा, "जी हाँ, सिर्फ साढ़े तीन आने चुराने के जुर्म में—और वे भी खजाने में जमा हैं—खुदा मालूम उनसे किस पेट की आग बुझेगी।" रिज़वी ने कॉफी का एक और घूँट पिया और मुझसे बोला, "हाँ, मंटो साहब, उसकी रिहाई में सिर्फ एक दिन रह गया था। मुझे दस रुपयों की बहुत ज़रूरत थी—मैं अधिक विस्तार में नहीं जाना चाहता। ये रुपए एक सिलसिले में संतरी को रिश्वत के तौर पर देने थे। मैंने बड़ी मुश्किल से काग़ज़-पेंसिल लेकर जर्जी को एक खत लिखा था और फग्गू के द्वारा उसे उस तक भिजवाया था कि वह मुझे किसी न किसी तरह दस रुपए भेज दे। फग्गू अनपढ़ था। शाम को वह मुझसे मिला। जर्जी का रुक्का उसने मुझे दिया। उसमें दस रुपए का सुर्ख पाकिस्तानी नोट कैद था। मैंने रुक्का पढ़ा। यह लिखा था, 'रिज़वी प्यारे, दस रुपए भेज तो रहा हूँ, मगर एक आदी चोर के हाथ। खुदा करे तुम्हें मिल जाएँ क्योंकि यह कल ही जेल से रिहा होकर जा रहा है।' मैंने यह पढ़ा तो फग्गू भंगी की तरफ देखकर मुस्कराया। उसको साढे तीन आने चुराने के जुर्म में एक साल की सज़ा हुई थी। मैं सोचने लगा, अगर उसने दस रुपए चुराए होते तो साढ़े तीन आने के हर साल के हिसाब से उसको क्या सज़ा मिलती?"

यह कहकर रिज़वी ने कॉफी का आखिरी घूँट पिया और रुखसत माँगे बग़ैर कॉफी हाउस से बाहर चला गया।

(26 जुलाई, 1950)

पीरन

यह उस ज़माने की बात है जब मैं बेहद गरीब था। बंबई में नौ रुपए माहवार की एक खोली में रहता था, जिसमें पानी का नल था न बिजली। एक निहायत ही गलीज कोठरी थी जिसकी छत पर से हज़ारों खटमल मेरे ऊपर गिरा करते थे। चूहों की भी काफी बहुतायत थी। इतने बड़े चूहे मैंने फिर कभी नहीं देखे। बिल्लियाँ उनसे डरती थीं।

चाल यानी बिल्डिंग में सिर्फ एक गुसलख़ाना था, जिसके दरवाज़े की कुंडी टूटी हुई थी। सुबह-सबेरे चाल की औरतें पानी भरने के लिए इसी गुसलख़ाने में ज़मा हो जाती थीं। यहूदी, मराठी, गुजराती, क्रिश्चियन—भाँति-भाँति की औरतें थीं। मेरा यह नियम था कि उन औरतों के इकट्ठा होने से बहुत पहले गुसलख़ाने में जाता, दरवाज़ा भेड़ता और नहाना शुरू कर देता। एक दिन मैं देर से उठा। गुसलख़ाने में पहुँचकर नहाना शुरू किया तो थोड़ी देर बाद खट से दरवाज़ा खुला। मेरी पड़ोसिन थी। बगल में गागर दबाए। उसने मालूम नहीं क्यों एक लम्हे के लिए मुझे ग़ौर से देखा। फिर एकदम पलटी। गागर उसकी बगल से फिसल कर फर्श पर लुढ़कने लगी।—ऐसी भागी जैसे कोई शेर उसका पीछा कर रहा हो। मैं बहुत हँसा। उठकर दरवाज़ा बंद किया और नहाना शुरू कर दिया।

थोड़ी देर के बाद फिर दरवाज़ा खुला। बिरजमोहन था। मैं नहाकर फारिग हो चुका था और कपड़े पहन रहा था। उसने मुझसे कहा, "भई मंटो, आज इतवार है।"

मुझे याद आ गया कि बिरजमोहन को बांद्रा जाना था, अपनी दोस्त पीरन से मिलने के लिए। वह हर इतवार को उससे मिलने जाता था। वह एक मामूली शक्ल-व-सूरत की पारसी लड़की थी जिससे बिरजमोहन का इश्क़ करीबन तीन वर्ष से चल रहा था।

हर इतवार को बिरजमोहन मुझसे आठ आने ट्रेन के किराए के लिए लेता। पीरन के घर पहुँचता। दोनों आधे घंटे तक आपस में बातें करते। बिरजमोहन 'इलस्ट्रेटिड वीकली' के क्रास वर्ड-पज़ल के हल उसको देता और चला आता। वह बेकार था। सारा दिन सिर झुकाए ये पज़ल वह अपनी दोस्त पीरन के लिए हल

करता था। उसको छोटे-छोटे कई इनाम मिल चुके थे मगर वे सब पीरन ने वसूल किए थे। बिरजमोहन ने एक दमड़ी भी उससे न माँगी थी।

बिरजमोहन के पास पीरन की अनगिनत तस्वीरें थीं। सलवार-कमीज़ में, चुस्त पायजामे में, साड़ी में, फ्राक में, बेदिंग कास्च्यूम में, फैंसी ड्रेस में—लगभग सौ से ऊपर होंगी। पीरन क़तई खूबसूरत नहीं थी बल्कि मैं तो यह कहूँगा कि बहुत ही मामूली शक्ल-व-सूरत की थी। लेकिन मैंने अपनी यह राय मोहन को कभी नहीं बताई थी। मैंने पीरन के बारे में कभी कुछ पूछा ही नहीं था कि वह कौन है, क्या करती है। बिरजमोहन से उसकी मुलाक़ात कैसे हुई, इश्क़ की शुरुआत कैसे हुई? क्या वह उससे शादी करने का इरादा रखता है?—बिरजमोहन ने भी उसके बारे में मुझसे कभी बातचीत न की थी। बस हर इतवार को वह नाश्ते के बाद मुझसे आठ आने किराए के लेता, उससे मिलने के लिए बांद्रा रवाना हो जाता और दोपहर तक लौट आता।

मैंने खोली में जाकर उसको आठ आने दिए। वह चला गया। दोपहर को लौटा तो उसने ग़ैर-मामूली तौर पर मुझसे कहा, "आज मामला खत्म हो गया।"

बिरजमोहन ने, जैसे उसके सीने का बोझ हल्का हो गया हो, मुझसे कहा, "पीरन से आज दोटूक फैसला हो गया है। मैंने उससे कहा, 'जब भी तुमसे मिलना शुरू करता हूँ मुझे कोई काम नहीं मिलता। तुम बहुत मनहूस हो।' उसने कहा, 'बेहतर है, मिलना छोड़ दो। देखूँगी तुम्हें कैसे काम मिलता है। मैं मनहूस हूँ मगर तुम अव्वल दर्ज़े के निखट्टू और कामचोर हो।' सो अब यह किस्सा खत्म हो गया है और मेरा ख्याल है कि इंशा-अल्लाह कल ही मुझे काम मिल जाएगा। सुबह तुम मुझे चार आने देना। मैं सेठ नानूभाई से मिलूँगा। वह मुझे ज़रूर अपना असिस्टेंट रख लेगा।"

यह सेठ नानूभाई जो फिल्म डायरेक्टर था, अनेक बार बिरजमोहन को नौकरी देने से इंकार कर चुका था, क्योंकि उसका भी पीरन की तरह यही ख्याल था कि वह कामचोर और निकम्मा है। लेकिन दूसरे दिन बिरजमोहन जब मुझसे चार आने लेकर गया तो दोपहर को उसने मुझे यह खुशखबरी सुनाई कि सेठ नानूभाई ने बहुत खुश होकर उसे अढ़ाई सौ रुपए माहवार पर नौकर रख लिया है। कांट्रेक्ट एक वर्ष का है जिस पर दस्तखत हो चुके हैं। फिर उसने जेब में हाथ डालकर सौ रुपए निकाले और मुझे दिखाए, "यह एडवांस है—जी तो मेरा चाहता है कि कांट्रेक्ट और सौ रुपए लेकर बांद्रा जाऊँ और पीरन से कहूँ कि देखो मुझे काम मिल गया है, लेकिन नानूभाई मुझे फौरन जवाब दे देगा—मेरे साथ एक नहीं, कई मर्तबा ऐसा हो चुका है। इधर नौकरी मिली उधर पीरन से मुलाकात हुई—मामला

साफ। किसी-न-किसी बहाने मुझे निकाल बाहर किया गया। खुदा मालूम इस लड़की में यह नहूसत कहाँ से आ गई। अब मैं कम-से-कम एक साल तक उसका मुँह नहीं देखूँगा। मेरे पास कपड़े बहुत कम रह गए हैं। एक साल लगाकर कुछ बनवालूँ तो फिर देखा जाएगा।"

छह महीने गुज़र गए। बिरजमोहन बराबर काम पर जा रहा था। उसने कई नए कपड़े बनवा लिए थे। एक दर्जन रूमाल भी ख़रीद लिए थे। अब वे तमाम चीज़ें उसके पास थीं जो एक कँवारे आदमी के ऐश-व-आराम के लिए ज़रूरी होती हैं। एक दिन वह स्टूडियो गया हुआ था कि उसके नाम एक खत आया। शाम को जब वह लौटा तो उसे यह खत देना भूल गया। सुबह नाश्ते पर मुझे याद आया तो मैंने यह खत उसके हवाले कर दिया। लिफाफा पकड़ते ही वह ज़ोर से चीखा, "लानत!"

मैंने पूछा, "क्या हुआ?"

"वही पीरन—अच्छी-भली ज़िदगी गुज़र रही थी!" यह कहकर उसने चम्मच से लिफाफा खोला। खत का काग़ज़ निकाला और मुझसे कहा, "वही कमबख्त है—मैं कभी उसका हैंडराइटिंग भूल सकता हूँ।"

मैंने पूछा, "क्या लिखती है?"

"मेरा सिर—कहती है मुझसे इस इतवार को ज़रूर मिलो। तुमसे कुछ कहना है।" यह कहकर बिरजमोहन ने खत लिफाफे में डाला और जेब में रख लिया। "लो भई मंटो, नौकरी से, इंशा-अल्लाह नौकरी से कल ही जवाब मिल जाएगा।"

"क्या बकवास करते हो?"

बिरजमोहन ने बड़े शांत ढंग से कहा, "नहीं, मंटो, तुम देख लेना। कल इतवार है। परसों नानूभाई को मुझसे कोई-न-कोई शिकायत पैदा होगी। और वह मुझे फौरन निकाल बाहर करेगा।"

मैंने उससे कहा, "अगर तुम्हें इतना विश्वास है तो मत जाओ उससे मिलने।"

"यह नहीं हो सकता—वह बुलाए तो मुझे जाना ही पड़ता है।"

"क्यों?"

"नौकरी करते-करते कुछ मैं भी उकता चुका हूँ—छह महीने से ऊपर हो गए हैं।" यह कहकर वह मुस्कराया और चला गया।

दूसरे दिन वह नाश्ता करके बांद्रा चला गया। पीरन से मुलाक़ात करके लौटा तो उसने उस मुलाक़ात के बारे में कोई बात न की। मैंने उससे पूछा, "मिल आए अपने मनहूस सितारे से?"

"हाँ, भई—उससे कह दिया कि नौकरी से बहुत जल्द जवाब मिल जाएगा।"

यह कहकर वह खाट पर से उठा, "चलो आओ, खाना खा आएँ।"

हम दोनों ने हाज़ी के होटल में खाना खाया। इस दौरान पीरन की कोई बात न हुई। रात को सोने से पहले उसने सिर्फ इतना कहा, "अब देखिए कल क्या गुल खिलता है।"

मेरा ख्याल था कि कुछ भी नहीं होगा। मगर दूसरे दिन बिरजमोहन असामान्य रूप से स्टूडियो से जल्दी लौट आया। मुझसे मिला तो ज़ोर से हँसा, "जवाब मिल गया, भाई!"

मैंने समझा मज़ाक कर रहा है, "हटाओ जी!"

"जो हटना था वह तो हट गया—अब मैं कैसे हटाऊँ—सेठ नानूभाई पर टाँच आ गई है—स्टूडियो सील हो गया है। मेरी वजह से ख्वाह-म-ख्वाह बेचारे नानूभाई पर भी आफत आई।" यह कहकर बिरजमोहन फिर हँसने लगा।

मैंने सिर्फ इतना कहा, "यह अजीब सिलसिला है।"

"देख लो—इसे कहते हैं हाथ कंगन को आरसी क्या!" बिरजमोहन ने सिगरेट सुलगाया और कैमरा उठाकर बाहर घूमने चला गया।

बिरजमोहन अब बेकार था। जब उसकी जमा-पूँजी खत्म हो गई तो उसने हर इतवार को फिर से बांद्रा जाने के लिए आठ आने माँगने शुरू कर दिए। मुझे अभी तक मालूम नहीं आध-पौन घंटे में वह पीरन से क्या बातें करता था। वैसे वह बहुत अच्छी गुफ्तगू करने वाला था। मगर उस लड़की से, जिसकी नहूसत का उसे पूरे तौर पर यक़ीन था, वह किस किस्म की बातें करता था। मैंने एक दिन उससे पूछा, "बिरज, क्या पीरन को भी तुमसे मुहब्बत है?"

"नहीं, वह किसी और से मुहब्बत करती है।"

"तुमसे क्यों मिलती है?"

"इसलिए कि मैं ज़हीन हूँ। उसके भद्दे चेहरे को खूबसूरत बनाकर पेश कर सकता हूँ। उसके लिए क्रॉस वर्ड पज़ल हल करता हूँ। कभी-कभी उसको इनाम भी दिलवा देता हूँ—मंटो, तुम नहीं जानते इन लड़कियों को। मैं खूब पहचानता हूँ इन्हें—जिससे वह मुहब्बत करती है, उसमें जो कमी है, मुझसे पूरी कर लेती है।" यह कहकर वह मुस्कराया, "बड़ी चार सौ बीस है।"

मैंने कुछ हैरानी से पूछा, "मगर, तुम क्यों उससे मिलते हो?"

बिरजमोहन हँसा। चश्मे के पीछे उसने आँखें सिकोड़कर कहा, "मुझे मज़ा आता है।"

"किस बात का?"

"उसकी नहूसत का—मैं उसका इम्तहान ले रहा हूँ, उसकी नहूसत का इम्तहान—

यह नहूसत अपने इम्तहान में पूरी उतरी है। मैंने जब भी उससे मिलना शुरू किया, मुझे अपने काम से जवाब मिला—अब मेरी एक ख्वाहिश है कि उसके मनहूस असर को चकमा दे जाऊँ।"

मैंने उससे पूछा, "क्या मतलब?"

बिरजमोहन ने बड़ी संजीदगी से कहा, "मेरा जी चाहता है कि नौकरी से जवाब मिलने से पहले नौकरी से अलग हो जाऊँ। यानी खुद अपने मालिक को जवाब दे दूँ। उसके बाद कहूँ, जनाब, मुझे मालूम था कि आप मुझे हटाने वाले हैं। इसलिए मैंने आपको तकलीफ न दी और खुद अलग हो गया। और आप मुझे निकाल नहीं रहे थे। यह मेरी दोस्त पीरन थी जिसकी नाक कैमरे में ऐसे घुसती है जैसे तीर।"

बिरजमोहन मुस्कराया, "यह मेरी एक छोटी-सी ख्वाहिश है। देखो पूरी होती है या नहीं।"

मैंने कहा, "अज़ीबोगरीब ख्वाहिश है।"

"मेरी हर चीज़ अज़ीबोगरीब होती है—पिछले इतवार मैंने पीरन के उस दोस्त के लिए जिससे वह मुहब्बत करती है, एक फोटो तैयार करके दिया। उल्लू की दुम उसे कंपीटिशन में भेजेगा—यकीनी तौर पर इनाम मिलेगा, उसे।" यह कहकर वह मुस्कराया।

बिरजमोहन वाकई अज़ीबोगरीब आदमी था। वह पीरन के दोस्त को कई बार फोटो तैयार करके दे चुका था। इलस्ट्रेटेड वीकली में ये फोटो उसके नाम से छपते थे और पीरन बहुत खुश होती थी। बिरजमोहन उनको देखता था तो मुस्करा देता था। वह पीरन के दोस्त की शक्ल-व-सूरत से अनजान था। पीरन ने बिरजमोहन से उसकी मुलाक़ात तक न कराई थी। सिर्फ इतना बताया था कि वह किसी मिल में काम करता है और बहुत खूबसूरत है।

एक इतवार को बिरज बांद्रा से वापस आया तो उसने मुझसे कहा, "लो भई मंटो, आज मामला खत्म हो गया।"

मैंने उससे पूछा, "पीरन वाला?"

"हाँ। भई, कपड़े खत्म हो रहे थे। मैंने सोचा कि यह सिलसिला खत्म करो—अब इंशा-अल्लाह कुछ-ही दिनों में कोई-न-कोई नौकरी मिल जाएगी। मेरा ख्याल है कि सेठ नियाज अली से मिलूँ—उसने एक फिल्म बनाने का ऐलान किया है—कल ही जाऊँगा। तुम यार, ज़रा उसके दफ्तर का पता लगा लेना।"

मैंने उसके दफ्तर का नया फोन एक दोस्त से पूछकर बिरजमोहन को बता दिया। वह दूसरे दिन वहाँ गया। शाम को लौटा। उसके चेहरे पर मुस्कराहट थी।

"लो भई मंटो", यह कहकर उसने जेब से टाइप किया हुआ काग़ज़ निकाला और मेरी ओर फेंक दिया। एक पिक्चर का कांट्रेक्ट था। "तनख्वाह दो सौ रुपए माहवार कम है, लेकिन सेठ नियाज़ अली ने कहा है, बढ़ा दूँगा—ठीक है।"

मैं हँसा, "अब पीरन से कब मिलोगे?"

बिरजमोहन मुस्कराया, "कब मिलूँगा? मैं भी यही सोच रहा था कि मुझे उससे कब मिलना चाहिए—मंटो यार, मैंने तुमसे कहा था कि मेरी एक छोटी-सी ख्वाहिश है, बस वह पूरी हो जाए—मेरा ख्याल है मुझे इतनी जल्दी नहीं करनी चाहिए। ज़रा मेरे तीन-चार जोड़े बन जाएँ। पचास रुपए एडवांस ले आया हूँ। पच्चीस तुम रख लो।"

पच्चीस मैंने ले लिए। होटल वाले का कर्ज़ था जो फौरन चुका दिया गया। हमारे दिन बड़ी खुशहाली में गुज़रने लगे। सौ रुपए माहवार मैं कमा लेता था। दो सौ रुपए माहवार बिरजमोहन ले आता था। बड़े ऐश थे। पाँच महीने गुज़र गए कि अचानक एक दिन पीरन का खत बिरजमोहन को मिला, "लो, भई मंटो, इज़राईल साहब तशरीफ ले आए।"

सही बात है कि मैंने उस वक़्त खत देखकर खौफ-सा महसूस किया मगर बिरजमोहन ने मुस्कराते हुए लिफाफा खोला। खत का काग़ज़ निकालकर पढ़ा। बिल्कुल थोड़ी-सी लिखावट थी। मैंने बिरज से पूछा, "क्या फरमाती हैं?"

"फरमाती हैं, इतवार को मुझसे ज़रूर मिलो। एक बहुत ज़रूरी काम है।" बिरजमोहन ने खत लिफाफे में वापस डालकर अपनी जेब में रख लिया।

मैंने उससे पूछा, "जाओगे?"

"जाना ही पड़ेगा।" फिर उसने यह फिल्मी गीत गाना शुरू किया— 'मत भूल मुसाफिर तुझे जाना ही पड़ेगा।'

मैंने उससे कहा, "बिरज, मत जाओ, उससे मिलने…बड़े अच्छे दिन गुज़र रहे हैं हमारे—तुम नहीं जानते, खुदा मालूम किस तरह तुम्हें आठ आने दिया करता था।"

बिरजमोहन मुस्कराया, "मुझे सब मालूम है लेकिन अफसोस है कि अब वे दिन फिर आने वाले हैं, जब तुम खुदा मालूम किस तरह आठ आने दिया करोगे।"

इतवार को बिरज फिर पीरन से मिलने बांद्रा गया। वापस आया तो उसने मुझसे इतना कहा, "मैंने उससे कहा, यह बारहवीं बार है कि मुझे तुम्हारी नहूसत की वजह से नौकरी से अलग होना पड़ेगा—तुम पर रहमत हो ज़रतुश्त की।"

मैंने पूछा, "उसने सुनकर कुछ कहा?"

बिरज ने जवाब दिया, "सिर्फ यह—तुम सिली इडियट हो!"

"तुम हो?"

"सौ फीसदी!" यह कहकर बिरज हँसा, "अब मैं कल सुबह दफ्तर जाते समय ही इस्तीफा पेश कर देने वाला हूँ। मैंने वहीं पीरन के पास लिख लिया था।"

बिरजमोहन ने मुझे इस्तीफे का काग़ज़ दिखाया। दूसरे दिन ग़ैर-मामूली तौर पर उसने जल्दी-जल्दी नाश्ता किया और दफ्तर की ओर चल पड़ा। शाम को लौटा तो उसका चेहरा उतरा हुआ था। उसने मुझसे कोई बात न की। मुझे ही आखिर उससे पूछना पड़ा, "क्यों बिरज, क्या हुआ?"

उसने बड़ी ना-उमीदी से सिर हिलाया, "कुछ नहीं यार, सारा किस्सा ही खत्म हो गया।"

"क्या मतलब?"

"मैंने सेठ नियाज़ अली को अपना इस्तीफा पेश किया तो उसने मुस्कराकर मुझे एक आफिसियल खत दिया। उसमें यह लिखा था कि मेरी तनख्वाह पिछले महीने से दो सौ की बजाय तीन सौ रुपए माहवार कर दी गई है।"

पीरन से बिरजमोहन की दिलचस्पी खत्म हो गई थी। उसने मुझसे एक दिन कहा, "पीरन की नहूसत खत्म होने के साथ ही वह भी खत्म हो गई—और मेरा एक निहायत दिलचस्प शगल भी खत्म हो गया। अब कौन मेरे बेकार रहने का कारण होगा।"

(27 जुलाई, 1950)

खुरशिट

हम दिल्ली में थे। मेरा बच्चा बीमार था। मैंने पड़ोस के डॉक्टर कापड़िया को बुलाया। वह एक कुबड़ा आदमी था। बहुत ठिगना क़द लेकिन बेहद शरीफ। उसने मेरे बच्चे का बड़े अच्छे तरीके से इलाज़ किया। उसको फीस दी तो उसने कबूल न की। यूँ तो वह पारसी था लेकिन बड़ी रवानी से साफ-सुथरी उर्दू बोलता था, इसलिए कि वह दिल्ली ही में पैदा हुआ था और तालीम उसने वहीं हासिल की थी।

हमारे सामने के फ्लैट में मिस्टर खेशवाला रहता था। यह भी पारसी था। इसी के द्वारा हमने डॉक्टर कापड़िया को बुलाया था। तीन-चार बार हमारे घर आया तो उससे हमारे संबंध बढ़ गए। डॉक्टर के घर मेरा और मेरी बीवी का आना-जाना शुरू हो गया। इसके बाद डॉक्टर ने हमारी मुलाक़ात अपने लड़के से कराई। उसका नाम सावक कापड़िया था। वह बहुत ही मिलनसार आदमी था। रंग बेहद ज़र्द। ऐसा लगता था कि उसमें खून है ही नहीं। सिंगर मशीन कंपनी में नौकरी करता था। लगभग पाँच-छह सौ रुपए माहवार पाता था। बहुत साफ-सुथरा रहता था। उसका घर जो हमारे घर से कुछ फासले पर था, बहुत सुंदर ढंग से सजा हुआ था। मजाल है कि गर्दोगुबार का एक ज़र्रा भी कहीं नज़र आए।

जब मैं और मेरी बीवी शाम को उनके घर जाते तो वह और उसकी बीवी खुरशीद, जिसको पारसियों की भाषा में खुरशिट कहा जाता था, बड़े तपाक से पेश आते और हमारी खूब खातिरदारी करते।

खुरशीद यानी खुरशिट लंबे क़द की औरत थी। आम पारसियों की तरह उसकी नाक बदनुमा नहीं थी लेकिन खूबसूरत भी नहीं थी। मोटी पकौड़ा-सी नाक थी लेकिन रंग सफेद था, इसलिए सहन हो गई थी। बाल कटे हुए थे। चेहरा गोल था। खुशपोश थी, इसलिए अच्छी लगती थी। मेरी बीवी से कुछ मुलाक़ातों में ही दोस्ती हो गई। चुनाँचे हम उनके घर अक्सर जाने लगे। वे दोनों मियाँ-बीवी भी हर दूसरे-तीसरे दिन हमारे पास आ जाते थे और देर रात तक बैठे रहते थे।

हम जब भी सावक के घर गए, एक सिख को उनके घर देखा। यह सिख

एक तगड़ा आदमी था। बहुत खुश रहने वाला। सावक ने मुझे बताया कि सरदार जोरावर सिंह उसका बचपन का दोस्त है। दोनों इकट्ठे पढ़ते थे। एक साथ उन्होंने बी. ए. पास किया। लेकिन शक्ल-सूरत की दृष्टि से सरदार जोरावर सिंह सावक के मुकाबले ज़्यादा उम्र का नज़र आता था। सावक शायद खून की कमी के कारण बहुत ही छोटा मालूम होता था। ऐसा लगता था कि उसकी उम्र अठारह वर्ष से ज़्यादा नहीं। लेकिन सरदार जोरावर सिंह चालीस के ऊपर मालूम होता था।

सरदार जोरावर सिंह कँवारा था। जंग का ज़माना था। उसने गवर्नमेंट से कई ठेके ले रखे थे। उसका बाप बहुत पुराना गवर्नमेंट कांट्रेक्टर था। लेकिन बाप-बेटे में बनती नहीं थी। सरदार जोरावर सिंह आज़ाद ख्याल था। लेकिन वह अपने बाप ही के साथ रहता था। पर वह एक-दूसरे से बात नहीं करते थे। अलबत्ता उसकी माँ उससे बहुत प्यार करती थी, जैसे वह छोटा-सा बच्चा हो। उसकी वजह यह थी कि वह माँ का इकलौता लड़का था। तीन लड़कियाँ थीं। वे अपने घर में आबाद हो चुकी थीं। अब उसकी ख्वाहिश थी कि वह शादी कर ले और उसके कलेजे को ठंडक पहुँचाए। मगर वह इसके बारे में बात करने के लिए तैयार ही नहीं था।

मैंने एक दफा उससे पूछा, "सरदार साहब, आप शादी क्यों नहीं करते?"

उसने मूँछों के अंदर हँसकर जवाब दिया, "करूँगा। इतनी जल्दी क्या है?"

मैंने पूछा, "आपकी उम्र क्या है?"

उसने कहा, "आपका क्या ख्याल है?"

"मेरे ख्याल में आपकी उम्र लगभग चालीस वर्ष होगी।"

सरदार जोरावर सिंह मुस्कराया, "आपका अंदाज़ा ग़लत है।"

"आप फरमाइए, आपकी क्या उम्र है?"

सरदार जोरावर सिंह मुस्कराया, "मैं आपसे बहुत छोटा हूँ—उम्र के लिहाज से भी—मैं अभी परसों उनतीस अगस्त को 25 वर्ष का हुआ हूँ।"

मैंने अपने ग़लत अंदाज़े की माफी चाही, "लेकिन आपकी शक्लो-सूरत से जहाँ तक मैं समझता हूँ , कोई भी नहीं कह सकता कि आपकी उम्र 25 वर्ष की है।"

सरदार जोरावर सिंह हँसा, "मैं सिख हूँ—और बड़ा ग़ैर-मामूली सिख!" यह कहकर उसने ग़ौर से मुझे देखा, "मंटो साहब, आप हज़ामत क्यों नहीं कराते। इतने बड़े बालों से आपको दहशत नहीं होती।"

मैंने गर्दन पर हाथ फेरा। बाल वाकई बहुत बढ़े हुए थे। लगभग तीन महीने हो गए थे जब मैंने बाल कटवाए थे। सरदार जोरावर सिंह ने बात की तो मुझे

सिर पर एक बोझ-सा महसूस हुआ। "याद ही नहीं रहा। अब आपने कहा है तो मुझे दहशत महसूस हुई है। खुदा मालूम मुझे क्यों बाल कटवाने याद नहीं रहते–यह सिलसिला है ही कुछ वाहियात। एक घंटा नाई के सामने सिर झुकाए बैठे रहो। वह अपनी खुराफात बकता रहे और आप मजबूरन कान समेटे सुनते रहें–फलाँ एक्ट्रेस ऐसी है, फलाँ एक्ट्रेस वैसी है। अमरीका ने एटम बम ईजाद कर लिया है। रूस के पास इस वक़्त बहुत ही तगड़ा जवाब मौजूद है। यह एटली कौन है?–और वह मुसोलिनी कहाँ गया–अब मैं अगर उससे कहूँ कि जहन्नुम में गया है तो वह ज़रूर पूछता कि साहब, कैसे गया, किस रास्ते से गया, कौन से जहन्नुम में गया।"

मेरी इतनी लंबी-चौड़ी बात सुनकर सरदार जोरावर सिंह ने अपनी सफेद पगड़ी उतारी। मुझे सख़्त हैरत हुई। इसलिए कि उसके केश नदारद थे। उनके बजाय हल्के खशखशी बाल थे। लेकिन वह पगड़ी कुछ इस ढंग से बाँधता था कि मालूम होता था कि उसके केश हैं और साबित-व-सालिम हैं।

बड़ी सफाई से पगड़ी उतारकर उसने मेरी तिपाई पर रखी और मुस्कराकर कहा, "मैं तो इससे बड़े बाल कभी बरदाशत नहीं कर सकता।"

मैंने उसके बालों के बारे में कोई बात न की। इसलिए कि मैंने मुनासिब ख्याल न किया। उसने भी उनके बारे में कोई बात न छेड़ी। पगड़ी तिपाई पर रख देने के बाद उसने सिर्फ इतना कहा था, 'मैं तो इससे बड़े बाल कभी बरदाश्त नहीं कर सकता।' इसके बाद उसने गुफ्तगू का विषय बदल दिया और कहा, "मंटो साहब, खुरशीद के लिए आप कुछ कीजिए।"

मैं कुछ न समझा, "कौन खुरशीद?"

सरदार जोरावर सिंह ने पगड़ी उठाकर अपने सिर पर रख ली, "खुरशीद कापड़िया के लिए।"

"मैं उनकी क्या खिदमत कर सकता हूँ?"

"उसको गाने का बहुत शौक है।"

मुझे मालूम नहीं था कि खुरशिट गाती है, "कैसा गाती हैं?"

सरदार जोरावर सिंह ने खुरशिट की गायकी के बारे में इतनी तारीफ की कि मुझे यह सब भ्रम मालूम हुआ। "मंटो साहब, बहुत अच्छी आवाज़ पाई है। विशेषकर ठुमरी ऐसी अच्छी गाती है कि आप वशीभूत हो जाएँगे। आपको ऐसा मालूम होगा कि खान साहब अब्दुल क़रीम को सुन रहे हैं और मज़े की बात यह कि खुरशीद ने किसी की शार्गिदी नहीं की–बस जो मिला है क़ुदरत से मिला है। आप आज शाम को आइए–मिसेज़ मंटो भी ज़रूर तशरीफ लाएँ। मैं खुरशीद

को बुलाऊँगा। आप ज़रा उसे सुनिएगा।"

मैंने कहा, "ज़रूर, ज़रूर—मुझे मालूम नहीं था कि वह गाती हैं।"

सरदार जोरावर सिंह ने सिफारिश के तौर पर कहा, "आप रेडियो स्टेशन में हैं। मैं चाहता हूँ कि खुरशीद को हर महीने कुछ प्रोग्राम मिल जाया करें। रुपए की उसे कोई ख्वाहिश नहीं है।"

"लेकिन अगर उनको प्रोग्राम मिलेगा तो मुआवज़ा भी ज़रूर मिलेगा। गवर्नमेंट उनका मुआवज़ा किस खाते में डालेगी?"

यह सुनकर जोरावर सिंह मुस्कराया, "तो ठीक है। लेकिन उसे प्रोग्राम ज़रूर दिलवाइएगा—मुझे यकीन है कि सुनने वाले उसे बहुत पसंद करेंगे।"

इस गुफ़्तगू के बाद हम तीसरे दिन सावक के घर गए। वह मौजूद नहीं था लेकिन ड्राइंग रूम में सरदार जोरावर सिंह बैठा सिगरेट पी रहा था। पारसियों में सिगरेट पीना मना है। सिख भी सिगरेट नहीं पीते। लेकिन वह बड़े इत्मीनान और ठाठ से कश पर कश ले रहा था। मैं और मेरी बीवी जब कमरे में दाखिल हुए तो उसने सिगरेट पीना बंद कर दिया। ऐशट्रे में उसकी गर्दन मरोड़कर उसने हमें खालिस इस्लामी अंदाज़ में सलाम किया और कहा, "खुरशीद की तबीयत आज कुछ नासाज़ है।"

खुरशीद कुछ देर के बाद आई तो मैंने महसूस किया कि उसकी तबीयत कतई नासाज़ नहीं है। मैंने उससे पूछा, तो उसने अपने मोटे होंठों पर मुस्कराहट पैदा करके कहा, "ज़रा जुकाम था।"

मगर उसको जुकाम नहीं था। सरदार जोरावर सिंह ने बड़े ज़ोरदार अंदाज़ में खुरशीद से उसका हाल पूछा। जुकाम के लिए कम-से-कम दस दवाएँ तज़वीज़ कीं। पाँच डॉक्टरों के हवाले दिए मगर वह खामोश रही। जैसे वह इस क़िस्म की बकवास सुनने की आदी है। इतने में खुरशीद का खाविंद सावक कापड़िया आ गया। दफ़्तर में काम की ज़्यादती की वजह से उसे देर हो गई थी। मुझसे और मेरी बीवी से उसने माफी चाही। सरदार जोरावर सिंह से कुछ देर मज़ाक किया और हमसे चंद मिनट की रुखसत लेकर अंदर चला गया। इसलिए कि उसे अपनी बच्ची को देखना था।

उसकी पलौठी की बच्ची बहुत प्यारी थी। मियाँ-बीवी की बस एक यही औलाद थी। लगभग डेढ़ वर्ष की थी। रंग बाप की तरह ज़र्द—कुछ नक्श माँ पर थे। बाकी मालूम नहीं किसके थे। बहुत हँसमुख थी। सावक उसको गोद में उठाकर लाया और हमारे पास बैठ गया। उसको अपनी बच्ची से बेहद प्यार था। दफ्तर से वापस आकर वह सारा वक़्त उसके साथ खेलता रहता। मेरा ख्याल है

क़रीब-क़रीब हर हफ्ते वह उसके लिए खिलौने लाता। शीशों वाली बड़ी अलमारी थी जो इन खिलौनों से भरी हुई थी।

सरदार जोरावर सिंह के बारे में बात छिड़ी तो सावक ने उसकी बहुत तारीफ की। उसने मुझसे और मेरी बीवी से कहा, "सरदार जोरावर सिंह मेरा बहुत पुराना दोस्त है। हम दोनों लंगोटिए हैं। इसके वालिद साहब और मेरे वालिद साहब इसी तरह लंगोटिए थे। दोनों इकट्ठे पढ़ा करते थे। पहली ज़मात से लेकर अब तक हम दोनों हर रोज़ एक-दूसरे से मिलते रहे हैं। कई बार तो मुझे ऐसा महसूस होता है कि हम स्कूल ही में पढ़ रहे हैं।"

सरदार जोरावर सिंह मुस्कराता रहा। उसके सिर पर सिखों की बहुत बड़ी पगड़ी थी। मगर मुझे उसके होते हुए उसके सिर के खशखशी बाल नज़र आ रहे थे और मुझे अपने सिर पर अपने बालों का बोझ महसूस हो रहा था।

सरदार जोरावर सिंह ने बहुत ज़ोर दिया तो खुरशीद ने बाजा मँगाकर हमें गाना सुनाया। वह कनसुरी थी। लेकिन खुरशीद, उसके खाविंद और सरदार जोरावर सिंह की खातिर मुझे उसके गाने की मज़बूरन तारीफ करनी पड़ी। मैंने सिर्फ इतना कहा, "माशा-अल्लाह, आप गाती खूब हैं।"

सरदार जोरावर सिंह ने बड़े ज़ोर से ताली बजाई और कहा, "खुरशीद, आज तो तुमने कमाल कर दिया।" फिर मुझसे बोला, "इसको आफ़ताब-ए-मोसिक़ी का खिताब मिल चुका है, मंटो साहब!"

मैंने तो कुछ न कहा, लेकिन मेरी बीवी ने पूछा, "कब?"

सरदार जोरावर सिंह ने कहा, "अखबार का वह कटिंग लाना।"

खुरशीद अखबार की कटिंग लाई। कोई खुशामदी किस्म का रिपोर्टर था, जिसने छह महीने पहले एक प्राइवेट महफिल में खुरशीद का गाना सुनकर उसे आफ़ताब-ए-मोसिक़ी का खिताब प्रदान किया था। मैं यह कटिंग पढ़कर मुस्कराया और शरारत के रूप में खुरशीद से कहा, "आपका यह खिताब ग़लत है।"

सरदार जोरावर सिंह ने मुझसे पूछा, "क्यों?"

मैंने फिर शरारत से कहा, "औरत के लिए आफ़ताब नहीं—आफ़ताबा होना चाहिए। खुरशीद साहिबा, आफ़ताबे-मोसिक़ी नहीं, आफ़ताबा-ए-मोसिक़ी हैं।"

मेरा मज़ाक सबके सिर पर से गुज़र गया। मैंने खुदा का शुक्र किया। क्योंकि यह मज़ाक करने के बाद मैंने फौरन ही सोचा था कि और कोई नहीं तो सरदार जोरावर सिंह इसको ज़रूर समझ जाएगा। मगर वह मुस्कराया, "ये अखबार वाले हमेशा ग़लत जबान लिखते हैं। आफ़ताब की जगह आफ़ताबा होना चाहिए था। आप बिल्कुल सही फरमाते हैं।"

मैंने और कुछ न कहा, इसलिए कि मुझे अहसास था कि कहीं मेरे मज़ाक का भेद न खुल जाए।

सावक कुछ और ही ख्यालों में ग़र्क था। उसे सरदार जोरावर सिंह की दोस्ती की घटनाएँ याद आ रही थीं, "मिस्टर मंटो, ऐसा दोस्त मुझे कभी नहीं मिलेगा। इसने हमेशा मेरी मदद की है। हमेशा मेरे साथ बहुत अधिक भलाई की है। पिछले दिनों मैं अस्पताल में बीमार था। इसने नर्सों से भी अधिक मेरी सेवा की। मेरे घरबार का ख्याल रखा। खुरशीद अकेली घबरा जाती। मगर इसने हर तरह उसको तसल्ली दी। मेरी बच्ची को घंटों खिलाता रहा। इसके अलावा मेरे पास बैठकर कई अखबार पढ़कर सुनाता रहा। मैं उसका शुक्रिया अदा नहीं कर सकता।"

यह सुनकर सरदार जोरावर सिंह मुस्कराया और खुरशीद से बोला, "खुरशीद, आज तुम्हारा खाविंद बहुत सेंटीमेंटल हो रहा है—मैंने किया क्या था जो यह मेरी इतनी तारीफ कर रहा है।"

सावक ने कहा, "बकवास न करो—तुम्हारी तारीफ मैं कर ही नहीं सकता। मैं सिर्फ इतना कह सकता हूँ कि तुम्हारी दोस्ती पर मुझे गर्व है और हमेशा रहेगा। बचपन से लेकर अब तक तुम एक जैसे रहे हो। मेरे साथ तुम्हारे सलूक में कभी फर्क नहीं आया।"

मैंने सरदार जोरावर सिंह की तरफ देखा। वह ये तारीफ के शब्द ऐसे सुन रहा था जैसे रेडियो से खबरें। जब सावक बोल चुका तो उसने मुझसे पूछा, "तो खुरशीद को प्रोग्राम मिल जाएँगे न?"

मैंने चौंककर जवाब दिया, "जी—मैं कोशिश करूँगा।"

सरदार जोरावर सिंह ने ज़रा हैरत से कहा, "कोशिश—यानी इनके लिए प्रोग्राम हासिल करने के लिए आपको कोशिश करनी पड़ेगी। आप भी कमाल करते हैं—कल सुबह इनको अपने साथ ले जाइए। मेरा ख्याल है इनका गाना सुनते ही म्यूजिक डायरेक्टर इसी महीने में इनको कम-से-कम दो प्रोग्राम दे देगा।"

मैंने उसका दिल तोड़ना ठीक न समझा और कहा, "यक़ीनन।"

लेकिन खुरशीद ने सरदार जोरावर सिंह से कहा, "मैं सुबह नहीं जा सकती। बेबी सुबह को मेरे बगैर नहीं रह सकती। दोपहर को अलबत्ता जा सकती हूँ।"

सरदार जोरावर सिंह तब मुझसे बोला, "मंटो साहब, वाकई बच्ची इसको सुबह बहुत तंग करती है। मैं किसी दिन खुरशीद को दोपहर के वक़्त रेडियो स्टेशन ले आऊँगा।"

खुरशीद को दोपहर के वक़्त रेडियो स्टेशन लाने की नौबत न आई, क्योंकि मैंने दूसरे दिन ही एकदम इरादा किया कि मैं दिल्ली छोड़कर बंबई चला जाऊँगा।

चुनाँचे मैं उसके अगले दिन इस्तीफा देकर बंबई रवाना हो गया। मेरी बीवी भी कुछ दिन बाद चली आई। हम मिसेज़ खुरशिट कापड़िया और सरदार जोरावर सिंह को भूल गए।

मैं एक फिल्म कंपनी में नौकर था। बीमारी के कारण संयोग से एक दिन मैं वहाँ न गया। दूसरे दिन पहुँचा तो गेट-कीपर ने मुझे एक काग़ज़ दिया कि कल एक साहब आपसे मिलने यहाँ आए थे। वह यह दे गए हैं। मैंने रुक्का पढ़ा। सरदार जोरावर सिंह का था। छोटी-सी लिखावट थी—मैं और मेरी बीवी आपसे मिलने यहाँ आए थे, मगर आप मौजूद नहीं थे। हम ताज़ होटल में ठहरे हैं। अगर आप तशरीफ लाएँ तो हमें बड़ी खुशी होगी। मिसेज़ मंटो को ज़रूर साथ लाइएगा।"

कमरे का नंबर आदि उसमें लिखा था। मैं और मेरी बीवी उस शाम टैक्सी में ताज़ होटल गए। कमरा तलाश करने में कोई दिक्कत न हुई। सरदार जोरावर सिंह वहाँ मौजूद था। हम जब कमरे में दाखिल हुए तो वह अपने छोटे-छोटे खशखशी बालों में कंघी कर रहा था। बड़े तपाक से मिला। मेरी बीवी उसकी बीवी को देखने के लिए बेक़रार थी। चुनाँचे उसने पूछा, "सरदार साहब, आपकी मिसेज़ कहाँ हैं?"

सरदार जोरावर सिंह मुस्कराया, "अभी आती हैं—बाथरूम में हैं।"

उसने यह कहा और दूसरे कमरे से खुरशीद प्रगट हुई। मेरी बीवी उठकर उससे गले मिली और सबसे पहला सवाल उससे किया, "बच्ची कैसी है, खुरशीद?"

खुरशीद ने जवाब दिया, "अच्छी है।"

फिर मेरी बीवी ने उससे पूछा, "सावक कहाँ है?"

खुरशीद ने कोई जवाब न दिया। जब वह और मेरी बीवी पास-पास बैठ गईं तो मैंने सरदार जोरावर सिंह से पूछा, "सरदार साहब, आप अपनी बीवी को तो बाहर निकालिए।"

सरदार जोरावर सिंह मुस्कराया। खुरशीद की तरफ देखकर उसने कहा, "खुरशीद, मेरी बीवी को बाहर निकालो।"

खुरशीद मेरी बीवी की ओर देखकर मुस्कराई, "मैंने सरदार जोरावर सिंह से शादी कर ली है। हम यहाँ हनीमून मनाने आए हैं।"

मेरी बीवी ने यह सुना तो उसकी समझ में कुछ न आया कि क्या कहे, उठी और मेरा हाथ पकड़कर कहा, "चलिए सआदत साहब!" और हम कमरे से बाहर थे। खुदा मालूम सरदार जोरावर सिंह और खुरशीद ने हमारी इस बदतमीज़ी के बारे में क्या कहा होगा।

(28 जुलाई, 1950)

बासित

बासित बिल्कुल रज़ामंद नहीं था, लेकिन माँ के सामने उसकी कोई पेश न चली। अव्वल तो उसको इतनी जल्दी शादी करने की कोई इच्छा नहीं थी, इसके अलावा वह लड़की भी उसे पसंद नहीं थी जिससे उसकी माँ उसकी शादी करने पर तुली थी। वह बहुत देर तक टालता रहा। जितने बहाने बना सकता था, उसने बनाए। लेकिन आखिर एक दिन उसको माँ की अटल इच्छा के सामने झुकना ही पड़ा। दरअसल इंकार करते-करते वह भी तंग आ गया था। चुनाँचे उसने दिल में सोचा, "यह बक-बक खत्म ही हो जाय तो अच्छा है। होने दो शादी। कोई क़यामत तो नहीं टूट पड़ेगी—मैं निभा लूँगा।"

उसकी माँ बहुत खुश हुई। लड़की वाले उसके संबंधी थे और वह काफी दिन हुए उन्हें वचन दे चुकी थी। जब बासित ने हाँ की तो वह तारीख पक्की करने के लिए लड़की वालों के घर गई। उन्होंने टाल-मटोल की तो बासित की माँ को बहुत गुस्सा आया। "सईदा की माँ, मैंने इतनी मुश्किलों से बासित को रज़ामंद किया है, अब तुम तारीख पक्की नहीं कर रही हो। शादी होगी तो इसी महीने की बीस को होगी। नहीं तो, नहीं होगी। और यह बात सोलह आने पक्की है समझ लिया।"

धमकी ने काम किया। लड़की की माँ आखिर राज़ी हो गई। सब तैयारियाँ पूरी हुईं। बीस को दुल्हन घर में थी। बासित को यद्यपि वह पसंद नहीं थी, लेकिन वह उसके साथ निभाने का फैसला कर चुका था। चुनाँचे वह उससे बड़ी मुहब्बत से पेश आया। उस पर बिल्कुल जाहिर न होने दिया कि वह उससे शादी करने के लिए तैयार नहीं था और यह है कि वह ज़बरदस्ती उसके सिर मढ़ दी गई है।

नई दुल्हन आमतौर पर बहुत शर्मीली होती है, लेकिन बासित ने महसूस किया कि सईदा ज़रूरत से ज़्यादा शर्मीली है। उसके शर्मीलेपन में कुछ डर भी था, जैसे वह बासित से डरती है। शुरू-शुरू में बासित ने सोचा कि यह चीज़ दूर हो जाएगी मगर वह बढ़ती ही गई। बासित ने उसको कुछ दिन के लिए उसके

मैके भेज दिया। वापस आई तो उसका डर वाला शर्मीलापन एक हद तक दूर हो चुका था। बासित ने सोचा, एक-दो बार और मैके जाएगी तो ठीक हो जाएगी। मगर उसका यह अंदाज़ा ग़लत निकला। सईदा फिर डरी हुई रहने लगी।

बासित ने एक दिन उससे पूछा, "सईदा, तुम, डरी-डरी क्यों रहती हो?"

सईदा यह सुनकर चौंकी, "नहीं तो–नहीं तो।"

बासित ने उससे बड़े प्यार-भरे लहजे में कहा, "आखिर बात क्या है–खुदा की कसम, बड़ी उलझन होती है–किस बात का डर है तुम्हें–मेरी माँ इतनी अच्छी है। वह तुमसे सासों जैसा सलूक नहीं करती। मैं तुमसे इतनी मुहब्बत करता हूँ, फिर तुम ऐसी सूरत क्यों बनाए रखती हो कि मालूम होता है कि तुम्हें यह खौफ़ है कि कोई तुम्हें पीटेगा।" यह कहकर उसने सईदा का मुँह चूमा।

सईदा खामोश रही। उसकी आँखें अलबत्ता ज़्यादा डरी हुई हो गईं। बासित ने उसको और प्यार किया और कहा, "तुम्हें हर वक़्त हँसती रहना चाहिए–लो, अब ज़रा हँसो...हँसो, मेरी जान!"

सईदा ने हँसने की कोशिश की। बासित ने प्यार से उसको थपकी दी–"शाबाश,–इसी तरह मुस्कराता चेहरा होना चाहिए हर वक़्त।"

बासित की यह मुहब्बत ज़ाहिर है कि बिल्कुल बनावटी थी, क्योंकि सईदा के लिए उसके दिल में कोई जगह नहीं थी लेकिन वह सिर्फ अपनी माँ की खातिर चाहता था कि सईदा से उसका रिश्ता नाकाम साबित न हो। उसकी माँ अपनी हार कभी बरदाश्त नहीं कर सक़ती। उसने अपनी ज़िंदगी में हार का मुँह देखा ही नहीं था। इसलिए बासित की अधिक-से-अधिक कोशिश यही थी कि सईदा से उसकी निभ जाए। चुनाँचे सईदा के लिए उसने बड़ी खलूस के साथ बनावटी मुहब्बत पैदा कर ली थी। उसके हर आराम का ख्याल रखता था। अपनी माँ से सईदा की छोटी-सी बात की भी तारीफ करता था। जब वह यह महसूस करता कि उसकी माँ बहुत संतुष्ट है, इस बात से संतुष्ट है कि उसने बासित का रिश्ता ठीक जगह किया है तो उसको दिली खुशी होगी।

शादी को एक महीना हो गया। इस दौरान सईदा कई बार मैके गई। बासित को इस पर कोई एतराज़ नहीं था। वह समझता था कि यूँ उसका सहमा शर्मीलापन दूर हो जाएगा। मगर ऐसा न हुआ, यह दिन-ब-दिन बढ़ता चला जा रहा था। अब तो सईदा भयभीत दिखाई देती थी। बासित हैरान था कि बात क्या है। इसके बारे में उसने माँ से कोई बात न की, इसलिए कि उसे यक़ीन था कि वह उसको डाँट पिलाती–'बकवास न करो, मुझे मालूम था कि तुम ज़रूर एक दिन इसमें कीड़े डालोगे।'

बासित ने सईदा ही से कहा, "मेरी जान, तुम मुझे बताती क्यों नहीं हो।"

सईदा चौंक उठी, "जी…!"

उसके चौंकने पर बासित ने यूँ महसूस किया जैसे उसने सईदा की किसी दुखती रग पर ज़ोर से हाथ रख दिया था। लहज़े में और ज़्यादा प्यार भरकर उसने कहा, "मैंने पूछा था कि अब तुम और ज़्यादा भयभीत रहने लगी हो, आखिर बात क्या है?"

सईदा ने थोड़ा रुककर जवाब दिया, "बात तो कुछ भी नहीं—मैं ज़रा बीमार हूँ।"

"क्या बीमारी है, तुमने मुझसे कभी ज़िक्र नहीं किया?"

सईदा ने दुपट्टे के किनारे को अँगुली पर लपेटते हुए कहा, "अम्मीजान इलाज़ करा रही हैं। जल्दी ठीक हो जाऊँगी।"

बासित ने सईदा में और ज़्यादा दिलचस्पी लेनी शुरू कर दी तो उसने देखा कि वह रोज़ छुपकर कोई दवा खाती है। एक दिन जब वह अपने ताला लगे ट्रंक से दवा निकालकर खाने वाली थी, वह उसके पास पहुँच गया। वह ज़ोर से चौंकी। पिसी हुई दवा की पुड़िया उसके हाथ से गिर पड़ी। बासित ने उससे पूछा, "यह दवा खाती हो?"

सईदा ने थूक निगलकर जवाब दिया, "जी, हाँ—अम्मीजान ने हक़ीम से मँगवाई थी।"

"कुछ फायदा है, इससे?"

"जी, हाँ।"

"तो खाओ—अगर आराम न आए तो मुझसे कहना। मैं डॉक्टर के पास ले चलूँगा।"

सईदा ने पुड़िया फर्श पर से उठाई और सिर हिलाकर कहा, "जी, अच्छा।"

बासित चला गया। उसने सोचा, "अच्छा है कोई इलाज़ तो हो रहा है। खुदा करे अच्छी हो जाए। मेरा ख्याल है यह डर-वर कुछ नहीं है। बीमारी है—दूर हो जाएगी, इंशा-अल्लाह।"

उसने सईदा की बीमारी का अपनी माँ से पहली बार ज़िक्र किया तो कहने लगी, "बकवास है, खुदा के फज़ल-व-करम से अच्छी-भली है। क्या बीमारी है उसे?"

बासित ने कहा, "मुझे क्या मालूम, अम्मीजान—यह तो सईदा ही बता सकती है, आपको।"

बासित की माँ ने बड़ी बेपरवाही से कहा, "मैं पूछूँगी, उससे।" जब सईदा से पूछा गया तो उसने जवाब दिया, "कुछ नहीं खालाजान, सिर में दर्द रहता था।

अम्मीजान ने हक़ीम से दवा मँगा दी थी। असल में बासित साहब बड़े वहमी हैं। हर वक़्त कहते रहते हैं कि तुम डरी-डरी-सी दिखाई देती हो। मुझे डर किस बात का होगा, भला।"

बासित की माँ ने कहा, "बकवास करता है। तुम उसकी फिज़ूल बातों का ख्याल न किया करो।"

कुछ दिन के बाद बासित ने महसूस किया कि सईदा बहुत ही ज़्यादा घबराई हुई है। उसकी परेशानी उसके रोम-रोम से प्रगट होती है। शाम के करीब उसने बासित से कहा, "अम्मीजान से मिलने को जी चाहता है—मुझे वहाँ छोड़ आइए।"

बासित ने जवाब दिया, "नहीं सईदा। आज तुम्हारी तबीयत ठीक नहीं है।"

सईदा ने जिद्द की, "आप मुझे वहाँ छोड़ आइए। ठीक हो जाऊँगी।"

बासित ने इंकार कर दिया, "वहाँ तबीयत ठीक हो सकती है तो यहाँ भी ठीक हो सकती है। जाओ, आराम से लेट जाओ।"

बासित की माँ आ गई। बासित ने उससे कहा, "अम्मीजान देखिए, सईदा जिद्द कर रही है। तबीयत उसकी ठीक नहीं, कहती है मुझे अम्मीजान के पास ले चलो।"

बासित की माँ ने बड़ी बेपरवाही से कहा, "कल चली जाना, सईदा।"

सईदा ने कुछ और न कहा। खामोश होकर बाहर सहन में चली गई। थोड़ी देर के बाद बासित बाहर निकला। सईदा सहन में नहीं थी। उसने इधर-उधर तलाश किया मगर वह न मिली। बासित ने सोचा, ऊपर कोठे पर होगी। ऊपर गया तो गुसलखाने का दरवाज़ा बंद था। खटखटाकर उसने आवाज़ दी, "सईदा!"

कोई जवाब न मिला तो फिर पुकारा, "सईदा!"

अंदर से बड़ी धीमी आवाज़ आई, "जी!"

बासित ने पूछा, "क्या कर रही हो?"

और भी धीमी आवाज़ आई, "नहा रही हूँ।"

बासित नीचे आ गया। सईदा के बारे में सोचता-सोचता गली से बाहर निकला। मोरी की तरफ नज़र पड़ी तो उसमें खून-ही-खून था और वह खून उसी गुसलखाने से आ रहा था जिसमें सईदा नहा रही थी। बासित के दिमाग़ में कई ख्यालात उल्टे-सीधे गिरे। फिर यह रटन शुरू हो गई, "दवा-खून-खून-दवा-डर-दवा-खून-डर!"

फिर उसने धीरे-धीरे सोचना शुरू किया—सईदा की माँ शादी की तारीख पक्की नहीं करती थी। उसने कहा था, एक-दो महीने ठहर जाओ—सईदा का बार-बार अपनी माँ से मिलने जाना—उसका हर वक़्त भयभीत रहना, दवा खाना,

और खासतौर पर आज बहुत ही ज़्यादा भयभीत रहना।

बासित सारा मामला समझ गया। सईदा पेट से थी। जब वह दुल्हन बनकर उसके पास आई थी, उसकी माँ की यह कोशिश थी कि हमल (गर्भ) गिर जाए। चुनाँचे आज वह चीज़ हो गई। बासित ने सोचा, 'क्या मैं ऊपर जाऊँ। जाकर सईदा को देखूँ—अपनी माँ से बात करूँ।'

माँ का सोच आया तो उसको ख्याल आया कि यह सदमा वह सहन कर सकेगी? वह अपने बेटे की आँखों में ज़लील होना कभी गवारा न करेगी। ज़रूर कुछ खाकर मर जाएगी। वह कोई फैसला न कर सका। अपने कमरे में गया और सिर पकड़कर बैठ गया।

कई बार उसको सईदा का ख्याल आया कि वह खुदा मालूम किस हालत में होगी। उसके जिस्म पर, उसके दिल-व-दिमाग़ पर क्या कुछ बीता होगा और क्या बीत रहा होगा। कैसे इतना बड़ा राज़ छुपाएगी। क्या लोग पहचान नहीं जाएँगे। ज्यों-ज्यों वह सईदा के बारे में सोचता, उसके दिल में हमदर्दी की भावना बढ़ती जाती। उसको सईदा पर तरस आने लगा, 'बेचारी, मालूम नहीं बेहोश पड़ी है या होश में है। होश में भी जाने उस पर क्या गुज़र रही होगी—क्या वह नीचे आ सकेगी?'

थोड़ी देर के बाद वह उठकर सहन में गया तो सईदा नीचे आई। उसका रंग बेहद ज़र्द था। इतना ज़र्द कि वह बिल्कुल मुर्दा लगती थी। उससे बड़ी मुश्किल से चला जाता था। टाँगें लड़खड़ा रही थीं। कमर में जैसे जान ही नहीं थी। बासित ने उसको देखा तो उस पर बहुत तरस आया। अंदर से बुर्का उठाया और उससे कहा, "चलो मैं तुम्हें छोड़ आऊँ।"

सईदा ने बहुत हिम्मत से काम लिया। बासित के साथ चलकर सड़क तक गई। बासित ने ताँगा लिया और उसे उसकी माँ के पास छोड़ आया। माँ ने उससे पूछा, "सईदा, कहाँ है?"

बासित ने जवाब दिया, "जिद्द करती थी। मैं उसे छोड़ आया हूँ।"

बासित की माँ ने उसको डाँटा, "बकवास करते हो। जिद्द करने दी होती। तुम इसी तरह उसकी आदतें खराब करोगे और फिर मुझसे कहोगे कि मैंने ग़लत जगह तुम्हारा रिश्ता किया था।"

बासित ने कहा, "नहीं, अम्मीजान, सईदा बड़ी अच्छी लड़की है।"

उसकी माँ मुस्कराई, "मैंने तुमसे कहा नहीं था कि वह बहुत नेक लड़की है। तुम उसे ज़रूर पसंद करोगे।" फिर थोड़ी देर छालियाँ काटने के बाद एकदम बासित से बोली, "और हाँ, बासित यह ऊपर गुसलखाने में खून कैसा था?"

बासित सटपटा-सा गया, "वह—कुछ नहीं अम्मीजान, मेरी नकसीर फूटी थी।"

माँ ने बड़े गुस्से के साथ कहा, "कम्बखत, गर्म चीज़ें न खाया करो—जब देखो जेबें मूँगफली से भरी हैं।"

बासित कुछ देर अपनी माँ के साथ बातें करता रहा। वह उठकर कहीं गई तो बासित ऊपर गुसलखाने में गया। पानी डालकर उसको अच्छी तरह साफ किया। उसके दिल को इस बात की बड़ी तसल्ली थी कि उसने अपनी माँ से सईदा के बारे में कोई बात नहीं की और न उसने सईदा पर यह जाहिर होने दिया कि वह उसका राज़ जानता है।

वह दिल में फैसला कर चुका था कि सईदा का राज़ हमेशा उसके सीने में दफन रहेगा। वह काफी तकलीफं उठा चुकी थी। बासित के ख्याल के मुताबिक उसको अपने किए की सज़ा मिल चुकी थी। और अधिक सज़ा देने का कोई फायदा नहीं था। खुदा करे वह जल्दी तंदुरुस्त हो जाए। अब उसके चेहरे पर वह उलझन पैदा करने वाला खौफ नहीं रहेगा। वह यह सोच ही रहा था कि नीचे से उसकी माँ की चीख़ की आवाज़ आई। बासित लोटा रखकर दौड़ा नीचे गया। ड्योढ़ी में गया तो उसकी माँ फर्श पर औंधी पड़ी थी, मुर्दा। उसके सामने कूड़े वाले लकड़ी के बक्से में एक बहुत ही छोटा-सा अधूरा बच्चा कपड़े में लिपटा पड़ा था।

बासित को बेहद सदमा हुआ। उसने पहले उस बच्चे को उठाया। कपड़े में अच्छी तरह लपेटा और अंदर जाकर बूट के खाली डिब्बे में बंद कर दिया। फिर माँ को उठाकर अंदर चारपाई पर लिटाया और उसके सिरहाने बैठकर देर तक रोता रहा।

सईदा को खबर पहुँची तो उसको अपनी माँ के साथ आना पड़ा। वह उसी तरह ज़र्द थी। पहले से ज़्यादा निढाल। बासित को बहुत तरस आया। उससे कहा, "सईदा, जो अल्लाह को मंजूर था, हो गया। तुम्हारी तबीयत ठीक नहीं। रोना बंद करो और अंदर लेट जाओ।"

अंदर जाने की बजाय सईदा ड्योढ़ी में गई। जब वापस आई तो उसका चेहरा हल्दी की तरह ज़र्द था। बासित खामोश रहा। सईदा ने उसकी तरफ देखा। उसकी आँखों में आँसू थे। ये आँसू साफ बता रहे थे कि वह बासित का शुक्रिया अदा कर रही है। बासित ने उससे बड़े प्यार से कहा, "ज़्यादा रोना अच्छा नहीं, सईदा! जो खुदा को मंजूर था, हो गया।"

दूसरे दिन उसने बच्चे को नहर के किनारे गड्डा खोदकर दफना दिया।

(29 जुलाई, 1950)

शारदा

नज़ीर ब्लैक मार्केट से व्हिस्की की बोतल लाने गया। बड़े डाकख़ाने से कुछ आगे बंदरगाह के फाटक से कुछ इधर सिगरेट वाले की दुकान से उसको स्कॉच मुनासिब दामों पर मिल जाती थी। जब उसने 35 रुपए देकर काग़ज़ में लिपटी बोतल ली तो उस वक़्त दिन के 11 बजे थे। यूँ तो वह रात को पीने का आदी था, मगर उस दिन मौसम सुहावना होने से वह चाहता था कि सुबह ही शुरू कर दे और रात तक पीता रहे।

बोतल हाथ में पकड़े वह खुश-खुश घर की तरफ रवाना हुआ। उसका इरादा था कि बोरीबंदर के स्टैंड से टैक्सी ले लेगा। एक पैग उसमें बैठकर पीएगा और हल्के-हल्के सरूर में घर पहुँच जाएगा। बीवी मना करेगी तो वह उससे कहेगा, 'मौसम, देख कितना अच्छा है।' फिर वह उसे भोंडा-सा शेर सुनाएगा–

की फरिश्तों की राह अब्र ने बंद,
जो गुनाह कीजिए सवाब है आज।

वह कुछ देर ज़रूर चख-चख करेगी। लेकिन अंत में खामोश हो जाएगी और उसके कहने पर कीमे के पराठे बनाना शुरू कर देगी।

दुकान से वह 20-25 गज दूर गया होगा कि एक आदमी ने उसको सलाम किया। नज़ीर की याददाश्त कमज़ोर थी। उसने सलाम करने वाले आदमी को पहचाना लेकिन उस पर यह ज़ाहिर न किया कि वह उसको नहीं जानता, चुनाँचे बड़ी शालीनता से कहा, "क्यों भई, कहाँ रहते हो, कभी नज़र ही नहीं आए।"

उस आदमी ने मुस्कराकर कहा, "हज़ूर, मैं तो यहीं होता हूँ। आप ही कभी तशरीफ नहीं लाए।"

नज़ीर ने उसको फिर भी नहीं पहचाना, "मैं अब जो तशरीफ ले आया हूँ।"

"तो चलिए मेरे साथ।"

नज़ीर उस वक़्त बड़े अच्छे मूड में था, "चलो।"

उस आदमी ने नज़ीर के हाथ में बोतल देखी और अर्थपूर्ण तरीके से मुस्कराया, "बाकी सामान तो आपके पास मौजूद है।"

यह बात सुनकर नज़ीर ने फौरन ही सोचा कि वह दलाल है, "तुम्हारा नाम क्या है?"

"क़रीम, आप भूल गए थे।"

नज़ीर को याद आ गया कि शादी से पहले एक क़रीम उसके लिए अच्छी-अच्छी लड़कियाँ लाया करता था। बड़ा ईमानदार दलाल था। उसको ग़ौर से देखा तो सूरत जानी-पहचानी मालूम हुई। फिर पिछली तमाम घटनाएँ उसके दिमाग में उभर आईं। क़रीम से उसने माफी चाही, "यार, मैंने तुम्हें पहचाना नहीं था। मेरा ख्याल है, लगभग छह वर्ष हो गए हैं तुमसे मिले हुए।"

"जी, हाँ।"

"तुम्हारा अड्डा तो पहले ग्रांट रोड का नाका हुआ करता था?"

क़रीम ने बीड़ी सुलगाई और ज़रा फख्र से कहा, "वह मैंने छोड़ दिया। आपकी दुआ से अब यहाँ एक होटल में धंधा शुरू कर रखा है।"

नज़ीर ने उसको दाद दी, "यह बहुत अच्छा किया है, तुमने।"

क़रीम ने और ज़्यादा घमंड के लहजे में कहा, "दस छोकरियाँ हैं—एक बिल्कुल नई है।"

नज़ीर ने उसको छेड़ने के अंदाज़ में कहा, "तुम लोग यही कहा करते हो।"

क़रीम को बुरा लगा, "क़सम कुरान की। मैंने कभी झूठ नहीं बोला, सूअर खाऊँ अगर वह छोकरी बिल्कुल नई न हो।" फिर उसने अपनी आवाज़ धीमी की और नज़ीर के कान के साथ मुँह लगाकर कहा, "आठ दिन हुए हैं जब पहला पैसेंजर आया था। झूठ बोलूँ तो मेरा मुँह काला हो।"

नज़ीर ने पूछा, "कँवारी थी?"

"जी, हाँ। दो सौ रुपए लिए थे उस पैसेंजर से।"

नज़ीर ने क़रीम की पसलियों में एक ठोका दिया, "लो, यहीं भाव पक्का करने लगे।"

क़रीम को नज़ीर की यह बात फिर बुरी लगी, "क़सम कुरान की, सूअर हो जो आपसे भाव करे। आप तशरीफ ले चलिए। आप जो भी देंगे मुझे कबूल होगा। क़रीम ने आपका बहुत नमक खाया है।"

नज़ीर की जेब में उस वक़्त 450 रुपए थे। मौसम अच्छा था। मूड भी अच्छा था। वह छह वर्ष पीछे के ज़माने में चला गया। बिन पिए सरूर में था, "चलो यार, आज तमाम ऐय्याशियाँ रहें—एक बोतल का और बंदोबस्त हो जाना चाहिए।"

क़रीम ने पूछा, "आप कितने में लाए हैं, यह बोतल?"

"पैंतीस रुपए में।"

"कौन-सा ब्रांड है?"

"जोनी वाकर।"

क़रीम ने छाती पर हाथ मारकर कहा, "मैं आपको तीस में ला दूँगा।"

नज़ीर ने दस-दस के तीन नोट निकाले और क़रीम के हाथ में दे दिए। "नेकी और पूछ-पूछ—यह लो, मुझे वहाँ बिठाकर तुम पहला काम यही करना। तुम जानते हो मैं ऐसे मामलों में अकेला नहीं पिया करता।"

क़रीम मुस्कराया; "और आपको याद होगा मैं डेढ़ पैग से ज़्यादा नहीं पिया करता।"

नज़ीर को याद आ गया कि क़रीम आज से छह वर्ष पहले सिर्फ डेढ़ पैग लिया करता था। यह याद करके नज़ीर भी मुस्कराया, "आज दो रहें।"

"जी, नहीं। डेढ़ से ज़्यादा एक क़तरा भी नहीं।"

क़रीम एक थर्ड क्लास बिल्डिंग के पास ठहर गया जिसके एक कोने में छोटे से मैले बोर्ड पर 'मैरीना होटल' लिखा था। नाम खूबसूरत था, मगर इमारत निहायत ही ग़लीज़ थी। सीढ़ियाँ टूटी हुईं। नीचे सूदखोर पठान बड़ी-बड़ी सलवारें पहने खाटों पर लेटे हुए थे। पहली मंज़िल पर क्रिश्चियन रहते थे। दूसरी मंज़िल पर जहाज़ के बहुत से खलासी, तीसरी मंज़िल होटल के मालिक के पास थी। चौथी मंज़िल पर नहाने-धोने का एक कमरा क़रीम के पास था, जिसमें कई लड़कियाँ दड़बे में मुर्गियों की तरह बैठी थीं।

क़रीम ने होटल मालिक से चाबी मँगवाई। एक बड़ा लेकिन बेढंगा-सा कमरा खोला, जिसमें लोहे की एक चारपाई, एक कुर्सी और एक तिपाई पड़ी थी। तीन ओर से यह कमरा खुला था यानी बेशुमार खिड़कियाँ थीं जिनके शीशे टूटे हुए थे। और कुछ नहीं लेकिन हवा बहुत आती थी।

क़रीम ने आरामकुर्सी जो कि बेहद मैली थी, एक उससे भी ज़्यादा मैले कपड़े से साफ की और नज़ीर से कहा, "तशरीफ रखिए, लेकिन मैं यह अर्ज़ कर दूँ कि इस कमरे का किराया दस रुपए होगा।"

नज़ीर ने अब कमरे को ज़रा ग़ौर से देखा, "दस रुपए ज़्यादा है, यार!"

क़रीम ने कहा, "बहुत ज़्यादा है। लेकिन क्या किया जाए। साला होटल का मालिक ही बनिया है। एक पैसा कम नहीं करता। और नज़ीर साहब, मौज-शौक करने वाले आदमी भी ज़्यादा की परवाह नहीं करते।"

नज़ीर ने कुछ सोचकर कहा, "तुम ठीक कहते हो, किराया पेशगी दे दूँ?"

"जी नहीं, आप पहले छोकरी तो देखिए।" यह कहकर वह अपने दड़बे में चला गया।

थोड़ी देर बाद वापस आया तो उसके साथ एक बहुत ही शर्मीली लड़की थी। घरेलू किस्म की हिंदू लड़की। सफेद धोती बाँधे थी। उम्र चौदह वर्ष के लगभग होगी। सुंदर शक्ल तो नहीं थी, लेकिन भोली-भाली थी।

क़रीम ने उससे कहा, "बैठ जाओ। यह साहब मेरे दोस्त हैं। बिल्कुल अपने आदमी हैं।"

लड़की नज़रें नीची किए लोहे की चारपाई पर बैठ गई। क़रीम यह कहकर चला गया, "अपनी तसल्ली कर लीजिए, नज़ीर साहब! मैं गिलास और सोडा लाता हूँ।"

नज़ीर आरामकुर्सी पर से उठकर लड़की के पास बैठ गया। वह सिमटकर एक तरफ हट गई। नज़ीर ने उससे छह वर्ष पहले के अंदाज़ में पूछा, "आपका नाम?"

लड़की ने कोई जवाब न दिया। नज़ीर नें आगे सरककर उसके हाथ पकड़े और फिर पूछा, "आपका नाम क्या है, जनाब?"

लड़की ने हाथ छुड़ाकर कहा, "शकुंतला।"

और नज़ीर को शकुंतला याद आ गई जिस पर राजा दुष्यंत आशिक़ हुआ था, "मेरा नाम दुष्यंत है।"

नज़ीर पूरी ऐय्याशी पर तुला हुआ था। लड़की ने उसकी बात सुनी और मुस्करा दी। इतने में क़रीम आ गया। उसने नज़ीर को सोडे की चार बोतलें दिखाईं जो ठंडी होने के कारण पसीना छोड़ रही थीं, "मुझे याद है आपको रोज़र का सोडा पसंद है। बर्फ में लगा हुआ लेकर आया हूँ।"

नज़ीर बहुत खुश हुआ, "तुम कमाल करते हो।" फिर वह लड़की से बोला, "जनाब, आप भी शौक फरमाएँगी?"

लड़की ने कुछ न कहा। क़रीम ने जवाब दिया, "नज़ीर साहब, यह नहीं पीती। आठ दिन तो हुए हैं इसको यहाँ आए हुए।"

यह सुनकर नज़ीर को अफसोस-सा हुआ, "यह तो बहुतं बुरी बात है।"

क़रीम ने व्हिस्की की बोतल खोलकर नज़ीर के लिए एक बड़ा पैग बनाया और उसको आँख मारकर कहा, "आप राज़ी कर लीजिए, इसे।"

नज़ीर ने एक ही साँस में गिलास खत्म किया। क़रीम ने आधा पैग पिया। फौरन ही उसकी आवाज़ नशे वाली हो गई। ज़रा झूमकर उसने नज़ीर से पूछा, "छोकरी पसंद है न आपको?"

नज़ीर ने सोचा कि लड़की उसे पसंद है कि नहीं, लेकिन वह कोई फैसला न कर सका। उसने शकुंतला की तरफ ग़ौर से देखा। अगर इसका नाम शकुंतला

न होता तो बहुत मुमकिन है, वह उसे पसंद कर लेता। वह शकुंतला जिस पर दुष्यंत शिकार खेलते-खेलते आशिक़ हुआ था, बहुत ही खूबसूरत थी। कम-से-कम किताबों में तो यही लिखा था। वह चंदे-आफताब, चंदे-माहताब थी, बहुत सुंदर थी। नज़ीर ने एक बार फिर अपनी शकुंतला की तरफ देखा। उसकी आँखें बुरी नहीं थीं। इतनी सुंदर तो नहीं थी लेकिन उसकी आँखें उसकी अपनी आँखें थीं। काली-काली और बड़ी-बड़ी। उसने और कुछ न सोचा और क़रीम से कहा, "ठीक है यार—बोलो, मामला कहाँ तय होता है?"

क़रीम ने आधा पैग अपने लिए और उँड़ेला और कहा, "सौ रुपए।"

नज़ीर ने सोचना बंद कर दिया था, "ठीक है।"

क़रीम अपना दूसरा आधा पैग पीकर चला गया। नज़ीर ने उठकर दरवाज़ा बंद कर दिया। शकुंतला के पास बैठा तो वह घबरा-सी गई। नज़ीर ने उसका प्यार लेना चाहा तो वह उठकर खड़ी हुई। नज़ीर को उसकी यह हरकत नागवार महसूस हुई। लेकिन उसने फिर कोशिश की। बाजू से पकड़कर उसको अपने पास बिठाया। जबरदस्ती उसको चूमा। बहुत ही बेकैफ़ सिलसिला था। अलबत्ता व्हिस्की का नशा अच्छा था। वह अब तक छह पैग पी चुका था और उसको अफ़सोस था कि इतनी महँगी चीज़ बिल्कुल बेकार गई है। इसलिए कि शकुंतला बिल्कुल अल्हड़ थी। उसको ऐसे मामलों के अदब-क़ायदे का कोई पता न था। नज़ीर एक अनाड़ी तैराक के साथ इधर-उधर बेकार हाथ-पाँव मारता रहा। आखिर उकता गया। दरवाज़ा खोलकर उसने क़रीम को आवाज़ दी जो अपने दड़बे में मुर्गियों के साथ बैठा था। आवाज़ सुनकर वह दौड़ा आया, "क्या बात है, नज़ीर साहब?"

नज़ीर ने बड़ी नाउम्मीदी से कहा, "कुछ नहीं यार! यह अपने काम की नहीं है।"

"क्यों?"

"कुछ समझती ही नहीं।"

क़रीम ने शकुंतला को अलग ले जाकर बहुत समझाया। मगर वह न समझ सकी। शरमाई, लजाई, धोती सँभालती कमरे से बाहर निकल गई। क़रीम ने इस पर कहा, "मैं अभी हाजिर करता हूँ।"

नज़ीर ने उसको रोका, "जाने दो—कोई और ले आओ।" लेकिन उसने फौरन ही इरादा बदल लिया, "वे जो तुम्हें रुपए दिए थे, उसकी बोतल ले आओ। और शकुंतला के सिवाय जितनी लड़कियाँ इस वक़्त मौजूद हैं, उन्हें यहाँ भेज दो—मेरा मतलब है जो पीती हैं। आज और कोई सिलसिला नहीं होगा। उनके साथ बैठकर बातें करूँगा और बस!"

क़रीम नज़ीर को अच्छी तरह समझता था। उसने चार लड़कियाँ कमरे में भेज दीं। नज़ीर ने इन सबको सरसरी नज़र से देखा, क्योंकि वह अपने दिल में फैसला कर चुका था कि प्रोग्राम सिर्फ पीने का होगा। चुनाँचे उसने उन लड़कियों के लिए गिलास मँगवाए और उनके साथ पीना शुरू कर दिया। दोपहर का खाना होटल से मँगवाकर खाया और शाम के छह बजे तक उन लड़कियों से बातें करता रहा। बड़ी फिजूल किस्म की बातें। लेकिन नज़ीर खुश था। जो कोफ्त शकुंतला ने पैदा की थी, दूर हो गई थी।

आधी बोतल बाकी थी। वह साथ लेकर घर चला गया। पंद्रह दिन के बाद फिर मौसम की वजह से उसका जी चाहा कि सारा दिन पी जाए। सिगरेट वाले की दुकान से खरीदने की बजाय उसने सोचा, क्यों न क़रीम से मिलूँ। वह तीस में ले देगा। चुनाँचे वह उसके होटल में पहँचा। संयोग से क़रीम मिल गया। उसने मिलते ही बहुत हौले से कहा, "नज़ीर साहब, शकुंतला की बड़ी बहन आई हुई है। आज सुबह की गाड़ी से पहुँची है—बहुत हठीली है। मगर आप उसको ज़रूर राज़ी कर लेंगे।"

नज़ीर कुछ सोच न सका। उसने अपने दिल में इतना कहा, 'चलो देख लेते हैं।' लेकिन उसने क़रीम से कहा, "तुम पहले यार व्हिस्की ले आओ।" यह कहकर उसने तीस रुपए जेब से निकालकर क़रीम को दिए।

क़रीम ने नोट लेकर नज़ीर से कहा, "मैं ले आता हूँ। आप अंदर कमरे में बैठिए।"

नज़ीर के पास सिर्फ दस रुपए थे। लेकिन वह कमरे का दरवाज़ा खुलवाकर बैठ गया था कि व्हिस्की की बोतल लेकर एक नज़र शकुंतला की बहन को देखकर चल देगा। जाते वक़्त दो रुपए क़रीम को दे देगा।

तीन तरफ से खुले हवादार कमरे में निहायत ही मैली कुर्सी पर बैठकर उसने सिगरेट सुलगाई और अपनी टाँगें फैला दीं। थोड़ी देर बाद आहट हुई। क़रीम दाखिल हुआ। उसने नज़ीर के कान के साथ मुँह लगाकर हौले से कहा, "नज़ीर साहब, आ रही है लेकिन आप ही राज़ी कीजिएगा, उसे।"

यह कहकर वह चला गया। पाँच मिनट बाद एक लड़की जिसकी शक्ल-व-सूरत क़रीब-क़रीब शकुंतला से मिलती थी, त्यौरी चढ़ाए, शकुंतला जैसे अंदाज़ में सफेद धोती पहने कमरे में दाखिल हुई। बड़ी बेपरवाही से उसने माथे के क़रीब हाथ ले जाकर आदाब कहा और लोहे के पलंग पर बैठ गई। नज़ीर ने यूँ महसूस किया कि वह उससे लड़ने आई है। छह वर्ष पीछे के ज़माने में डुबकी लगाकर वह बोला, "आप शकुंतला की बहन हैं?"

उसने बड़े तीखे और गुस्से वाले अंदाज़ में कहा, "जी, हाँ।"

नज़ीर थोड़ी देर के लिए खामोश हो गया। उसके बाद उस लड़की को, जिसकी उम्र शकुंतला से लगभग तीन वर्ष बड़ी थी, बड़े ग़ौर से देखा। नज़ीर की यह हरकत उसको बहुत नागवार महसूस हुई। वह बड़े ज़ोर से से टाँग हिलाकर उससे बोली, "आप मुझसे क्या कहना चाहते हैं?"

नज़ीर के होंठों पर छह वर्ष पीछे की मुस्कराहट आई, "जनाब, आप इतनी नारज़ क्यों हैं?"

वह बरस पड़ी, "मैं नाराज़ क्यों न हूँ—यह आपका क़रीम मेरी बहन को जयपुर से उड़ा लाया है। बताइए, मेरा खून नहीं खौलेगा? मुझे मालूम हुआ है कि आपको भी वह पेश की गई थी?"

नज़ीर की ज़िंदगी में ऐसा मामला कभी न आया था। कुछ देर सोचकर उसने उस लड़की से बड़ी नम्रता के साथ कहा, "शकुंतला को देखते ही मैंने फैसला कर लिया था कि यह लड़की मेरे काम की नहीं। बहुत अल्हड़ है। मुझे ऐसी लड़कियाँ बिल्कुल पसंद नहीं। आप शायद बुरा मानें लेकिन यह हक़ीकत है कि मैं उन औरतों को बहुत ज़्यादा पसंद करता हूँ जो मर्द की ज़रूरतों को समझती हों।"

उसने कुछ न कहा। नज़ीर ने उससे पूछा, "आपका नाम?"

शकुंतला की बहन ने धीरे से कहा, "शारदा।"

नज़ीर ने फिर उससे पूछा, "आपका वतन?"

"जयपुर।" उसका लहजा तीखा और नाराजग़ी भरा था।

नज़ीर ने मुस्कराकर उससे कहा, "देखिए आपको मुझसे नाराज़ होने का कोई हक़ नहीं—क़रीम ने अगर कोई ज़्यादती की है तो आप उसको सज़ा दे सकती हैं लेकिन मेरा कोई कसूर नहीं।" यह कहकर वह उठा और अचानक उसे अपने बाजुओं में समेटकर उसके होंठों को चूम लिया। वह कुछ कहने भी न पाई थी कि नज़ीर उससे बोला, "यह कसूर अलबत्ता मेरा है। इसकी सज़ा भुगतने के लिए तैयार हूँ।"

लड़की के माथे पर अनगिनत तब्दीलियाँ नमूदार हुईं। उसने तीन-चार बार ज़मीन पर थूका। शायद गालियाँ देने वाली थी। लेकिन चुप हो गई। उठ खड़ी हुई थी, लेकिन फौरन ही बैठ गई। नज़ीर ने चाहा कि वह कुछ कहे, "बताइए आप मुझे क्या सज़ा देना चाहती हैं?"

वह कुछ कहने वाली थी कि दड़बे से किसी बच्चे के रोने की आवाज़ आई। लड़की उठी। नज़ीर ने उसे रोका, "कहाँ जा रही हैं, आप?"

वह एकदम माँ बन गई। "मुन्नी रो रही है, दूध के लिए," यह कहकर वह

चली गई।

नज़ीर ने उसके बारे में सोचने की कोशिश की, मगर कुछ सोच न सका। इतने में क़रीम व्हिस्की की बोतल और सोडा लेकर आ गया। उसने नज़ीर के लिए सोडा डाला। अपना गिलास खत्म किया और नज़ीर से भेद-भरे लहजे में पूछा, "कुछ बातें हुई, शारदा से? मैंने समझा था कि आपने पटा लिया होगा।"

नज़ीर ने मुस्कराकर जवाब दिया, "बड़ी गुस्सैल औरत है।"

"जी, हाँ, सुबह आई है। मेरी जान खा गई है। आप ज़रा उसको राज़ी करें। शकुंतला खुद यहाँ आई थी। इसलिए कि उसका बाप उसकी माँ को छोड़ चुका है। और इस शारदा का मामला भी ऐसा ही है। इसका पति शादी के फौरन बाद ही इसको छोड़कर खुदा मालूम कहाँ चला गया था। अब अकेली अपनी बच्ची के साथ माँ के पास रहती है। आप मना लीजिए न उसको!"

नज़ीर ने उससे कहा, "मनाने की क्या बात है?"

क़रीम ने उसको आँख मारी, "साली मुझसे तो भानती नहीं। जब से आई है डाँट रही है।"

इतने में शारदा अपनी एक साल की बच्ची को गोद में उठाए अंदर कमरे में आई। क़रीम को उसने गुस्से से देखा। उसने आधा पैग पिया और बाहर चला गया।

मुन्नी को बहुत ज़ुकाम था। नाक बहुत बुरी तरह बह रही थी। नज़ीर ने क़रीम को बुलाया और उसको पाँच का नोट देकर कहा, "जाओ एक विक्स की बोतल ले आओ।"

क़रीम ने पूछा, "वह क्या होती है?"

नज़ीर ने उससे कहा, "ज़ुकाम की दवा है।" यह कहकर उसने एक पुर्जे पर उस दवा का नाम लिख दिया, "किसी भी स्टोर से मिल जाएगी।"

"जी, अच्छा।" कहकर क़रीम चला गया। नज़ीर ने मुन्नी की तरफ ध्यान दिया। उसको बच्चे बहुत अच्छे लगते थे। मुन्नी अच्छी शक्ल की नहीं थी। लेकिन छोटी होने के कारण नज़ीर के लिए आकर्षक थी। उसने उसको गोद में लिया। माँ से सो नहीं रही थी। सिर में हौले-हौले अँगुलियाँ फिराकर उसको सुला दिया और शारदा से कहा, "इसकी माँ तो मैं हूँ।"

शारदा मुस्कराई, "लाइए, मैं इसको अंदर छोड़ आऊँ।"

शारदा उसको अंदर ले गई और कुछ मिनट के बाद वापस आ गई। अब उसके चेहरे पर गुस्से के आसार नहीं थे। नज़ीर उसके पास बैठ गया। थोड़ी देर वह खामोश रहा। इसके बाद उसने शारदा से पूछा, "क्या आप मुझे अपना पति बनने

की इजाज़त दे सकती हैं?" और उसने जवाब का इंतज़ार किए बग़ैर उसे अपने सीने के साथ लगा लिया। शारदा ने गुस्सा नहीं किया।

"जवाब दीजिए, जनाब!"

शारदा खामोश रही। नज़ीर ने उठकर एक पैग और पिया तो शारदा ने नाक सिकोड़कर उससे कहा, "मुझे इस चीज़ से नफ़रत है।"

नज़ीर ने एक पैग गिलास में डाला। उसमें सोड़ा मिलाकर उठाया और शारदा के पास बैठ गया, "आपको इससे नफ़रत क्यों है?"

शारदा ने छोटा-सा जवाब दिया, "बस है।"

"तो आज से नहीं रहेगी, यह लीजिए।" यह कहकर उसने गिलास शारदा की तरफ बढ़ाया।

"मैं हरगिज़ नहीं पीऊँगी।"

"मैं कहता हूँ, तुम हरगिज़ इंकार नहीं करोगी।"

शारदा ने गिलास पकड़ लिया। थोड़ी देर तक उसे अज़ीब निगाहों से देखती रही। फिर नज़ीर की तरफ गुस्से-भरी नज़रों से देखा और नाक अँगुलियों से बंद करके सारा गिलास गटागट पी गई। कै आने को थी मगर उसने रोक ली। धोती के पल्लू से अपने आँसू पोंछकर उसने नज़ीर से कहा, "यह पहली और आखिरी बार है। लेकिन मैंने क्यों पी?"

नज़ीर ने उसके गीले होंठ चूमे और कहा, "यह मत पूछो।" यह कहकर उसने दरवाज़ा बंद कर दिया।

शाम को सात बजे उसने दरवाज़ा खोला। क़रीम आया तो शारदा नज़रें झुकाए बाहर चली गई। क़रीम बहुत खुश था। उसने नज़ीर से कहा, "आपने कमाल कर दिया! आपसे सौ तो नहीं माँगता, पचास दे दीजिए।"

नज़ीर शारदा से बहुत ही संतुष्ट था। इतना कि वह पहले की सभी औरतों को भूल चुका था। वह उसके यौन संबंधी सवालों का सौ-फी-सदी सही जवाब थी। उसने क़रीम से कहा, "मैं कल अदा कर दूँगा—होटल का किराया भी कल चुकाऊँगा। आज मेरे पास व्हिस्की मँगाने के बाद सिर्फ 10 रुपए बाकी थे।"

क़रीम ने कहा, "कोई बात नहीं है। मैं तो इस बात से बहुत खुश हूँ कि आपने शारदा से मामला तय कर लिया—हज़ूर, यह मेरी जान खा गई थी। अब शकुंतला से वह कुछ नहीं कह सकती।"

क़रीम चला गया। शारदा आई। उसकी गोद में मुन्नी थी। नज़ीर ने उसको पाँच रुपए दिए, लेकिन शारदा ने इंकार कर दिया। इस पर नज़ीर ने उससे मुस्कराकर कहा, "मैं इसका बाप हूँ। तुम यह क्या कर रही हो।"

शारदा ने रुपए ले लिए, बड़ी खामोशी के साथ। शुरू-शुरू में वह बहुत बातूनी मालूम होती थी। ऐसा लगता था कि बातों के दरिया बहा देगी। मगर वह बात करने से गुरेज करती थी। नज़ीर ने उसकी बच्ची को गोद में लेकर प्यार किया और जाते वक़्त शारदा से कहा, "लो भई शारदा, मैं चला। कल नहीं तो परसों ज़रूर आऊँगा।"

लेकिन नज़ीर दूसरे दिन ही आ गया। शारदा ने शारीरिक सुख से उस पर जादू-सा कर दिया था। उसने क़रीम के पिछले रुपए अदा किए। एक बोतल मँगवाई और शारदा के साथ बैठ गया। उसको पीने के लिए कहा तो वह बोली, "मैंने कह दिया था कि वह पहला और आखिरी गिलास था।"

नज़ीर अकेला पीता रहा। वह सुबह ग्यारह बजे से शाम के सात बजे तक होटल के उस कमरे में शारदा के साथ रहा। जब वह घर लौटा तो बेहद संतुष्ट था। पहले दिन से भी अधिक संतुष्ट। शारदा अपनी सामान्य शक्ल-व-सूरत और कम बोलने के बावजूद उसकी कामुक इच्छा पर छा गई थी। नज़ीर बार-बार सोचता था, 'यह कैसी औरत है—मैंने अपनी ज़िंदगी में ऐसी खामोश मगर जिस्मानी तौर पर ऐसी पूरी औरत नहीं देखी।'

नज़ीर ने हर दूसरे दिन शारदा के पास जाना शुरू कर दिया। उसको रुपए-पैसे से कोई दिलचस्पी नहीं थी। नज़ीर साठ रुपए क़रीम को देता था। दस रुपए होटल वाला ले जाता था। बाकी पचास में से लगभग 13 रुपए क़रीम अपनी कमीशन के लगा लेता था। मगर शारदा ने उसके बारे में नज़ीर से कभी ज़िक्र न किया था।

दो महीने गुज़र गए। नज़ीर के बजट ने जवाब दे दिया। उसके अलावा उसने बड़ी तेज़ी से महसूस किया कि शारदा उसके वैवाहिक जीवन में बहुत बुरी तरह दाखिल हो रही है। वह बीवी के साथ सोता है तो उसको एक कमी महसूस होती है। वह चाहता है कि उसकी बजाय शारदा हो। यह बहुत बुरी बात थी। नज़ीर को चूँकि इसका अहसास था, इसलिए उसने कोशिश की कि शारदा का सिलसिला किसी न किसी तरह खत्म हो जाए। चुनाँचे उसने शारदा ही से कहा, "शारदा, मैं शादी-शुदा आदमी हूँ। मेरी जितनी जमा-पूँजी थी, खत्म हो गई है। समझ में नहीं आता, मैं क्या करूँ। तुम्हें छोड़ भी नहीं सकता। हालाँकि चाहता हूँ कि इधर कभी रुख न करूँ।"

शारदा ने यह सुना तो खामोश हो गई। फिर थोड़ी देर के बाद कहा, "जितने रुपए मेरे पास हैं आप ले सकते हैं। सिर्फ मुझे जयपुर का किराया दे दीजिए ताकि मैं शकुंतला को लेकर वापस चली जाऊँ।"

नज़ीर ने उसको प्यार किया और कहा, "बकवास न करो—तुम मेरा मतलब नहीं समझीं। बात यह है कि मेरा रुपया खर्च हो गया है। बल्कि यूँ कहो कि खत्म हो गया है। मैं यह सोचता हूँ कि तुम्हारे पास कैसे आ सकूँगा।"

शारदा ने कोई जवाब न दिया। नज़ीर एक दोस्त से कर्ज़ लेकर जब दूसरे दिन होटल में पहुँचा तो क़रीम ने बताया कि वह जयपुर जाने के लिए तैयार बैठी है। नज़ीर ने उसको बुलाया, मगर वह न आई । क़रीम के हाथ उसने बहुत से नोट भिजवाए और कहा, "आप ये रुपए ले लीजिए, और मुझे अपना एड्रेस दे दीजिए।"

नज़ीर ने क़रीम को अपना एड्रेस लिखकर दे दिया और रुपए वापस कर दिए। शारदा आई। गोद में मुन्नी थी। उसने आदाब अर्ज़ किया और कहा, "मैं आज शाम को जयपुर जा रही हूँ।"

नज़ीर ने पूछा, "क्यों?"

शारदा ने छोटा-सा जवाब दिया, "मुझे मालूम नहीं।" और यह कहकर वह चली गई।

नज़ीर ने क़रीम से कहा कि उसे बुलाकर लाए। मगर वह न आई। नज़ीर चला गया। उसको यूँ महसूस हुआ कि उसके शरीर की हरारत चली गई है। उसके सवाल का जवाब चला गया है।

वह चली गई। वाकई चली गई। क़रीम को उसका बहुत अफ़सोस था। उसने नज़ीर से शिकायत के तौर पर कहा, "नज़ीर साहब, आपने क्यों उसको जाने दिया?"

नज़ीर ने उससे कहा, "भाई, मैं कोई सेठ तो हूँ नहीं। हर दूसरे दिन पचासेक रुपए— दस होटल के, तीस बोतल के और ऊपर का खर्च अलग। मेरा तो दिवाला पिट गया है—खुदा की कसम कर्ज़दार हो गया हूँ।"

यह सुनकर क़रीम खामोश हो गया। नज़ीर ने उससे कहा, "भई, मैं मजबूर था। कहाँ तक यह किस्सा चलाता?"

क़रीम ने कहा, "नज़ीर साहब, उसको आपसे मुहब्बत थी।"

नज़ीर को मालूम नहीं था कि मुहब्बत क्या होती है। वह केवल इतना जानता था कि शारदा में जिस्मानी सुख है। वह उसके मर्दाना सवालों का सही जवाब है। इसके अलावा वह शारदा के बारे में और कुछ नहीं जानता था। अलबत्ता उसने थोड़े से शब्दों में उससे यह ज़रूर कहा था कि उसका खाविंद ऐय्याश था और उसको सिर्फ इसलिए छोड़ गया था कि दो वर्ष तक उसके औलाद नहीं हुई थी। लेकिन जब वह उससे अलग हुआ तो नौ महीने के बाद मुन्नी पैदा हुई जो बिल्कुल

अपने बाप पर है।

शकुंतला को वह अपने साथ ले गई। वह उसका विवाह करना चाहती थी। उसकी ख्वाहिश थी कि वह शरीफों की सी ज़िंदगी गुज़ारे। क़रीम ने नज़ीर को बताया था कि वह उससे बहुत मुहब्बत करती है। क़रीम ने बहुत कोशिश की थी कि शकुंतला से पेशा कराए। कई पैसंजर आते थे। एक रात के दो-दो सौ रुपए देने के लिए तैयार थे। मगर शारदा नहीं मानती थी। क़रीम से लड़ना शुरू कर देती थी। क़रीम उससे कहता था, "तुम क्या कर रही हो?" वह जवाब देती, "अगर तुम बीच में न होते तो मैं ऐसा कभी न करती। नज़ीर साहब का एक पैसा खर्च न होने देती।"

शारदा ने नज़ीर से एक बार उसका फोटो माँगा था जो उसने घर से लाकर उसको दे दिया था। वह उसे अपने साथ जयपुर ले गई थी। उसने नज़ीर से कभी मुहब्बत प्रकट नहीं की थी—जब वे दोनों बिस्तर पर लेटे होते तो वह बिल्कुल खामोश रहती। नज़ीर उसको बोलने के लिए उकसाता मगर वह कुछ न कहती। लेकिन नज़ीर उसके जिस्मानी सुख का कायल था। जहाँ तक उसकी बात का संबंध था, वह सुख भरपूर था।

वह चली गई। नज़ीर के सीने का बोझ हल्का हो गया, क्योंकि वह उसकी घरेलू ज़िंदगी में बहुत बुरी तरह आ गई थी। अगर वह कुछ देर और रहती तो बहुत मुमकिन था कि नज़ीर अपनी बीवी से बिल्कुल बेपरवाह हो जाता। कुछ दिन बीत गए तो वह अपनी असली हालत पर आने लगा। शारदा का जिस्मानी आकर्षण उसके जिस्म से धीरे-धीरे दूर होने लगा।

ठीक पंद्रह दिन के बाद जब नज़ीर घर में बैठा दफ्तर का काम कर रहा था, उसकी बीवी ने सुबह की डाक लाकर उसे दी। सारे खत वही खोला करती थी। एक खत उसने खोला और देखकर नज़ीर से कहा, "मालूम नहीं, गुजराती है या हिंदी।" नज़ीर ने खत लेकर देखा। उसको मालूम न हो सका कि हिंदी है या गुजराती। अलग ट्रे में रख दिया और अपने काम में लग गया। थोड़ी देर के बाद नज़ीर की बीवी ने अपनी छोटी बहन नईमा को आवाज़ दी। वह आई तो वह खत उठाकर उसे दिया, "ज़रा पढ़ो तो क्या लिखा है। तुम हिंदी और गुजराती पढ़ सकती हो।"

नईमा ने खत देखा और कहा, "हिंदी है।" और यह कहकर पढ़ना शुरू किया। "जयपुर—प्रिय नज़ीर साहब!" इतना पढ़कर वह रुक गई। नज़ीर चौंका। नईमा ने एक लाइन और पढ़ी, "आदाब! आप तो मुझे भूल चुके होंगे। मगर जब से मैं यहाँ भाई हूँ, आपको याद करती रहती हूँ।" नईमा का रंग सुर्ख़ हो गया।

उसने काग़ज़ का दूसरा रुख देखा, "कोई शारदा हैं।"

नज़ीर उठा। जल्दी से उसने नईमा के हाथ से खत लिया और अपनी बीवी से कहा, "खुदा मालूम कौन है—मैं बाहर जा रहा हूँ। इसको पढ़ाकर उर्दू में लिखवा लाऊँगा।" उसने बीवी को कुछ कहने का मौका ही नहीं दिया और चला गया। एक दोस्त के पास जाकर उसने शारदा के खत-जैसे काग़ज़ मँगवाए और हिंदी में वैसी ही रोशनाई से एक खत लिखवाया। पहले वाक्य वही रखे। उसमें लिखा गया कि बंबई सेंट्रल पर शारदा उससे मिली थी। उसको इतने बड़े चित्रकार से मिलकर बहुत खुशी हुई थी··· वगैरा-वगैरा।

शाम को घर आया तो नया खत अपनी बीवी को दिया और उर्दू की नकल पढ़कर सुना दी। बीवी ने शारदा के बारे में उससे पूछा तो उसने कहा, "काफी दिन हुए मैं एक दोस्त को छोड़ने गया था। शारदा को यह दोस्त जानता था। वहाँ प्लेटफार्म पर मेरा परिचय हुआ। चित्रकारी का उसे भी शौक था।"

बात आई-गई हो गई। लेकिन दूसरे दिन शारदा का एक और खत आ गया। उसको भी नज़ीर ने उसी तरीक़े से गोल किया और फौरन शारदा को तार कर दिया कि वह खत लिखना बंद कर दे और उसके नए पते का इंतज़ार करे। डाकखाने जाकर उसने डाकिए को बता दिया कि जयपुर का खत वह अपने पास रखे। सुबह आकर वह उससे पूछ लिया करेगा। तीन खत उसने इस तरह वसूल किए। इसके बाद शारदा उसको उसके दोस्त के पते पर खत भेजने लगी।

शारदा बहुत कम बोलने वाली थी, लेकिन खत बहुत लंबे लिखती थी। उसने नज़ीर के सामने कभी अपनी मुहब्बत प्रकट नहीं की थी लेकिन खत उससे भरे हुए थे। गिले-शिक़वे, मिलन-अलगाव—इस किस्म की आम बातें जो इश्क़िया खतों में होती हैं। नज़ीर को शारदा से वह मुहब्बत नहीं थी जिसका ज़िक्र अफ़सानों और नावलों में होता है। इसलिए उसकी समझ में नहीं आता था कि वह जवाब में क्या लिखे। इसलिए यह काम उसका दोस्त ही करता था। हिंदी में जवाब लिखकर वह नज़ीर को सुना देता था और नज़ीर कह देता था, "ठीक है।"

शारदा बंबई आने के लिए बेक़रार थी, लेकिन वह क़रीम के पास नहीं ठहरना चाहती थी। नज़ीर उसके ठहरने का और कहीं इंतज़ाम नहीं कर सकता था, क्योंकि मकान उन दिनों मिलते ही नहीं थे। उसने होटल का सोचा। मगर ख्याल आया, ऐसा न हो भेद खुल जाए। चुनाँचे उसने शारदा को लिखवाया कि वह अभी कुछ देर इंतज़ार करे।

इतने में सांप्रदायिक दंगे शुरू हो गए। बँटवारे से पहले अज़ीब अफरा-तफरी मची थी। उसकी बीवी ने कहा कि वह लाहौर जाना चाहती है, "मैं कुछ देर वहाँ

रहूँगी। अगर हालात ठीक हो गए तो वापस आ जाऊँगी, वरना आप भी वहीं चले आइएगा।”

नज़ीर ने कुछ देर उसे रोका। मगर जब उसका भाई लाहौर जाने के लिए तैयार हुआ तो वह और उसकी बहन उसके साथ चली गईं। वह अकेला रह गया। उसने शारदा को सरसरी तौर पर लिखा कि वह अब अकेला है। जवाब में उसका तार आया कि वह आ रही है। उस तार के अनुसार वह जयपुर से चल पड़ी थी। नज़ीर बहुत सिटपिटाया, मगर उसका जिस्म बहुत खुश था। वह शारदा के जिस्म का सुख चाहता था। वे दिन फिर से माँगता था जब वह शारदा के साथ चिपटा होता था। सुबह 11 बजे से लेकर शाम के सात बजे तक। अब रुपए के खर्च का सवाल नहीं था। क़रीम भी नहीं था। होटल भी नहीं था। उसने सोचा, ‘मैं अपने नौकर को राज़दार बना लूँगा। सब ठीक हो जाएगा। दस-पंद्रह रुपए उसका मुँह बंद कर देंगे। मेरी बीवी वापस आई तो वह उससे कुछ नहीं कहेगा।’

दूसरे दिन वह स्टेशन पर पहुँचा। फ्रंटियर मेल आई, मगर शारदा तलाश के बावजूद उसे न मिली। उसने सोचा, शायद किसी वजह से रुक गई है। दूसरा तार भेजेगी।

अगले दिन वह रोज़ की तरह सुबह की ट्रेन से अपने दफ्तर के लिए चला। वह महालक्ष्मी उतरता था। गाड़ी वहाँ रुकी तो उसने देखा, प्लेटफार्म पर शारदा खड़ी है। उसने ज़ोर से पुकारा, “शारदा!”

शारदा ने चौंककर उसकी तरफ देखा, “नज़ीर साहब!”

“तुम यहाँ कहाँ?”

शारदा ने शिकायत के तौर पर कहा, “आप मुझे लेने न आए तो मैं यहाँ आपके दफ्तर पहुँची। पता चला आप अभी तक नहीं आए। यहाँ प्लेटफार्म पर अब आपका इंतज़ार कर रही थी।”

नज़ीर ने कुछ देर सोचकर उससे कहा, “तुम यहाँ ठहरो, मैं दफ्तर से छुट्टी लेकर अभी आता हूँ।”

शारदा को बैंच पर बैठाकर नज़ीर जल्दी-जल्दी दफ्तर गया। एक अर्ज़ी लिखकर वहाँ चपरासी को दे आया और शारदा को अपने घर ले गया। रास्ते में दोनों ने कोई बात न की। लेकिन उनके जिस्म आपस में गुफ्तगू करते रहे। एक-दूसरे की तरफ खींचते रहे।

घर पहुँचकर नज़ीर ने शारदा से कहा, “तुम नहा लो। मैं नाश्ते का बंदोबस्त करता हूँ।”

शारदा नहाने लगी। नज़ीर ने नौकर से कहा, “उसके एक दोस्त की बीवी

आई है, जल्दी नाश्ता तैयार कर दे।" उससे यह कहकर नज़ीर ने अलमारी से बोतल निकाली। एक पैग जो दो के बराबर था गिलास में उँड़ेला और पानी मिलाकर पी गया। वह उसी होटल वाले ढंग से शारदा से संभोग करना चाहता था।

शारदा नहा-धोकर बाहर निकली और नाश्ता करने लगी। उसने इधर-उधर की बेशुमार बातें कीं। नज़ीर ने महसूस किया जैसे वह बदल गई है। वह पहले बहुत कम बोलने वाली थी। नज़ीर ने सोचा, मुहब्बत क्या है, अगर यह इसे न जताए तो कितना अच्छा है। मुझे इसकी खामोशी ज़्यादा पसंद थी। उसके ज़रिए से मुझ तक बहुत-सी बातें पहुँच जाती थीं। मगर अब जाने इसको क्या हो गया है। बातें करती है तो ऐसा मालूम होता है जैसे अपने इश्क़िया खत पढ़कर सुना रही है।

नाश्ता खत्म हुआ तो नज़ीर ने एक पैग तैयार किया और शारदा को पेश किया। लेकिन उसने इंकार कर दिया। नज़ीर ने ज़ोर दिया तो शारदा उसे खुश करने के लिए नाक बंद करके पी गई। बुरा-सा मुँह बनाया। पानी लेकर कुल्ली की। नज़ीर को अफ़सोस-सा हुआ कि शारदा ने क्यों पी। उसके ज़ोर देने पर भी इंकार किया होता तो ज़्यादा अच्छा था। मगर उसने उसके बारे में ज़्यादा ग़ौर न किया। नौकर को बहुत दूर एक काम पर भेजा। दरवाज़ा बंद किया और शारदा के साथ बिस्तर पर लेट गया। "तुमने लिखा था कि वे दिन फिर कब आएँगे। लो आ गए हैं। फिर वही दिन, बल्कि रातें भी। उन दिनों रातें नहीं होती थीं, सिर्फ दिन होते थे। होटल के मैले-कुचैले दिन। यहाँ हर चीज़ उजली है, हर चीज़ साफ है। होटल का किराया भी नहीं। यहाँ हम अपने मालिक आप हैं।"

शारदा ने अपनी जुदाई की बातें शुरू कर दीं। यह समय उसने कैसे काटा। वही किताबों, अफ़सानों वाली फिज़ूल-फिज़ूल बातें। गिले-शिकवे, आहें, रातें तारे गिन-गिनकर काटना। नज़ीर ने एक और पैग पिया और सोचा, 'कौन तारे गिनता है। गिन कैसे सकता है इतने सारे तारों को—बिल्कुल फिज़ूल है, बेहूदा बकवास है।'

यह सोचते हुए उसने शारदा को अपने साथ लगा लिया। बिस्तर साफ था। शारदा साफ थी, खुद साफ था। कमरे का वातावरण भी साफ था लेकिन क्या वजह थी कि नज़ीर के दिल-व-दिमाग़ पर वह कैफियत तारी नहीं होती थी जो उस गंदे होटल में लोहे की चारपाई पर शारदा के आलिंगन में होती थी।

नज़ीर ने सोचा, शायद उसने कम पी है। उठकर उसने एक पैग बनाया और एक ही बार में खत्म करके शारदा के साथ लेट गया। शारदा ने फिर वही लाख बार कही हुई बातें शुरू कर दीं। वही गिले, शिकवे, मिलन, जुदाई की बातें। नज़ीर उकता गया और इस उकताहट ने उसके जिस्म को कुंद कर दिया। उसको महसूस

होने लगा कि शारदा की सान घिसकर बेकार हो गई है। उसके जिस्म के जज़्बात अब वह तेज़ नहीं कर सकती। लेकिन वह फिर भी उसके साथ देर तक लेटा रहा।

उससे निपटा तो उसका जी चाहा कि टैक्सी पकड़े और अपने घर चला जाए, अपनी बीवी के पास। मगर जब उसने सोचा कि वह तो अपने घर में है और उसकी बीवी लाहौर में तो दिल-ही-दिल में बहुत झुँझलाया। उसकी यह ख्वाहिश हुई कि उसका घर होटल बन जाए। वह दस रुपए किराए के दे। क़रीम को पचास रुपए अदा कर दे और चला जाए।

शारदा के जिस्म का सुख बदस्तूर बरकरार था मगर वह फिज़ा नहीं थी। वह सौदेबाज़ी नहीं थी। इस हाथ दे उस हाथ ले वाली बात नहीं थी। होटल की वह गंदगी नहीं थी। ये सब चीज़ें मिल-मिलाकर जो एक माहौल बनाती थीं, वह नहीं था। नज़ीर अपने घर में था। उस बिस्तर पर था जिस पर उसकी सीधी-सादी बीवी उसके साथ सोती थी। यह अहसास उसके दिल में था, इसलिए वह समझ न सकता था कि मामला क्या है। कभी वह सोचता था कि व्हिस्की खराब है, कभी सोचता था कि शारदा ने ठीक बरताव नहीं किया और कभी यह ख्याल करता था कि वह खामोश रहती तो सब ठीक होता। फिर वह यह सोचता—इतनी देर के बाद मिली है, दिल की भड़ास तो निकालनी थी बेचारी को। एक-दो दिन में ठीक हो जाएगी। वही पुरानी शारदा बन जाएगी।

पंद्रह दिन बीत गए मगर नज़ीर को शारदा, वह पुरानी होटल वाली शारदा महसूस न हुई। उसकी बच्ची जयपुर में थी। होटल में वह उसके साथ होती थी। नज़ीर उसके जुकाम के लिए, उसकी फुंसियों के लिए, उसके गले के लिए दवाएँ मँगवाया करता था। अब वह चीज़ नहीं थी। वह बिल्कुल अकेली थी। नज़ीर उसको और उसकी मुन्नी को बिल्कुल एक समझता था।

एक बार शारदा की दूध से भरी छातियों पर दबाव डालने से नज़ीर के बालों भरे सीने पर दूध के कई क़तरे चिपट गए थे और उसने एक अजीब किस्म की लज़्ज़त महसूस की थी। उसने सोचा था, माँ बनना कितना अच्छा है—और यह दूध! मर्दों में यह कितनी बड़ी कमी है कि वे खा-पीकर सब हज़्म कर जाते हैं। औरत खाती भी है और खिलाती भी है। किसी को पालना—अपने बच्चों को ही सही—कितनी शानदार चीज़ है।

अब मुन्नी शारदा के साथ नहीं थी। वह नामुकम्मिल थी। उसकी छातियाँ भी नामुकम्मिल थीं। अब उनमें दूध नहीं था। वह सफेद-सफेद अमृत। नज़ीर अब उसको अपने सीने के साथ भींचता था तो उसको मना नहीं करती थी। शारदा, अब वह शारदा नहीं थी लेकिन हक़ीकत यह है कि शारदा वही शारदा थी, बल्कि

उससे कुछ ज़्यादा थी। यानी उतनी देर अलग रहने के बाद उसकी जिस्मानी लालसा तेज़ हो गई थी। वह रूहानी तौर पर भी नज़ीर को चाहती थी। लेकिन नज़ीर को ऐसा महसूस होता था कि शारदा में अब वह पहली-सी कशिश या जो भी कुछ था, नहीं रहा।

पंद्रह दिन लगातार उसके साथ गुज़ारने पर वह इसी नतीजे पर पहुँचा था। पंद्रह दिन दफ्तर से ग़ैर-हाज़िरी बहुत काफी थी। उसने अब दफ्तर जाना शुरू कर दिया। सुबह-सुबह उठकर दफ्तर जाता और शाम को लौटता। शारदा ने बिल्कुल बीवियों की तरह उसकी खिदमत शुरू कर दी। बाज़ार से ऊन खरीदकर उसके लिए एक स्वेटर बुन दिया। शाम को दफ्तर से आता तो उसके लिए सोडे मँगवाकर रखे होते। बर्फ थर्मस में डाली होती। सुबह उठकर शेव का सामान मेज़ पर रखती। पानी गर्म कराकर उसको देती। वह शेव कर चुकता तो सारा सामान साफ करती। घर की सफाई कराती। खुद झाडू देती। नज़ीर और भी उकता गया।

रात को वे इकट्ठे सोते। मगर अब उसने यह बहाना किया कि वह कुछ सोच रहा है, इसलिए अकेला सोना चाहता है। शारदा दूसरे पलंग पर सोने लगी। मगर यह नज़ीर के लिए एक और उलझन हो गई। वह गहरी नींद सोई होती और वह जागता रहता, और सोचता कि आखिर यह सब कुछ है क्या—यह शारदा यहाँ क्यों है?—क़रीम के होटल में उसने उसके साथ चंद दिन बड़े अच्छे गुज़ारे थे, मगर यह उसके साथ क्यों चिमट गई है। आखिर इसका अंजाम क्या होगा—मुहब्बत वगैरा सब बकवास है। जो एक छोटी-सी बात थी, वह अब नहीं रही। इसको वापस जयपुर जाना चाहिए।

कुछ दिनों के बाद उसने यह महसूस करना शुरू किया कि वह गुनाह कर रहा है। वह क़रीम के होटल में भी करता था। उसने शादी से पहले भी ऐसे प्यार किए थे, मगर उनका उसको एहसास ही नहीं था। लेकिन अब बड़ी तेज़ी से महसूस करना शुरू किया था कि वह अपनी बीवी से बेवफाई कर रहा है। अपनी सीधी-सादी बीवी से जिसको उसने कई बार शारदा के खतों के सिलसिले में चकमा दिया था। शारदा अब और भी ज़्यादा बेकशिश हो गई। वह उससे रूखा बर्ताव करने लगा। मगर उसकी मुहब्बत में कोई फर्क न आया। वह इतना जानती थी कि आर्टिस्ट लोग मौजी होते हैं, इसीलिए वह उससे प्यार न जताने का गिला नहीं करती थी।

पूरा एक महीना हो गया। जब नज़ीर ने दिन गिने तो उसको बहुत उलझन हुई, 'यह औरत क्या पूरा एक महीना यहाँ रही है—मैं इतना ज़लील आदमी हूँ—और इधर हर रोज़ मैं अपनी बीवी को खत लिखता हूँ, जैसे बड़ा ही वफादार

शौहर हूँ। जैसे मुझे उसका बहुत ख्याल है। जैसे उसके बिना मेरी जिंदगी अजीर्ण है। मैं कितना बड़ा फ्रॉड हूँ। उधर अपनी बीवी से गद्दारी कर रहा हूँ और इधर शारदा से। मैं क्यों उससे साफ-साफ नहीं कह देता कि भई अब मुझे तुमसे लगाव नहीं रहा। लेकिन सवाल यह है कि मुझे लगाव नहीं रहा या शारदा में वह पहले-सी बात नहीं रही?'

वह इसके बारे में सोचता मगर उसे कोई जवाब न मिलता। उसके दिमाग़ में अजीब अफरा-तफरी फैली थी। वह अब नैतिकता के बारे में सोचता। बीवी से वह जो गद्दारी कर रहा था उसका एहसास उस पर हर वक़्त छाया रहता था। कुछ दिन बीतने पर यह एहसास और भी ज़्यादा तेज़ हो गया। और नज़ीर को खुद से नफ़रत होने लगी। 'मैं बहुत ज़लील हूँ। यह औरत मेरी दूसरी बीवी क्यों बन गई है। मुझे इसकी कब ज़रूरत थी। यह क्यों मेरे साथ चिपक गई है। मैंने क्यों इसको यहाँ आने की इजाज़त दी। इसने तार भेजा था लेकिन वह तार ऐसे वक़्त पर मिला था कि मैं इसको रोक ही नहीं सकता था।'

फिर वह सोचता कि शारदा जो कुछ करती है, बनावट है। वह उसको उस बनावट से अपनी बीवी से अलग करना चाहती है। इससे उसकी नज़रों में शारदा और भी गिर गई। उससे नज़ीर का सलूक और ज़्यादा रूखा हो गया। इस रूखेपन को देखकर शारदा बहुत ज़्यादा मुलायम हो गई। उसने नज़ीर के आराम और ऐश का और ज़्यादा ख्याल रखना शुरू कर दिया। लेकिन नज़ीर को उसके इस रवैए से बहुत उलझन हुई। वह उससे बेहद नफ़रत करने लगा।

एक दिन उसकी जेब खाली थी। बैंक से रुपए निकलवाने उसको याद नहीं रहे थे। दफ्तर बहुत देर से गया, इसलिए कि उसकी तबीयत ठीक नहीं थी। जाते वक़्त शारदा ने उससे कुछ कहा तो वह उस पर बरस पड़ा, "बकवास न करो, मैं ठीक हूँ। बैंक से रुपए निकलवाने भूल गया हूँ और सिगरेट मेरे सारे खत्म हैं।"

दफ्तर के पास की दुकान से उसको गोल्ड फ्लैक का डिब्बा मिला। ये सिगरेट उसको नापसंद थे, मगर उधार मिल गए थे। इसलिए दो-तीन मजबूरन पीने पड़े। शाम को घर आया तो देखा तिपाई पर उसका मनभाता सिगरेट का डिब्बा पड़ा है। ख्याल किया कि खाली है, फिर सोचा शायद एक-दो उसमें पड़े हों। खोलकर देखा तो भरा हुआ था। शारदा से पूछा, "यह डिब्बा कहाँ से आया?"

शारदा ने मुस्कराकर जवाब दिया, "अंदर अल्मारी में पड़ा था।"

नज़ीर ने कुछ न कहा। उसने सोचा शायद मैंने खोलकर अंदर अल्मारी में रख दिया था और भूल गया। लेकिन दूसरे दिन फिर तिपाई पर सालिम डिब्बा मौजूद था। नज़ीर ने शारदा से जब उसकी बाबत पूछा तो उसने मुस्कराकर वही

जवाब दिया, "अंदर अल्मारी में पड़ा था।"

नज़ीर ने बड़े गुस्से के साथ कहा, "शारदा, तुम बकवास करती हो। तुम्हारी यह हरकत मुझे पसंद नहीं। मैं अपनी चीज़ें खुद खरीद सकता हूँ। मैं भिखारी नहीं हूँ जो तुम मेरे लिए हर रोज़ सिगरेट खरीदा करो।"

शारदा ने बड़े प्यार से कहा, "आप भूल जाते हैं। इसलिए मैंने दो बार गुस्ताखी की।"

नज़ीर ने बेवजह और ज़्यादा गुस्से से कहा, "मेरा दिमाग खराब है—लेकिन मुझे यह गुस्ताखी हरगिज़ पसंद नहीं।"

शारदा का लहजा बहुत ही मुलायम हो गया, "मैं आपसे माफी माँगती हूँ।"

नज़ीर ने एक क्षण के लिए ख्याल किया कि शारदा की कोई ग़लती नहीं। उसे आगे बढ़कर उसका मुँह चूम लेना चाहिए, इसलिए कि वह उसका इतना ख्याल रखती है। मगर फौरन ही उसको अपनी बीवी का ख्याल आया कि वह गद्दारी कर रहा है। चुनाँचे उसने शारदा से बड़े नफरत-भरे लहज़े में कहा, "बकवास न करो। मेरा विचार है कि तुम्हें कल यहाँ से रवाना कर दूँ। कल सुबह तुम्हें जितने रुपए चाहिए दे दूँगा।" लेकिन यह कहकर नज़ीर ने महसूस किया, जैसे वह बड़ा कमीना और ज़लील है।

शारदा ने कुछ न कहा। रात को वह नज़ीर के साथ सोई। सारी रात उससे प्यार करती रही। नज़ीर को इससे उलझन होती रही। मगर उसने शारदा पर इसे प्रकट न किया। सुबह उठा तो नाश्ते में अनगिनत चीज़े थीं। फिर भी उसने शारदा से कोई बात न की। इससे निपटकर वह सीधा बैंक गया। जाने से पहले उसने शारदा से सिर्फ इतना कहा, "मैं बैंक जा रहा हूँ। अभी वापस आता हूँ।"

बैंक की वह शाखा जिसमें नज़ीर का रुपया जमा था, बिल्कुल नज़दीक थी। वह दो सौ रुपए निकलवाकर फौरन ही वापस आ गया। उसका इरादा था कि वह सब रुपया शारदा के हवाले कर देगा और उसको टिकट वगैरह लेकर रुखसत कर देगा। मगर जब वह घर पहुँचा तो उसके नौकर ने बताया कि वह चली गई है। उसने पूछा, "कहाँ?"

नौकर ने बताया, "जी, मुझसे उन्होंने कुछ नहीं कहा—अपना ट्रंक और बिस्तर साथ ले गई हैं।"

नज़ीर अंदर कमरे में आया तो उसने देखा कि तिपाई पर उसकी पसंद की सिगरेटों का डिब्बा पड़ा है। भरा हुआ!

(31 जुलाई, 1950)

दूसरा सिलसिला : बाई-बाई से अनारकली तक

(11 मई 1954 से 1 जून 1954 तक)

बाई-बाई

नाम उसका फातिमा था पर सब उसे फातू कहते थे। बानिहाल के दर्रे के उस तरफ उसके बाप की पनचक्की थी, जो बहुत सीधा-सादा राजमिस्त्री था।

वह दिन-भर उस पनचक्की के पास बैठी रहती। पहाड़ के दामन में छोटी-सी जगह थी जिसमें यह पनचक्की लगाई गई थी। फातू के बाप को दो-तीन रुपए रोज़ाना मिल जाते थे, जो उसके लिए काफी थे। फातू अलबत्ता उनको नाकाफी समझती थी। चूँकि उसे बनाव-सिंगार का शौक था और वह चाहती थी कि अमीरों की तरह ज़िंदगी बसर करे।

काम-काज कुछ नहीं करती थी। बस कभी-कभी अपने बूढ़े बाप का हाथ बँटा देती थी। उसको आटे से नफ़रत थी, इसलिए कि वह उड़-उड़कर उसकी नाक में घुस जाता था। वह बहुत झुँझलाती और बाहर निकलकर खुली हवा में घूमना शुरू कर देती या चनाब के किनारे जाकर अपना मुँह-हाथ धोती और अजीब किस्म की ठंडक महसूस करती।

उसको चनाब से प्यार था। उसने अपनी सहेलियों से सुन रखा था कि यह दरिया इश्क़ का दरिया है जहाँ सोहनी-महिवाल, हीर-राँझा का इश्क़ मशहूर हुआ।

वह बहुत खूबसूरत थी और बड़ी मज़बूत जिस्म की जवान लड़की थी। एक पनचक्की वाले की बेटी शानदार लिबास तो पहन नहीं सकती। मैली सलवार, ऊपर फरननुमा कुर्ता, दुपट्टा नदारद।

नज़ीर सचेतगढ़ से लेकर बानिहाल तक और भदरवा से किश्तवार तक खूब घूमा-फिरा था। उसने जब पहली बार फातू को देखा तो उसे कोई हैरत नहीं हुई। उसने देखा कि फातू के कुर्ते के निचले तीन बटन नहीं हैं और उसकी जवान छातियाँ बाहर झाँक रही हैं।

नज़ीर ने उस इलाके में एक खास बात नोट की थी कि वहाँ की औरतें ऐसी कमीज़ें या कुर्ते पहनती हैं जिनके निचले बटन गायब होते हैं। उसकी समझ में नहीं आता कि क्या ये जान-बूझकर हटा दिए जाते हैं या वहाँ के धोबी ही ऐसे हैं, जो उनको उतार लेते हैं।

नज़ीर ने जब पहली बार सैर करते हुए फातू को अपनी तीन बटनों वाली कमीज़

में देखा तो उस पर लट्टू हो गया। वह हसीन थी, नाक-नक्श बहुत अच्छा था। ताज्जुब कि वह मैली होने के बावजूद दमकती थी। उसका लिबास बहुत गंदा था, मगर नज़ीर को ऐसा महसूस हुआ कि यही उसकी खूबसूरती को निखार रहा है।

नज़ीर वहाँ एक आवारागर्द की हैसियत रखता था। वह सिर्फ काश्मीर के देहात देखने और घूमने-फिरने आया था और क़रीब-क़रीब तीन महीने से इधर-उधर घूम-फिर रहा था।

उसने किश्तवार देखा, भदरवा देखा, कुद और बटोत में कई महीने गुज़ारे मगर उसे फातू जैसा हुस्न कहीं नज़र नहीं आया था।

बानिहाल में पनचक्की के बाहर जब उसने फातू को तीन बटनों के बेनियाज़ कुर्ते में देखा तो उसके जी में आया कि अपनी कमीज़ के सारे बटन अलग कर दे और उसकी कमीज़ और फातू का कुर्ता आपस में रल-मिल जाएँ, कुछ इस तरह कि दोनों की समझ में कुछ भी न आए।

उससे मिलना नज़ीर के लिए मुश्किल नहीं था, इसलिए कि उसका बाप दिन-भर गंदुम, मकई, ज्वार पीसने में लगा रहता था, और वह थी हँसमुख। हर आदमी से खुलकर बात करने वाली। बहुत जल्दी फुल्लु-मिट्ठु हो जाती थी। चुनाँचे नज़ीर को उसकी नज़दीकी हासिल करने में कोई दिक्कत महसूस न हुई। चंद दिनों में ही उसने उससे मेल-जोल पैदा कर लिया।

यह मेल-जोल थोड़ी देर में मुहब्बत में बदल गया। पास ही चनाब, जिसे इश्क़ का दरिया कहते हैं और जिसके पानी से फातू के बाप की पनचक्की चलती थी, उस दरिया के किनारे बैठकर नज़ीर उसको अपना दिल निकालकर दिखाता था, जिसमें सिवाय मुहब्बत के और कुछ भी नहीं था। फातू सुनती इसलिए कि वह उसके जज़्बात का मज़ाक उड़ाना चाहती थी। असल में वह थी ही हँसोड़। सारी ज़िंदगी वह कभी रोई नहीं थी। उसके माँ-बाप बड़े फख्र से कहा करते थे कि हमारी बच्ची बचपन में कभी नहीं रोई।

नज़ीर और फातू में मुहब्बत की पींगें बढ़ती गईं। नज़ीर फातू को देखता था तो उसे यों महसूस होता कि उसने अपनी रूह का अक्स आइने में देख लिया है और फातू तो उसकी दीवानी थी, इसलिए कि वह उसकी बड़ी खातिरदारी करता था। उसको वह चीज़ जिसे मुहब्बत कहते हैं, पहले कभी नसीब नहीं हुई थी, इसलिए वह बहुत खुश थी।

बानिहाल में तो कोई अखबार मिलता नहीं था, इसलिए नज़ीर को बटोत जाना पड़ता था। वहाँ वह देर तक डाकखाने के अंदर बैठा रहता। डाक आती तो अखबार पढ़कर पनचक्की पर चला आता। करीब-करीब छह मील का फासला था।

मगर नज़ीर इसका कोई ख्याल न करता। यह समझता कि चलो वर्जिश हो गई।

जब वह पनचक्की के पास पहुँचता तो फातू किसी न किसी बहाने बाहर निकल आती और दोनों चनाब के पास पहुँच जाते और पत्थरों पर बैठ जाते।

फातू उससे कहती, "नज़ीर···आज की खबरें सुनाओ।"

उसको खबरें सुनने का खब्त था। नज़ीर अखबार खोलता और उसको खबरें सुनाना शुरू कर देता। उन दिनों सांप्रदायिक झगड़े चल रहे थे–अमृतसर से यह किस्सा शुरू हुआ था, जहाँ सिक्खों ने मुसलमानों के कई मुहल्ले जलाकर राख कर दिए थे वह ये सब खबरें उसको सुनाता। वह सिखों को अपनी गँवार जबान में बुरा-भला कहती। नज़ीर खामोश रहता।

एक दिन अचानक यह खबर आई कि पाकिस्तान क़ायम हो गया है और हिंदुस्तान से अलग हो गया है। नज़ीर को तमाम वाक़यात की जानकारी थी। मगर जब उसने पढ़ा कि हिंदुस्तान ने रियासत मंगरोल और मानादादार पर जबरदस्ती कब्जा कर लिया है तो वह बहुत परेशान हुआ, मगर उसने अपनी परेशानी को फातू पर ज़ाहिर न होने दिया।

दोनों का इश्क़ अब बहुत बढ़ चुका था। इसका पता फातू के बाप को भी हो गया था। वह खुश था कि मेरी लड़की एक इज्ज़तदार और शरीफ घराने में जाएगी। मगर वह चाहता था कि उसकी बेटी सयालकोट न जाए, जहाँ का नज़ीर रहने वाला था। उसकी यह ख्वाहिश थी कि नज़ीर उसी के पास रहे।

दौलतमंद का बेटा है–पनचक्की के पास खाली ज़मीन पड़ी है। उस पर एक छोटा-सा मकान बनवा ले और दोनों मियाँ-बीवी उसमें रहें। जब चाहा, पलक झपकते श्रीनगर पहुँच गए। वहाँ एक-दो महीने रहे, फिर वापस आ गए। कभी-कभार सयालकोट भी चले गए क्योंकि वह भी बहुत दूर नहीं।

फातू के बाप से नज़ीर ने खुलकर बातचीत की। वह उससे बहुत प्रभावित हुआ और उसने अपनी रज़ामंदी बता दी। नज़ीर और फातू बहुत खुश हुए। उस दिन पहली बार नज़ीर ने उसके होठों को चूमा और खुद अपने हाथ से उसके कुर्ते में तीन बटन लगाए।

दूसरे दिन नज़ीर ने अपने माता-पिता को लिख दिया कि वह शादी कर रहा है। काश्मीर की एक देहाती लड़की है, जिससे उसे मुहब्बत हो गई है। एक माह तक पत्र-व्यवहार होता रहा। आदमी रोशनख्याल थे, इसलिए वे मान गए, हालाँकि वे अपने बेटे की शादी अपने खानदान में करना चाहते थे।

उसके पिता ने जो आखिरी खत लिखा, उसमें यह इच्छा प्रकट की गई थी कि नज़ीर फातिमा का फोटो भेजे, ताकि वे अपने रिश्तेदारों को दिखाएँ, क्योंकि

वह उसके हुस्न की बड़ी तारीफ कर चुका था।

लेकिन बानिहाल जैसे पिछड़े इलाके में वह फातू की तस्वीर कैसे हासिल करता। उसके पास कोई कैमरा नहीं था, न वहाँ कोई फोटोग्राफर। बटोत और कुद में भी उनका नामोनिशान नहीं था।

संयोग से एक दिन श्रीनगर से मोटर आई। नज़ीर सड़क पर खड़ा था। उसने देखा कि उसको उसका दोस्त रणबीर सिंह ड्राइव कर रहा है। उसने बुलंद आवाज़ में कहा, "रणबीर, यार ठहरो।"

मोटर ठहर गई, दोनों दोस्त एक-दूसरे से गले मिले। नज़ीर ने देखा कि उसकी मोटर में कैमरा पड़ा है– रौलीफलेक्स। नज़ीर ने उससे कुछ देर बातें कीं, फिर पूछा, "तुम्हारे कैमरे में फिल्म है?"

रणबीर ने हँसकर कहा, "खाली कैमरा और खाली बंदूक किस काम की होती है। मेरे कैमरे में सोलह एक्स्पोज़र हैं।"

नज़ीर ने फौरन फातू को रोका और अपने दोस्त रणबीर से कहा, "यार इसके तीन-चार पोज़ ले लो। और तुम, मेरा ख्याल है सियालकोट जा रहे हो, वहाँ से डेवलेप और प्रिंट कराकर मुझे दो कापियाँ बटोत के डाकखाने की मार्फत भिजवा देना।"

रणबीर ने बड़े ग़ौर और बड़ी दिलचस्पी से फातू को देखा। उसकी मोटर में डोगरा फौज़ के तीन-चार सिपाही थे–थ्री-नॉट-थ्री की बंदूकें लिए।

रणबीर जो मुकाम फोटो लेने के लिए पसंद करता, ये सशस्त्र फौज़ी उसके पीछे-पीछे होते। नज़ीर उनके साथ होना चाहता तो ये डोगरे उसे रोक देते।

काश्मीर में हुल्लड़ मच रहा था। उसके बारे में नज़ीर को अच्छी तरह मालूम था कि हिंदुस्तान उस पर काबिज़ होना चाहता है, मगर पाकिस्तानी उसका विरोध कर रहे हैं।

फोटो लेकर जब नज़ीर का दोस्त रणबीर अपनी मोटर के पास आया तो उसने नज़ीर की तरफ आँख उठाकर भी न देखा। फातू तो डोगरे फौज़ियों की गिरफ्त में थी। उन्होंने उसे जबरदस्ती मोटर के अंदर डाला। वह चीखी-चिल्लाई, नज़ीर को अपनी मदद के लिए पुकारा–मगर वह बेबस था–डोगरे फौज़ी संगीनें ताने खड़े थे।

जब मोटर स्टार्ट हुई तो नज़ीर ने अपने दोस्त रणबीर से बड़ी बेबसी के लहजे में कहा, "यार रणबीर, यह क्या हो रहा है?"

रणबीर सिंह ने जो मोटर चला रहा था, नज़ीर के पास से गुज़रते हुए हाथ हिलाकर सिर्फ इतना कहा–

"बाई-बाई।"

(11 मई, 1954)

माई जन्ते

माई जन्ते अपने स्लीपर फटफटाती, घिसटती कुछ इस अंदाज़ में अपने मैले चिकट में दाखिल हुआ ही चाहती थी कि सब घरवालों को मालूम हो गया कि वह आ पहुँची है। वह रहती इसी घर में थी, जो मरहूम ख्वाज़ा करीमबख्श का था। वह अपने पीछे काफी जायदाद, एक विधवा और दो जवान बच्चियाँ छोड़ गया था। आदमी पुराने विचारों का था। ज्योंही ये लड़कियाँ 9-10 वर्ष की हुईं, उनको घर की चारदीवारी में बिठा दिया और पहरा भी ऐसा कि वे खिड़की के पास तक खड़ी नहीं हो सकती थीं। मगर जब वह अल्लाह को प्यारा हुआ तो उनको आहिस्ता-आहिस्ता थोड़ी-सी आज़ादी हो गई। अब वे लुक-छिपकर नावल भी पढ़ती थीं। अपने कमरे के दरवाज़े बंद करके पाउडर और लिपस्टिक भी लगाती थीं। उनके पास विलायत की सिली हुई अँगियाँ भी थीं—मालूम नहीं ये सब चीज़ें कहाँ से मिल गई थीं। तो भी इतना ज़रूर है कि उनकी माँ को जो अभी तक अपने खाविंद के सदमे को भूल न सकी थी, इन बातों की कोई जानकारी नहीं थी। वह ज़्यादातर कुरान मजीद की तिलावत और पाँच वक़्त की नमाज़ की अदायगी में लगी रहती और अपने मरहूम खाविंद की रूह को सवाब पहुँचाती रहती।

घर में कोई मर्द नौकर नहीं था, मरहूम के बाप की ज़िंदगी में न मरहूम के ज़माने में, न उनकी पुरानी रिवायत में ऐसा कुछ था। आम तौर पर एक या दो नौकरानियाँ होती थीं जो बाहर से सौदा-सुल्फ भी लाएँ और घर का काम भी करें।

दसवीं जमात खुद मरहूम ने अपनी बच्चियों को पढ़ाकर पास कराई थी। कालेज की तालीम के वह एकदम खिलाफ थे। वह उनकी फौरन शादी कर देना चाहते थे। मगर यह ख्वाहिश उनके दिल में ही रही। एक दिन अचानक फालिज़ गिरा। इस लाइलाज मर्ज़ ने उनके दिल पर असर किया और वह एक घंटे के अंदर-अंदर ही परलोक सिधार गए।

बाप की मौत से लड़कियाँ उदास रहने लगीं। उन्होंने एक दिन माँ से विनती की कि उनको किसी कालेज में दाखिल करा दें। पर जब ज़्यादा जिद्द हुई और उन्होंने कई दिन खाना नहीं खाया तो उसने मजबूरन उनको एक ज़नाना कालेज

में दाखिल करा दिया।

माई जन्ते ने वायदा किया कि वह उनको हर रोज़ सुबह कालेज छोड़ आएगी। सारा वक़्त वहीं रहेगी और जब कालेज बंद होगा तो उन्हें अपने साथ ले आया करेगी। उसने अपनी मालकिन से यह वायदा कुछ इस अंदाज़ में किया कि ये बेटियाँ वहीदा बानो, मरहूम ख्वाज़ा क़रीम बख्श की विधवा की नहीं, खुद उसकी जनी हैं।

उसने बहू-बेटियों को पर्दे में रखने की हिमायत में अपने अंदाज़ में मौलवियों की तरह एक लंबी-चौड़ी तकरीर भी की। और फिर यह भी कहा कि तालीम भी ज़रूरी है, कि इस्लाम इसे मना नहीं करता, पर देखभाल बहुत ज़रूरी है। जवान जहान हैं, इन पर बड़ी कड़ी निगरानी होनी चाहिए—मैं तो उनके पास कोई मक्खी भी न फटकने दूँ। कोई ऐसी-वैसी शरारत करेंगी तो वह कान ऐंठूँ कि बिलबिला उठेंगी और याद करेंगी कि किस बुढ़िया से पाला पड़ा है···लेकिन ये क्यों करने लगीं। शरीफ खानदान की हैं। रोज़े-नमाज़ की पाबंद हैं और बेसमझ भी नहीं। नेक-व-बद अच्छी तरह समझती हैं।

दोनों लड़कियों में कोई ज़्यादा फ़र्क नहीं था। एक वर्ष के बाद ही छोटी, जिसका नाम नसरीन था, पैदा हुई थी। बड़ी का नाम परवीन था।

दोनों खूबसूरत थीं। चेहरे-मोहरे से काफी अच्छी, क़द मौजूँ, शक्ल आपस में काफी मिलती थी। दोनों हर वक़्त इकट्ठी खेलतीं। मगर गुड़ियों का ज़माना काफी दिन हुए लद चुका था। अब जवानी की शरारतों के दिन थे। कालेज में जाते ही उन्होंने पुर-पुर्जे निकाले और उन तितलियों की तरह, जिनको किसी फूल की तलाश हो, इधर-उधर फड़फड़ाना शुरू कर दिया।

माई जन्ते साथ होती थी। वह कालेज की बूढ़ी चपड़ासिन के साथ उस वक़्त हुक्का पीती रहती जो पास ही के क्वार्टर में रहती थी। दोनों हमउम्र होने के कारण बहुत जल्दी सहेलियाँ बन गई थीं। जब दोनों एक साथ बैठतीं तो उस ज़माने की बातें छिड़ जातीं जब कि वे जवान थीं। चपड़ासिन को किसी लड़की से लगाव और प्यार नहीं था।

वह माई जन्ते को बड़ी पुरानी कहानी सुनाती। अमुक सन में एक बैरिस्टर की लड़की को हमल हो गया था जो बड़ी मुश्किल से गिराया गया। प्रिंसिपल साहब को दस हज़ार रुपए रिश्वत के मिले कि उसका मुँह बंद रहे—पर साल एक लड़की जो बड़े ऊँचे घराने की थी, उससे दीन के मौलवी साहब को इश्क़ हो गया। चुनाँचे मौका पाकर उस लौंडिया को दबोच लिया। पकड़े गए और कालेज से दाढ़ी और बुर्का दोनों पुलिस के हाथों में। दाढ़ी तो पाँच साल की क़ैद भुगत रही है।

मालूम नहीं उस रेशमी बुर्के का क्या हुआ—बुआ, मैं तो ऐसी बातों पर ध्यान ही नहीं देती—मुझे क्या गर्ज़ पड़ी कि उन कुत्तियों के कारनामों पर अपना वक़्त बर्बाद करूँ।

माई जन्ते ने हुक्के की नै मुँह से अलग कर दी, "न बुआ, ऐसी बातें नहीं किया करते—वह क्या कहावत है कि कौन-सा शहसवार है जो नहीं गिरा।—और वह कौन-सा पत्ता है जो नहीं हिला। खुदा तुम्हारा भला करे—हम लोगों को खामोश ही रहना चाहिए और अल्लाह मियाँ से दुआ करनी चाहिए कि वह किसी की बहू-बेटी को बुरे कामों की तरफ न ले जाए। उनकी इज़्ज़त-आबरू अपने करम से सँभाले रखे।"

चपड़ासिन उसकी बातों से बहुत प्रभावित हुई कि कितनी नेक औरत है—उसको दिल-ही-दिल में बड़ी शर्मिंदगी हुई कि उसने इतनी लड़कियों में कीड़े डाले, उनके भेद खोल दिए। चुनाँचे, उसने फौरन माई जन्ते से माफी माँगी और कानों को हाथ लगाया कि आइंदा वह ऐसी बातों से दूर ही रहेगी। किसी लड़की के बारे में उसे कुछ पता भी चल गया तो वह अपनी जुबान बंद रखेगी।

माई जन्ते ने उसे बड़ी शाबाशियाँ दीं। इतने में कालेज छूट गया। उसने परवीन और नसरीन को साथ लिया और गेट से बाहर जाकर उनसे कहा, "आज तुम्हें शाम को यहाँ नहीं आना पड़ेगा?"

परवीन ने जवाब दिया, "हमें तो किसी ने नहीं कहा।"

"असल में तुम दोनों बहुत बेवकूफ हो। ध्यान से हर बात सुना करो। मैं तुम्हें किसी से पूछकर बताऊँगी।" घर पहुँचकर माई जन्ते ने उनके लिए चाय तैयार की और बड़ी फुर्ती से मेज़ पर लगा दी। फिर वह उनकी माँ के पास अपनी प्याली लेकर बैठ गई और चपड़ासिन से जो बातें उसकी हुई थीं, ज्यों-की-त्यों सुना दीं। उसने आखिर में उनको सलाह दी कि पैदल आना-जाना ठीक नहीं—मेरा ख्याल है आप किसी ताँगे का बंदोबस्त कर दें तो ठीक रहे—पैदल चलो तो कोई गुंडा बेटियों के साथ कंधा ही रगड़ दे।

माई जन्ते की यह सलाह बहुत सही थी। चुनाँचे ताँगे का बंदोबस्त दूसरे ही रोज़ हो गया। माई जन्ते ने एक ताँगे का महीने-भर का किराया तय कर लिया।

दूसरे-तीसरे रोज़ ही अपनी मालकिन वहीदा बानो को यह खबर सुनाई कि पड़ोस में दीवार के साथ जो जगह खाली हुई थी, उसमें नए किराएदार आ बसे हैं।

वहीदा बानो ने पूछा, "कौन लोग हैं?"

"जाने हमारी बला—होंगे कोई ऐरे-गैरे नत्थू-खैरे—मैंने तो किसी से पूछा नहीं।"

एक दिन दूसरी तरफ से कोठे पर से किसी शख्स ने ऐसे ही झाँककर उनके

सहन में देखा—एक हंगामा होते-होते रह गया।

माई जन्ते कहीं बाहर चली गई थी। वहीदा बेगम ने फौरन किवाड़ की ओट में खड़े होकर मुहल्ले के एक छोटे-से लड़के को बुलाया और कहा, "पड़ोस वाले मकान में जो नए किराएदार आए हैं, अगर उनमें से कोई औरत हो तो उनसे कहो, आपकी पड़ोसी बेगम साहिबा आपसे दरख्वास्त करती हैं कि दो घड़ी के लिए तशरीफ ले आइए—बड़ी मेहरबानी होगी।"

लड़का पैग़ाम लेकर चला गया। कोई आधे घंटे के बाद दरवाज़े पर दस्तक हुई। परवीन और नसरीन अपने कमरे में पढ़ रही थीं, इसलिए उसने खुद दरवाज़ा खोला—दहलीज़ पर एक सफेद बुर्कापोश महिला खड़ी थी। उसने बड़े मुलायम लहज़े में वहीदा बेगम से पूछा, "क्या आप ही ने मुझे याद फ़रमाया है?"

वहीदा बेगम ने जवाब दिया, "जी हाँ। तशरीफ़ ले आइए।"

वह अंदर चली आई। दोनों बाहर बिछे हुए तख्त पर बैठ गईं। वहीदा बेगम की समझ में नहीं आता था कि वह बातचीत की शुरुआत कैसे करे—दोनों कुछ देर एक-दूसरे की शक्ल-व-सूरत और कपड़े-लत्तों का जायजा लेती रहीं। आखिर पड़ोसिन ही ने चुप्पी तोड़ी और पूछा, "फरमाइए, आपने मुझे दौलतखाने में कैसे बुलाया?"

इस पर वहीदा बेगम को अपनी शिकायत ज़ाहिर करने का मौका मिल गया और उसने बड़ी नर्मी और शांति से सुबह की घटना बता दी और पूछा, "वह कौन साहिबज़ादे हैं जो इस तरह पराए घर में ताक-झाँक करते हैं?"

"मेरा लड़का है, बहन—वह तो ऐसा नहीं—बड़ा शर्मीला है—चूँकि हम नए-नए उठकर यहाँ आए हैं इसीलिए उसने कोठे पर चढ़कर देखा होगा कि आसपास क्या होगा। वैसे में उसको मना कर दूँगी कि खबरदार तुमने इधर क्या, किसी की भी तरफ नज़र उठाकर देखा। बड़ा बरखुरदार लड़का है—ज़रूर मेरे हुक्म की तामील करेगा। मैंने अगर उसके बाप से आपकी शिकायत की तो वह उसकी मार-मारकर खाल उधेड़ देंगे—बड़े कठोर हैं वह इस मामले में—वैसे मुझे अफ़सोस है।"

"नहीं, नहीं। मैंने सिर्फ आपके कानों तक बात पहुँचाई थी कि बदमज़गी न हो।" यह कहकर वहीदा बेगम उठी और पुकारा, "परवीन-नसरीन, इधर आओ ज़रा।"

दोनों लपककर बाहर निकलीं लेकिन एक अनजान औरत को देखकर ठिठक गईं। दुपट्टे के बगैर फौरन अंदर भागीं और दुपट्टे ओढ़कर बाहर आईं। नई आने वाली औरत को झुककर सलाम किया और अपनी माँ से पूछा, "क्यों अम्मीजान?"

वहीदा बानो ने अपनी पड़ोसिन से अपनी बेटियों का परिचय कराया। उसने उनको लाख-लाख दुआएँ दीं और उनकी खूबसूरती की बड़ी तारीफ की कि

माशा-अल्लाह चंदा-ए-आफताब, चंदा-ए-माहताब। फिर उसने कहा, "मेरा सलीम, बिल्कुल इन्हीं की तरह शरीफ और शर्मीला है।"

चंद दिनों में वहीदा और पड़ोसिन, जिसका नाम नाज़ली बेगम था, के संबंध बहुत गहरे हो गए। वहीदा बेगम उनके घर नहीं जाती थी। उसने नाज़ली बेगम से कहा, "मैं सिर-आँखों पर आती, सौ-सौ दफ़ा आती पर जब से ख्वाज़ा साहब का इंतकाल हुआ है कि मैंने दिल में कसम खा ली थी, इस घर से बाहर एक कदम न रखूँगी—बहन देखो, खुदा के लिए मजबूर न करना।"

इसी दौरान कालेज में शाम को कई फंक्शन हुए। कभी कोई वाद-विवाद है, कभी लैंडन शो है, कभी मुशायरा—कभी कुछ, कभी कुछ। परवीन और नसरीन दोनों इन प्रोग्रामों में शामिल होती थीं मगर माई जन्ते साथ होती और उनको लेकर हिफाज़त के साथ वापिस घर आतीं, चाहे जल्दी चाहे देर से।

ईद से चार रोज़ पहले सलीम वापिस आया। साथ उसके उसका गहरा दोस्त कादिर था। नाज़ली बेगम ने उसको उस घटना के बाद जब उसने इत्तिफाक से वहीदा बेगम के सहन को एक नज़र देख लिया था, गुजराँवाला भेज दिया था जहाँ उसके वालिद की ज़मीन-जायदाद थी। उसने अब उसे खत लिखकर बुलाया था कि ईद से पहले-पहले यहाँ लाहौर चल आओ। वह आ गया और जिगरी दोस्त को भी ले आया। घर में उसे सब जानते थे। इसलिए कि वे इकट्ठे स्कूल और कालेज में पढ़े। यहाँ लाहौर में चले आने की सिर्फ एक वजह थी कि सलीम के वालिद उसके लिए अपने असर-व-रसूख से कोई अच्छी नौकरी तलाश करना चाहता थे।

दूसरे रोज़ शाम को कादिर ने सलीम से कहा, "चलो यार, आज अय्याशी करें—गुजराँवाला में क्या पड़ा है?"

सलीम ने पूछा, "अय्याशी कैसी?"

कादिर मुस्कराया, "तुम तो निरे चुग़द हो। चलो आओ बाहर। तुम्हें बताता हूँ—देखेंगे किस्मत में क्या लिखा है?"

दोनों दोस्त चले गए। इतने में वहीदा बेगम के पास उसकी पड़ोसिन आई—उसने इधर-उधर की बातों के बाद अपना आशय बयान कर दिया कि वह अपने सलीम के लिए नसरीन का रिश्ता माँगने आई है।

ज़्यादा हील-व-हुज्जत कोई भी न हुई। वहीदा उन लोगों के व्यवहार से बहुत प्रभावित हुई। कुछ रस्मी बातें हुईं, उसके बाद दोनों रज़ामंद हो गईं कि उनका निकाह ईद के शुभ अवसर पर हो जाए और विदाई एक माह के बाद।

रात को सलीम देर से आया, मगर उसकी माँ ने कोई पूछताछ न की क्योंकि

वह बहुत खुश थी कि इतनी जल्दी उसके बेटे की शादी का मामला नसरीन जैसी सुंदर और सुशील लड़की से तय हो गया। उसने चुनाँचे सलीम को यह खुशखबरी सुना दी। वह बहुत खुश हुआ। अकेलेपन और बेकारी से वह तंग आ गया था। उसने सोचा, रुपया-पैसा बाप के पास काफी है। क्या परवाह है। नौकरी की फिक्र होती रहेगी।

उसका दोस्त वापिस गुजराँवाला चला गया। इसलिए कि उसे ईद अपने घर मनानी थी। सलीम ने अपनी माँ से कहा, "देखिए अम्मीजान, मैंने आपकी बात कितनी जल्दी मान ली—अब आप मेरी बात मानिए।"

उसकी माँ ने पूछा, "क्या बेटा?"

"मुझे नसरीन की एक झलक दिखा दीजिए—भले ही वह दूर ही से क्यों न हो।" उसके लहजे में विनय थी, "मेरा ख्याल है वह इंकार करें तो उसका कोई फोटो ही दिखा दीजिए—आखिर वह कल या परसों मेरी होने वाली है।"

उसकी माँ को सलीम की यह दरख्वास्त नापसंद न हुई, "मैं पूरी कोशिश करूँगी, बेटा!"

ईद आ गई, मगर तस्वीर न आई लेकिन सलीम ने कोई नाराज़गी ज़ाहिर न की। निकाह की रस्म बड़ी खैरियत और खुशी से खत्म हो गई। जब वह बाहर निकला था तो उसकी माँ ने किवाड़ ज़रा-सा खोला और उसको आवाज़ दी। वह ठहर गया। हाथ बाहर निकालकर उसने सलीम से कहा, "यह लिफाफा ले लो—देखो, मैंने अपना वायदा पूरा कर दिया है।"

सलीम समझ गया। आस-पास कोई नहीं था। उसमें ताब-व-इंतज़ार कैसे होता। उसने लिफाफा वहीं खड़े-खड़े खोला—धड़कते हुए दिल से तस्वीर बाहर निकाली। इधर-उधर देखा और तस्वीर पर पहली निगाह डाली। उसका रंग हल्दी की तरह ज़र्द हो गया। तस्वीर उसके काँपते हाथों से गिर पड़ी। इतने में सामने वाला दरवाज़ा, जिसमें से उसकी माँ ने हाथ निकाला था, खुला और बुढ़िया निकली—सलीम ने उसको हैरानी-भरी आँखों से देखा। "माई, तुम यहाँ कैसे पहुँच गईं···? तो उस रात तुम ही···"

उसने इससे ज़्यादा और कुछ न कहा और तस्वीर ज़मीन पर ही छोड़कर तेज़ क़दमों से अपने एक दोस्त डॉक्टर जमील के पास गया और सारी बात बता दी। जमील ने उसको अस्पताल में दाखिल करा दिया, जहाँ उसके झूठ-मूठ के मर्ज़ का इलाज होता रहा—आखिर डॉ. जमील ने सलीम के वालिद को बुलाकर एकांत में कहा कि यह शादी न हो। आपका लड़का औरत के क़ाबिल नहीं है।

(12 मई, 1954)

जान मुहम्मद

मेरे दोस्त जान मुहम्मद ने जब मैं बीमार था, मेरी बड़ी खिदमत की। मैं तीन महीने अस्पताल में रहा। उस दौरान वह बाक़ायदा शाम को आता रहा। कई बार जब मेरे नौकर बीमार होते तो वह रात को भी वहीं ठहरता, ताकि मेरी खबरगीरी में कोई कोताही न हो।

जान मुहम्मद बहुत अच्छा दोस्त है। मैं क़रीब-क़रीब बीस रोज़ तक बेहोश रहा था। इस दौरान वह आता लेकिन मुझे इसका इल्म नहीं था। जब मुझे होश आया तो मालूम हुआ कि वह बहुत परेशान था। रोता भी था, इसलिए कि मेरी हालत बहुत नाज़ुक थी।

जब मैं इस क़ाबिल हो गया कि बातचीत कर सकूँ तो उसने मुझसे पूछा, “आपको थकावट तो महसूस नहीं होती?”

मेरे अंग बिल्कुल बेकार हो चुके थे। मालूम नहीं कितनी देर हो गई थी मुझे बिस्तर पर पड़े हुए। मैंने उससे कहा, “जान मुहम्मद, मेरा अंग-अंग दुखता है।”

उसने फौरन मेरी बीवी से कहा, “कल जैतून का तेल मँगवा दीजिए, मैं सुबह आकर मालिश कर दिया करूँगा।”

जैतून का तेल आ गया, और जान मुहम्मद भी। उसने मेरे सारे बदन पर मालिश की। उसको क़रीब-क़रीब आध घंटा इसमें लगा। मुझे बड़ी राहत महसूस हुई।

उसके बाद उसका नियम बन गया कि हर रोज़ दफ्तर जाने से पहले अस्पताल में आता और मेरे बदन पर मालिश करता। मुझे राहत ज़रूर होती थी, लेकिन वह इस ज़ोर से अपने हाथ चलाता कि मेरी हड्डियाँ तक दुखने लगतीं। चुनाँचे मैं उससे अक्सर बड़े करुण स्वर में कहता, “जान मोहम्मद, तुम तो मेरी जान ले लोगे।”

यह सुनकर वह मुस्करा देता, “मंटो साहब, आप तो बड़े सख्त जान हैं, इस मुट्ठीचापी से घबरा गए?”

मैं खामोश हो जाता। इसलिए कि उसकी मुट्ठीचापी में कोई दर्दनाक चीज़

नहीं थी, बल्कि शुरू से आखिर तक प्यार था।

तीन महीने अस्पताल में काटने के बाद मैं घर आ गया—जान मुहम्मद बदस्तूर हर रोज़ घर आता रहा।

मेरी-उसकी दोस्ती संयोग से हो गई थी। एक रोज़ मैं घर में बैठा था कि एक नाटे क़द के छोटी-छोटी मूँछों वाले जवान मर्द ने दरवाज़े पर दस्तक दी। मैंने जब उसको अंदर कमरे में दाखिल किया तो उसने मुझे बताया कि वह मेरा प्रशंसक है, "मंटो साहब, मैंने आपको सिर्फ इसलिए तकलीफ दी है कि मैं आपको एक नज़र देखना चाहता था। मैंने क़रीब-क़रीब आपकी सब रचनाएँ पढ़ी हैं।"

मैंने उसका उपयुक्त शब्दों में रस्मी तौर पर शुक्रिया अदा किया तो उसको बड़ी हैरत हुई, "मंटो साहब, आप तो रस्मों व क़ायदों के कायल नहीं। फिर यह तक़ल्लुफ क्यों?"

मैंने कहा, "नए लोगों से कभी-कभी यह तक़ल्लुफ बरतना ही पड़ता है।"

जान मुहम्मद की महीन मूँछों पर मुस्कराहट प्रकट हुई, "मुझसे आप यह तक़ल्लुफ न बरतिए।"

चुनाँचे यह तक़ल्लुफ दूर हो गया।

इसके बाद जान मुहम्मद ने हर रोज़ मेरे घर आना शुरू कर दिया। शाम को जब वह दफ्तर से फ़ारिग होता तो सीधा मेरे पास चला आता।

मेरी आदत है कि मैं किसी दोस्त के बारे में जानकारी प्राप्त नहीं करता, इसलिए कि मैं उसकी कोई ज़रूरत नहीं समझता। मैं तो किसी से मिलूँ तो उससे उसका नाम भी नहीं पूछता।

यह भूमिका काफी लंबी हो गई। हालाँकि मैं थोड़े में बात करना पसंद करता हूँ। जान मुहम्मद देर तक मेरे पास आता रहा। उसकी जानकारी खासी अच्छी थी। अदब से उसे काफी लगाव था। मगर मैंने यह बात खास तौर पर नोट की कि वह ज़िंदगी से किसी हद तक बेज़ार है।

मुझे ज़िंदगी से प्यार है, लेकिन उसको इससे कोई लगाव नहीं था। हम दोनों जब बातें करते तो वह कहता, "मंटो साहब, आप मेरे लिबास को देखते हैं। यह शलवार और कमीज़ जो मलेसिया की है, आप यक़ीनन नफ़रत की निगाहों से देखते होंगे, मगर मुझे अच्छे लिबास की कोई ख्वाहिश नहीं—मुझे किसी खूबसूरत चीज़ की ख्वाहिश नहीं।"

मैंने उससे पूछा, "क्यों?"

"बस, मेरे अंदर यह चाह ही नहीं रही। मैं नंगे फर्श पर सोता हूँ। निहायत वाहियात होटलों में खाना खाता हूँ। यह देखिए मेरे नाखून इतने बढ़े हुए हैं, इनमें

कितना मैल भरा है। मेरे पाँव देखिए—ऐसा नहीं लगता कि कीचड़ में लिथड़े हुए हैं, मगर मुझे इन ग़लाज़तों की कोई परवाह नहीं।”

मैंने उसकी ग़लाज़तों के बारे में उससे कुछ न कहा। वरना हक़ीक़त यह है कि वह हर वक़्त मैला-कुचैला रहता था। उसको सफाई के प्रति कभी ख्याल ही नहीं आता था।

आम दिनों की तरह जब वह एक शाम मेरे पास आया तो मैंने महसूस किया कि उसकी तबीयत ठीक नहीं है। मैंने उससे पूछा, “क्यों जान मुहम्मद, क्या बात है आज थके-थके से मालूम होते हो।”

उसने अपनी जेब से बगले की डिबिया निकाली और एक सिगरेट सुलगाकर जवाब दिया, “थकावट हो ही जाती है, कोई खास बात नहीं।” उसके बाद हम देर तक ग़ालिब की शायरी पर गुफ्तगू करते रहे। उसको फ़ारसी का यह शेर बहुत पसंद आया—

मा नबूदेम बदीन मरतबा राज़ी ग़ालिब
शेर खुद ख्वाहिश आँ करद कि गर्दो फने मा।

हम ग़ालिब की शायरी पर बात कर रहे थे कि इतने में हमारे पड़ोसी की लड़की मेरी बीवी से मिलने आई। चूँकि वह पर्दा नहीं करती थी, इसलिए वह हमारे दरम्यान बैठ गई। जान मुहम्मद ने आँखें झुका लीं और खामोश हो गया।

उस लड़की का नाम शमीम था। देर तक वह बैठी मेरी बीवी और मुझसे बातें करती रही। लेकिन इस दौरान जान मुहम्मद उसी तरह आँखें झुकाए खामोश रहा। कुछ इस तरह कि कोई उसे पहचान न ले।

इसके बाद दूसरे दिन रात के दस बजे मेरे दरवाज़े पर दस्तक हुई। नौकर ऊपर सो रहा था। मैंने दरवाज़ा खोला तो देखा कि जान मुहम्मद है। निहायत खस्ता हालत में। मैं बहुत परेशान हुआ और उससे पूछा, “क्यों जान मुहम्मद, खैरियत तो है?”

उसके होंठों पर अजीब-सी मुस्कराहट पैदा हुई जिससे मैं बिल्कुल अनजान था। “खैरियत है। मुझे नींद नहीं आ रही थी, इसलिए मैं आपके पास चला आया।”

मुझे सख्त नींद आ रही थी। मगर जान मुहम्मद जैसे सीधे-सादे दोस्त के लिए मैं उसे कुर्बान करने के लिए तैयार था। मगर जब उसने ऊटपटाँग बातें शुरू कीं तो मुझे दहशत होने लगी। उसका दिमाग़ डाँवाडोल था। कभी वह आसमान की बातें करता, कभी ज़मीन की। मेरी समझ में नहीं आता था कि अचानक उसे हो क्या गया।

एक दिन पहले जब वह मुझसे मिला तो अच्छा-भला था। एकदम उसमें

इतनी तब्दीली कैसे पैदा हो गई।

सारी रात उसने मुझे जगाए रखा। आखिर सुबह मैंने उसको नहाने के लिए कहा। अपने कपड़े उसे पहनने के लिए दिए क्योंकि उसके मैले चीकट थे। फिर उसको लारियों के अड्डे पर ले गया कि वह सियालकोट अपने माता-पिता के पास चला जाए।

गलती मैंने यह की कि उसे लारी में न बिठाया। किराया वगैरह मैंने उसे दे दिया था। मुझे तसल्ली थी कि वह अपने घर चला जाएगा। मगर उसी दिन रात के तीन बजे दरवाज़े पर बड़े ज़ोर से दस्तक हुई। मैं बाहर सहन में सो रहा था। हड़बड़ाकर उठा। सोचा कि शायद कोई तार आया हो। दरवाज़ा खोला तो सामने जान मुहम्मद—मेरे होश उड़ गए।

मैंने उससे पूछा कि वह सियालकोट क्यों नहीं गया। उसने इस सवाल का कोई सही जवाब नहीं दिया। उसका दिमाग़ पहले से ज़्यादा डाँवाडोल था। फर्श पर लेटकर अपनी कनपटियों पर ज़ोर-ज़ोर से घूँसे मारने लगा।

मेरी समझ में नहीं आता था, क्या करूँ। वह यक़ीनन जनून की हद तक पहुँच चुका था। मैंने सोचा, प्यार-मुहब्बत से काम लेना चाहिए। चुनाँचे बहुत देर तक मैं उसका सिर सहलाता रहा। इसके बाद उससे पूछा, "जान मुहम्मद, तुम्हें क्या तकलीफ है?"

उसने कोई जवाब नहीं दिया और फर्श पर मेरी बच्चियों के जो मारबल पड़े हुए थे, उनसे खेलने लगा। उसके बाद उसने हर मारबल को सिज़दा किया और रोने लगा।

मैंने फिर उससे बड़ी मुहब्बत से पूछा, "जान मुहम्मद, यह तुम्हें क्या हो गया है?"

उसकी आँखें सुर्ख अंगारा थीं, जैसे कई दिनों से शराब के नशे में धुत है। उसने मुझे इन आँखों से देखा और पूछा, "तुम इतने बड़े मनोवैज्ञानिक कहानीकार बनते हो, क्या यह नहीं जान सकते कि मुझे क्या हो गया है?"

"मैं अपनी जानकारी सीमित मानता हूँ, अब तुम खुद बता दो।"

जान मुहम्मद मुस्कराया, "मुझे शमीम हो गया है।"

"क्या मतलब?"

"अब भी मतलब पूछते हैं, आप?"

मैंने उससे कहा, "भई, शमीम कोई बीमारी तो नहीं।"

जान मुहम्मद हँसा, "बहुत बड़ी बीमारी है, मंटो साहब! यह कई लोगों को हो चुकी है। उनमें से मैं भी एक हूँ। पहले डलहौज़ी में होती थी, अब यहाँ लाहौर चली आई है।"

मैं समझ गया। जान मुहम्मद कई वर्ष डलहौज़ी में रह चुका था और शमीम भी। लेकिन मैंने उससे कहा, "मैं अभी तक नहीं समझा, तुम अब सो जाओ। चलो आओ, अंदर सोफे पर लेट जाओ। खबरदार जो तुमने शोर मचाया।"

वह अंदर चला आया और सोफे पर लेट गया। मैं सुबह जल्दी उठने का आदी हूँ। साढ़े चार बजे के क़रीब उठा तो देखा कि जान मुहम्मद गायब है। सात बजे पता चला कि शमीम भी अपने फ्लैट में नहीं है, कहीं गायब हो गई है।

(13 मई, 1954)

बारिश

मूसलाधार बारिश हो रही थी और वह अपने कमरे में बैठा जल-थल देख रहा था। बाहर बहुत बड़ा लॉन था जिसमें दो दरख़्त थे। उनके सब्ज़ पत्ते बारिश में नहा रहे थे। उसको ऐसा महसूस हुआ कि वह पानी की इस बारिश से खुश होकर नाच रहे हैं।

उधर टेलीफोन का एक खंबा गड़ा था। उसके फ्लैट के ऐन सामने। वह भी खुश नज़र आता था, हालाँकि उसकी खुशी की कोई वजह मालूम नहीं होती थी। उस बेजान चीज़ को भला खुशी क्या होती थी, लेकिन तनवीर ने जो बहुत ग़मगीन था, यही महसूस किया कि उसके आसपास जो भी चीज़ है, खुशी में नाच-गा रही है।

सावन गुज़र चुका था मगर बारिश नहीं हुई थी। लोगों ने मस्जिदों में इकट्ठे होकर दुआएँ माँगीं मगर कोई नतीजा नहीं निकला। बादल आते और जाते रहे, मगर उनके थनों से एक क़तरा भी न टपका।

आखिर एक दिन काले-काले बादल आसमान पर घिर आए और छाजों पानी बरसने लगा। तनवीर को बादलों और बारिश से कोई दिलचस्पी नहीं थी। उसकी ज़िंदगी चटियल मैदान बन चुकी थी जिसके मुँह में पानी का एक क़तरा भी किसी ने न टपकाया हो।

दो वर्ष पहले उसने एक लड़की से, जिसका नाम सुरैया था, मुहब्बत करना शुरू की। मगर यह एकतरफा मुहब्बत थी। सुरैया ने उसे ध्यान देने लायक न समझा।

सावन के दिन थे, बारिश हो रही थी। वह अपनी कोठी से बाहर निकला। जाँघिया पहनकर नहाया और बारिश का आनंद लिया। आम बाल्टी में पड़े थे। वह अकेला बैठा उन्हें चूस रहा था कि अचानक उसे चीखें और क़हक़हे सुनाई दिए।

उसने देखा कि साथ वाली कोठी के लॉन में दो लड़कियाँ बारिश में नहा रही हैं और खुशी में शोर मचा रही हैं। उसकी कोठी और साथ वाली कोठी के दरम्यान सिर्फ झाड़ियों की एक दीवार लगी थी।

तनवीर उठा। आम का रस चूसते हुए वह बाड़े के पास गया और ग़ौर से

उन दोनों लड़कियों को देखा।

दोनों महीन मलमल के कुर्ते पहने थीं जो उनके बदन के साथ चिपके हुए थे। शलवारें चूँकि लट्ठे की थीं, इसलिए तनवीर को उनके बदन के निचले हिस्से के सही आकार-प्रकार का पता न चल सका।

उसने पहले किसी औरत को ऐसी नज़रों से कभी नहीं देखा था, जैसा कि उस रोज़, जबकि बारिश हो रही थी, उसने उन दोनों लड़कियों को देखा। देर तक वह उनको देखता रहा जो बारिश में भीग-भीगकर खुशी के नारे बुलंद कर रही थीं।

तनवीर ने उनको पहले कभी नहीं देखा था। इसलिए कि वह स्वभाव से कुछ इस किस्म का लड़का था कि वह किसी लड़की को बुरी नज़रों से देखना गुनाह समझता था। मगर उस रोज़ उसने बड़ी ललचाई निगाहों से उनको देखा। देखा ही नहीं, बल्कि उनके गीले बदन में अंगार बनकर बरमे की तरह छेद करता रहा।

तनवीर की उम्र उस वक़्त बीस वर्ष के करीब होगी। नातजुर्बेकार था। ज़िंदगी में उसने पहली बार जवान लड़कियों के शबाब को गीली मलमल में लिपटे देखा तो उसने यूँ महसूस किया कि उसके खून में चिंगारियाँ दौड़ रही हैं।

उसने उन दोनों लड़कियों में से एक को चुनना चाहा। देर तक वह ग़ौर करता रहा। एक लड़की बड़ी चंचल थी, दूसरी उससे कम। उसने सोचा, चंचल अच्छी रहेगी जो उसे भी चंचल बना दे।

यह चंचल लड़की खूबसूरत थी। उसके शरीर के अंग भी बहुत मुनासिब थे। बारिश में नहाती जलपरी मालूम होती थी। थोड़ी देर के लिए तनवीर शायर बन गया। उसने कभी इस तरह नहीं सोचा था। लेकिन उस लड़की ने जिसका कुर्ता दूसरी के मुकाबले में बहुत ज़्यादा महीन था, उसको ऐसे-ऐसे शेर याद करा दिए जिनको वह काफी समय पहले भूल चुका था।

इसके अलावा रेडियो पर सुने फिल्मी गानों की धुनें भी उसके कानों में गूँजने लगीं, और उसने बाड़े के पीछे यह महसूस करना शुरू किया कि वह अशोक कुमार है। दलीप कुमार है। फिर उसे कामिनी कौशल और नलिनी जयवंत का ख्याल आया। मगर उसने जब उस लड़की की तरफ इस गर्ज़ से देखा कि उसमें कामिनी कौशल और नलिनी जयवंत के अंग-प्रत्यंग नज़र आ जाएँ तो उसने इन दोनों एक्ट्रेसों पर लानत भेजी—वह उनसे कहीं ज़्यादा हसीन थी। उसके मलमल के कुर्ते में जो शबाब था उसका मुकाबला, उसने सोचा, कोई भी नहीं कर सकता।

तनवीर ने आम चूसने बंद कर दिए और उस लड़की से जिसका नाम परवीन था, इश्क़ लड़ाना शुरू कर दिया।

शुरू-शुरू में उसे बड़ी मुश्किलें पेश आईं, इसलिए कि उस लड़की तक

पहुँचना तनवीर को आसान नहीं मालूम होता था। फिर उसे अपने माता-पिता का भी डर था। इसके अलावा उसे यह भी यक़ीन नहीं था कि वह उसकी ओर आकर्षित होगी या नहीं।

बहुत देर तक वह इन्हीं उलझनों में गिरफ्तार रहा—रातें जागता, छोटी झाड़ियों की तरफ जाता, मगर वह नज़र न आती। घंटों वहाँ खड़ा रहता और वह बारिश वाला दृश्य जो उसने देखा था, आँखें बंद करके अपने मन में दुहराता रहता।

बहुत दिनों बाद आखिर उसको एक दिन उससे मुलाक़ात करने का मौका मिल गया। वह अपने बाप की कार में घर के किसी काम से जा रहा था कि परवीन से उसकी मुठभेड़ हो गई। वह कार स्टार्ट कर चुका था कि साथ वाली कोठी में से तनवीर के सपनों की शाहज़ादी निकली। उसने हाथ से इशारा किया कि वह मोटर रोक ले।

तनवीर घबरा गया—हर आशिक़ ऐसे मौकों पर घबरा ही जाया करता है। उसने मोटर कुछ ऐसे बैंडे अंदाज़ में रोकी कि उसको जबरदस्त धचका लगा। उसका सिर ज़ोर से स्टीयरिंग व्हील के साथ टकराया। मगर उस वक़्त वह शराब के नशे से ज़्यादा सरूर में था। उसको उसकी महबूबा ने खुद बुलाया था।

परवीन के होंठों पर गहरे सुर्ख रंग की लिपस्टिक थुपी हुई थी। उसने सुर्ख मुस्कराहट से कहा, "माफ फरमाइएगा, मैंने आपको तकलीफ दी। बारिश हो रही है, ताँगा इस दूर-दराज़ जगह मिलना मुहाल है और मुझे एक ज़रूरी काम से जाना था। आप मेरे पड़ोसी हैं, इसलिए आपको यह तकलीफ दी।"

तनवीर ने कहा, "तकलीफ का क्या सवाल पैदा होता है—मैं तो, मैं तो…" उसकी ज़ुबान लड़खड़ा गई, "आपसे मेरा परिचय तो नहीं, लेकिन आपको एक बार देखा था।"

परवीन अपनी सुर्ख मुस्कराहटों के साथ कार में बैठ गई और तनवीर से पूछा, "आपने मुझे कब देखा था?"

तनवीर ने जवाब दिया, "आपकी कोठी के लॉन में—जब आप—जब आप—और आपके साथ एक और लड़की बारिश में नहा रही थी।"

परवीन ने अपने गहरे सुर्ख लबों में से चीखनुमा आवाज़ निकाली, "हाय, आप देख रहे थे?"

"यह गुस्ताखी मैंने ज़रूर की, इसके लिए माफी चाहता हूँ।"

परवीन ने एक अदा के साथ उससे पूछा, "आपने देखा क्या था?"

यह सवाल ऐसा था कि तनवीर इसका जवाब नहीं दे सकता था। आयँ-बायँ, सायँ करके रह गया—"जी कुछ नहीं—बस आपको—मेरा मतलब है कि दो लड़कियाँ

थीं जो बारिश में नहा रही थीं और—और खुश हो रही थीं। मैं उस वक़्त आम चूस रहा था।"

परवीन के गहरे सुर्ख लबों पर मुस्कराहट पैदा हुई, "आप आम चूसते क्यों हैं—काटकर क्यों नहीं खाते?"

तनवीर ने मोटर स्टार्ट कर दी। उसकी समझ में न आया कि इस सवाल का जवाब क्या दे। चुनाँचे वह गोल कर गया, "आपको मैं कहाँ ड्राप कर दूँ।"

परवीन मुस्कराई, "आप मुझे कहीं भी ड्राप कर दें, वहीं मेरी मंज़िल होगी।"

तनवीर ने यूँ महसूस किया कि उसे अपनी मंज़िल मिल गई है। लड़की जो उसके पहलू में बैठी है, अब उसी की है। लेकिन उसमें इतनी जुर्रत नहीं थी कि वह उसका हाथ दबाए या उसकी कमर में एक-दो सैकेंड के लिए अपना बाजू डाल दे।

बारिश हो रही थी। मौसम बहुत खुशगवार था। उसने काफी देर सोचा। मोटर की रफ्तार उसके ख्यालात के साथ-साथ तेज़ होती गई। आखिर उसने एक जगह उसे रोक लिया तथा भावनाओं में बहकर उसको अपने साथ चिमटा लिया। उसके होंठों पर अपने होंठ रख दिए। उसको ऐसा महसूस हुआ कि वह कोई बहुत ही स्वादिष्ट आम चूस रहा है। परवीन ने कोई विरोध न किया। लेकिन फौरन तनवीर को यह अहसास बड़ी तेज़ी से हुआ कि उसने बड़ी अश्लील हरकत की है। और शायद परवीन को उसकी यह हरकत पसंद नहीं आई। चुनाँचे एकदम गंभीर होकर उसने कहा, "आपको कहाँ जाना है?"

परवीन के चेहरे पर यूँ तो नाराज़गी के आसार नहीं थे, लेकिन तनवीर यूँ महसूस कर रहा था, जैसे वह उसके खून की प्यासी है।

परवीन ने उसे बता दिया कि उसे कहाँ जाना है। जब वह उस जगह पहुँचा तो मालूम हुआ कि वह रंडियों का चकला है। जब उसने परवीन को मोटर से उतारा तो उसके होठों पर गहरे लाल रंग की मुस्कराहट बिखर रही थी। उसने कूल्हे मटकाकर ठीक वेश्याओं के अंदाज़ में उससे कहा, "शाम को मैं यहाँ होती हूँ—आप कभी ज़रूर तशरीफ लाइए।"

तनवीर जब भौंचक्का होकर अपनी मोटर की तरफ बढ़ा तो उसे ऐसा लगा कि वह भी एक वेश्या है, जिसे वह हर रोज़ चलाता है। उसकी लाल बत्ती लिपिस्टिक है, जो परवीन के होंठों पर थुपी हुई थी।

वह वापिस अपनी कोठी चला आया। बारिश हो रही थी और तनवीर बेहद ग़मगीन था। उसको ऐसा महसूस हुआ कि उसकी आँखों के आँसू बारिश के क़तरे बनकर टपक रहे हैं।

(14 मई, 1954)

अफ़शा-ए-राज़

"मेरी लगदी किसे न वेखी वे,
ते टुटदी नु जग जाणदा।"

"यह आपने गाना क्यों शुरू कर दिया है?"

"हर आदमी गाता और रोता है—कौन-सा गुनाह किया है?"

"कल आप गुसलखाने में भी यही गीत गा रहे थे।"

"गुसलखाने में तो हर शरीफ आदमी अपनी योग्यता के अनुसार गाता है—इसलिए कि वहाँ कोई और सुनने वाला नहीं होता। मेरा ख्याल है तुम्हें मेरी आवाज़ पसंद नहीं आई।"

"आपकी आवाज़ तो माशा-अल्लाह बड़ी अच्छी है।"

"मुझे बना रही हो। मुझे इसका इल्म है कि मैं कनसुरा हूँ। मेरी आवाज़ में कोई कशिश नहीं, कोई भी इसे फटे बाँस की आवाज़ कह सकता है।"

"मुझे तो आपकी आवाज़ बड़ी सुरीली मालूम होती है। बाकी अल्लाह बेहतर जानता है। लेकिन मैं पूछती हूँ, हर वक़्त यह पंजाबी बोली दर्द-ए-जुबान क्यों रहती है?"

"मुझे अच्छी लगती है। बेगम, तुमको अगर अदब और शेर से ज़रा-सी भी शग़फ़ हो···"

"यह शग़फ़ क्या बला है। आप हमेशा ऐसे शब्दों में गुफ्तगू करते हैं, जिन्हें कोई समझ ही नहीं सकता।"

"शग़फ़ का मतलब—बस तुम यह समझ लो कि इसका मतलब लगाव है।"

"मुझे शायरी से लगाव क्यों हो—ऐसी वाहियात चीज़ है।"

"यानी शायरी भी एक चीज़ हो गई, यह तुम्हारी बड़ी ज्यादती है। फुर्सत के क्षणों में अपने अंदर ज़ोक पैदा किया करो।"

"छह बच्चे पैदा कर चुकी हूँ। अब मैं और कोई चीज़ पैदा नहीं कर सकती।"

"मैंने तुमसे कितनी बार कहा कि मामला खत्म हो जाना चाहिए। पर तुम ही नहीं मानीं—छह बच्चे पैदा करके तुम थक गई हो। तुम्हारे पड़ोस में मिसेज

कैयूम रहती हैं। उनके ग्यारह बच्चे हैं।

"इसका मतलब है कि मैं भी ग्यारह ही पैदा करूँ।"

"मैंने यह कब कहा है—मैं तो एक का भी कायल नहीं था।"

"मैं अच्छी तरह जानती हूँ, जब मेरे बच्चा न होता तो आप इसी बहाने से दूसरी शादी कर लेते।"

"मैं तो एक ही शादी से भर पाया हूँ। तुम सारी ज़िंदगी के लिए काफी हो। मैं दूसरी शादी के बारे में सोच ही नहीं सकता।"

"और यह पंजाबी बोली किसलिए गाई जा रही थी?"

"भई, मैं कह चुका हूँ कि मुझे यह पसंद है। तुम्हें नापसंद हो तो मैं क्या कह सकता हूँ—

मेरी लगदी किसे न वेखी वे,
ते टुटदी नु जग जाणदा।"

"इस बोली में आपको क्या लज़्ज़त महसूस होती है।"

"मैं इसके बारे में वसूक से कुछ नहीं कह सकता।"

"आपने अब तक कोई बात वकूस से नहीं कही।"

"वकूस नहीं—वसूक—यानी यक़ीन के साथ।"

"आपने अभी तक कोई बात ऐसी नहीं की जिसमें यक़ीन पाया जाता हो।"

"लो, आज यह नई बात सुनी। मेरी बातों पर आपको यक़ीन क्यों नहीं?"

"मर्दों की बात का यक़ीन ही क्या है।"

"औरतों की बातों का यक़ीन ही क्या—घड़ी में तोला, घड़ी में माशा। आप ही फाड़ती हैं, आप ही रफू करती हैं। समझ में नहीं आता, यह आज की बहस किस बात पर है।"

"आप ऐसे वाहियात गीत गाते रहें और मैं चुप रहूँ—रब से दूर कुरान दरम्यान, आपने कभी मेरी तरफ ध्यान न दिया। मेरी समझ में नहीं आता कि आपको ग़ज़लों और गीतों से इतनी दिलचस्पी क्यों है। अभी पिछले दिनों आप लगातार यह शेर गुनगुनाते रहे—

सुना है मॉहजबीनों को भी कुछ-कुछ
मुरव्वत के क़रीने आ रहे हैं।

मुझे इस पर सख़्त एतराज़ है। कोई शरीफ आदमी ऐसे शेर नहीं गाता। आप—

तेरी जात है अकबरी सरवरी,
मेरी बार क्यों देर इतनी करी।

नहीं गाते।"

"लाहौल विला—तुम भी कैसी ऊटपटाँग बातें करती हो।"

"ये बातें गोया आपके नज़दीक ऊटपटाँग हैं?—इसलिए कि पाकीज़ा है।"

"दुनिया में हर चीज़ पाकीज़ा है।"

"आप भी?"

"मैं तो हमेशा साफ-सुथरा रहता हूँ। तुमने कई बार इसकी तारीफ की है। दिन में दो बार कपड़े बदलता हूँ। सख्त सर्दी भी हो तो गुसल करता हूँ। तुम तो तीन-चार दिन छोड़कर नहाती हो। तुम्हें पानी से नफरत है।"

"अजी, वाह···मैं तो हर हफ्ते बाक़ायदा नहाती हूँ।"

"हर हफ्ते का नहाना तो सफेद झूठ है—कुरान की कसम खाकर बताओ, तुम्हें नहाए हुए कितने दिन हो गए हैं?"

"मैं कुरान की कसम खाने के लिए तैयार ऩहीं, आप बताइए कब गुसल किया था?"

"आज सुबह।"

"झूठ—आपका अव्वल झूठ, आखिर झूठ—आज सुबह तो नल में पानी ही नहीं था। मैंने साढ़े नौ बजे के करीब दो मश्कें मँगवाई थीं।"

"मैं भूल गया—वाकई आज मैंने गुसल नहीं किया।"

"आपको भूल जाने का मर्ज़ है।"

"भूलना इंसान की फ़ितरत है—इस पर तुम्हें एतराज़ करने का कोई हक़ नहीं। कुछ दिन हुए तुम दस का नोट कहीं रखकर भूल गई थीं और मुझ पर इल्ज़ाम लगाया कि मैंने चोरी कर लिया है—यह कितनी बड़ी ज़्यादती थी।"

"जैसे आपने मेरे रुपए कभी नहीं चुराए हों। पिछले महीने मेरी अल्मारी से आपने सौ रुपए निकाले और गायब कर दिए।"

"हो सकता है कि वे किसी और ने चुराए हों। अगर तुम्हें मुझ पर शक था तो बता दिया होता। यह भी मुमकिन है कि तुमने वह सौ रुपए का नोट किसी महफूज जगह रखा हो और बाद में भूल गई हो। कई बार ऐसा हुआ है···"

"कब?"

"पिछले साल इसी महीने तुमने पाँच सौ रुपए के नोट अपने पलंग के बिस्तर के नीचे छुपा रखे थे। और तुम उनके बारे में बिल्कुल भूल गई थीं। मुझ पर यह इल्ज़ाम लगाया गया था कि मैंने चुराए हैं। आखिर मैंने ही तलाश करके निकाले और तुम्हारे हवाले कर दिए।"

"क्या पता है कि आपने चुराए हों, और बाद में मेरे शोर मचाने पर अपनी जेब से निकालकर बिस्तर के नीचे रख दिए हों।"

"मेरी समझ में तुम्हारी यह बात नहीं आती।"

"आपकी समझ में तो कोई चीज़ भी नहीं आती। कल मैंने आपसे कहा था कि दही खाना आपके लिए मुफीद है। लेकिन आपने मुझे एक लेक्चर पिला दिया कि दही बेकार चीज़ है।"

"दही तो मैं हर रोज़ खाता हूँ।"

"कितना खाते हैं?"

"यही कोई आधा सेर।"

"मैं हर रोज़ सेर मँगवाती हूँ, बाकी पड़ा झक मारता रहता है।"

"दही को झक मारने की क्या ज़रूरत है। जो बच जाता है, उसकी तुम कढ़ी बना लेती हो।"

"मैं दही के बारे में कोई बात नहीं करना चाहती। कढ़ी बनाती हूँ तो यह इस बात का सबूत है कि मैं सलीकासार औरत हूँ। मैंने आपसे सिर्फ इतना पूछा था कि आप आजकल एक खास पंजाबी बोली क्यों हर वक्त गाते रहते हैं।"

"इसलिए कि मुझे पसंद है।"

"क्यों पसंद है?—इसकी वजह भी तो होनी चाहिए।"

"तुम्हें काला रंग क्यों पसंद है, इसकी वजह बताओ। तुम्हें भिंडियाँ पसंद हैं।—क्यों? तुम्हें सिनेमा देखने का शौक है—इसका तर्क पेश करो। तुम लट्ठे की बजाय रेशम की शलवारें पहनती हो, इसकी वजह क्या है?"

"आपको कोई हक़ हासिल नहीं कि मुझसे इस किस्म के सवाल करें। मैं अपनी मर्ज़ी की मालिक हूँ।"

"अपनी मर्जी का मालिक मैं भी हूँ। क्या मुझे यह हक़ हासिल नहीं कि जो शेर मुझे पसंद हो, अपनी भौंडी आवाज़ में दिन-रात गाता रहूँ।"

"मुझे इस पर कोई एतराज़ नहीं, लेकिन मैं समझती हूँ···"

"रुक क्यों गईं।"

"देखिए आप मेरी ज़बान न खुलवाइए। मैंने आज तक आपसे कुछ नहीं कहा। हालाँकि मैं सब कुछ जानती हूँ।"

"तुम मेरे बारे में क्या जानती हो?"

"सब कुछ।"

"कुछ मुझे भी बता दो, ताकि मैं अपने बारे में कुछ जान सकूँ। मैं सालों-साल के ग़ौर-व-फिक्र के बाद भी अपने बारे में कुछ जान न सका।"

"आप इस पंजाबी बोली में, जो आप लगातार गुनगुनाते रहते हैं, सब कुछ जान सकते हैं।"

"तुम इस कद्र शक्की क्यों हो?"

"हर मर्द बेवफा होता है।"

"मैंने तुमसे क्या बेवफाई की है। असल में औरतें वजह-बेवजह अपने शौहर पर शक़ करती रहती हैं..."

"ठहरिए—दरवाज़े पर दस्तक हुई है। मेरा ख्याल है, डाकिया है।"

"यह खत मेरा है, लाओ इधर।"

"मैं खोलती हूँ, पढ़कर आपके हवाले कर दूँगी।"

"तुम्हें मेरे खत पढ़ने का कोई हक़ हासिल नहीं।"

"मैं हमेशा आपके खत पढ़ती रही हूँ, यह हक़ आपने कब से छीन लिया?"

"अच्छा यह बता दो कि खत किसका है?"

"आप ही का है।"

"किसने लिखा है?"

"आपकी एक सहेली ने जिसका नाम अज़रा है। वह पंजाबी बोली जो आप गाते फिरते हैं, इस काग़ज़ की पेशानी पर लिखी है—

मेरी लगदी किसे न वेखी वे,
ते टुटदी नु जग जाणदा।

यह टूट ही जाए तो बेहतर है।"

(15 मई, 1954)

आमना

दूर तक धान के सुनहरे खेत फैले हुए थे। जुम्मे का नौजवान लड़का बुन्दू कटे हुए धान के पूले उठा रहा था और साथ ही साथ गा भी रहा था—

धान के पूले धर-धर काँधे
भर-भर लाए
खेत सुनहरा, धन-दौलत रे!

बुन्दू का बाप जुम्मा, गाँव में बहुत लोकप्रिय था। हर शख्स को मालूम था कि उसको अपनी बीवी से बहुत प्यार है। उन दोनों का इश्क़ गाँव में हर शख्स को मालूम था। उनके दो बच्चे थे। एक बुन्दू, जिसकी उम्र तेरह वर्ष के करीब थी, दूसरा चन्दू।

सब खुश थे। मगर एक दिन अचानक जुम्मे की बीवी बीमार पड़ गई—हालत बहुत नाजुक हो गई। बहुत इलाज किए, टोने-टोटके आजमाए, मगर उसको कोई फायदा न हुआ। जब रोग घातक बन गया तो उसने अपने शौहर से करुण लहजे में कहा, "तुम मुझे कबूतरी कहा करते थे और खुद को कबूतर। हम दोनों ने दो बच्चे पैदा किए। अब यह तुम्हारी कबूतरी मर रही है। कहीं ऐसा न हो कि मेरे मरने के बाद तुम कोई और कबूतरी अपने घर ले आओ।"

थोड़ी देर के बाद उसे जैसे दौरा पड़ गया। जुम्मे की आँखों से आँसू बह रहे थे और उसकी बीवी बोले चली जा रही थी, "तुम और कबूतरी ले आओगे। वह सोचेगी कि जब तक मेरे बच्चे ज़िंदा हैं, तुम उससे मुहब्बत नहीं करोगे—चुनाँचे वह उनको मारकर खा जाएगी।"

जुम्मा ने अपनी बीवी से बड़े प्यार के साथ कहा, "सकीना, मैं तुमसे वायदा करता हूँ कि ज़िंदगी-भर दूसरी शादी नहीं करूँगा—मगर तुम्हारे दुश्मन मरें, तुम बहुत जल्द ठीक हो जाओगी।"

सकीना के होंठों पर मुर्दा-सी मुस्कराहट नमूदार हुई। उसके फौरन बाद उसकी रूह नाशवान शरीर से उड़कर चली गई। जुम्मा बहुत रोया। जब उसने अपने हाथों से उसको दफन किया तो उसको ऐसा महसूस हुआ कि उसने अपनी ज़िंदगी

मानो मिट्टी के नीचे गाड़ दी है।

अब वह हर वक़्त ग़मगीन रहता। काम-काज में उसे कोई दिलचस्पी न रही। एक दिन उसके एक वफ़ादार मुजारे ने उससे कहा, "सरकार बहुत दिनों से मैं आपकी यह हालत देख रहा हूँ और मन-ही-मन कुढ़ता रहा हूँ। आज मुझसे नहीं रहा गया तो आपसे यह अर्ज़ करने आया हूँ कि आप अपने बच्चों का बहुत ख्याल रखते हैं। अपनी ज़मीनों की तरफ कोई ध्यान नहीं देते। आपको इस बात का पता नहीं, कितना नुकसान हो रहा है।"

जुम्मे ने बड़ी लापरवाही से कहा, "होने दो, मुझे किसी चीज़ का होश नहीं।"

"सरकार, आप होश में आइए। चारों तरफ दुश्मन ही दुश्मन हैं। ऐसा न हो, वो आपकी ग़फलत से फायदा उठाकर आपकी ज़मीनों पर कब्जा कर लें। आपसे मुकदमाबाज़ी क्या होगी। मेरी तो यही दरख्वास्त है कि आप दूसरी शादी कर लें। इससे आपके ग़म का बोझ हल्का हो जाएगा और वह आपके लड़कों से प्यार-मुहब्बत भी कर सकेगी।"

जुम्मे को बहुत गुस्सा आया, "बकवास न करो, रमजानी! तुम समझते नहीं सौतेली माँ क्या होती है। इसके अलावा तुम यह भी तो सोचो, मेरी बीवी की रूह को कितना बड़ा सदमा पहुँचेगा।"

बहुत दिनों तक बार-बार आग्रह किए जाने के बाद आखिर रमजानी अपने मालिक को दूसरी शादी के लिए रज़ामंद करने में कामयाब हो गया। जब शादी हो गई तो उसने अपने लड़कों को एक अलग मकान में भेज दिया—हर रोज़ वहाँ कई-कई घंटे रहता और बुन्दू और चन्दू की दिलजोई करता रहता।

नई बीवी को यह बात बहुत नागवार गुज़री। एक बात और भी थी कि मक्खन, दूध का अधिक भाग उसके सौतेले बेटों के पास चला जाता था। इससे वह बहुत जलती। इसका तो यह मतलब था कि घरबार के मालिक वही हैं।

एक दिन जुम्मा खेतों से वापस आया तो उसकी नई बीवी ज़ोर-ज़ोर से रोने लगी। जुम्मे ने इस तरह रोने की वजह पूछी तो उसने क़हा, "तुम मुझे अपना नहीं समझते, इसलिए बच्चों को दूसरे मकान में भेज दिया। मैं उनकी माँ हूँ, कोई दुश्मन तो नहीं हूँ। मुझे बहुत दुःख होता है जब मैं सोचती हूँ कि बेचारे अकेले रहते हैं।"

जुम्मा इन बातों से बहुत प्रभावित हुआ और दूसरे ही दिन बुन्दू और चन्दू को ले आया और उनको सौतेली माँ के हवाले कर दिया, जिसने उनको इतने प्यार-मुहब्बत से रखा कि आस-पास के तमाम लोग उसकी तारीफ करने लगे।

नई बीवी ने जब अपने खाविंद के दिल को पूरी तरह मोह लिया तो एक

दिन एक मुजारे को बुलाकर अकेले में उससे बड़े रहस्यमय ढंग से कहा, "मैं तुमसे एक काम लेना चाहती हूँ—बोलो करोगे?"

उस मुजारे ने जिसका नाम शुबराती था, हाथ जोड़कर कहा, "सरकार, आप माई-बाप हैं—जान तक हाज़िर है।"

नई बीवी ने कहा, "देखो, कल दरिया के पास बहुत बड़ा मेला लग रहा है। मैं अपने सौतेले बच्चों को तुम्हारे साथ भेजूँगी। उनको किश्ती की सैर कराना और किसी न किसी तरह जब कोई और देखता न हो, उन्हें गहरे पानी में डुबो देना।"

शुबराती की प्रवृत्ति दासता की थी। इसके अलावा उसको बहुत बड़े इनाम का लालच दिया गया था। वह दूसरे दिन बुन्दू और चन्दू को अपने साथ ले गया। उन्हें किश्ती में बिठाया। उसको खुद खेना शुरू किया। दरिया में दूर चला गया, जहाँ कोई देखने वाला न था। उसने चाहा कि उन्हें धक्का देकर डुबो दे। मगर एकदम उसका ज़मीर जाग उठा। उसने सोचा, इन बच्चों का क्या कसूर है—सिवाय इसके कि इनकी अपनी माँ मर चुकी है और ये अब सौतेली माँ के रहमो-करम पर हैं। बेहतर यही है कि मैं इन्हें किसी शख्स के हवाले कर दूँ और सौतेली माँ से जाकर कह दूँ कि दोनों डूब चुके हैं।

दरिया के दूसरे किनारे उतरकर उसने बुन्दू और चन्दू को एक व्यापारी के हवाले कर दिया, जिसने उनको नौकर रख लिया।

बड़ा लड़का बुन्दू खेल-कूद का आदी, मेहनत-मशक्कत से बहुत घबराता था। व्यापारी के पास से भाग निकला और पैदल चलकर दूसरे शहर में पहुँचा। मगर वहाँ उसे एक दौलतमंद आदमी के पास, जिसका नाम कलन्दर बेग था, शरण लेनी पड़ी। कलन्दर बेग नेकदिल आदमी था। उसने चाहा कि बुन्दू को अपने पास नौकर रख ले। चुनाँचे उसने उससे पूछा, "बरखुरदार, क्या तनख्वाह लोगे?"

बुन्दू ने जवाब दिया, "जनाब, मैं तनख्वाह नहीं लूँगा।"

कलन्दर बेग को किसी क़द्र हैरत हुई। लड़का शक्ल-व-सूरत का अच्छा था। उसमें गँवारपन भी नहीं था। उससे पूछा, "तुम किस खानदान के हो—किस शहर के बाशिंदा हो?"

बुन्दू ने इस सवाल का कोई जवाब न दिया और खामोश रहा, फिर रोने लगा। कलन्दर बेग ने उससे और अधिक पूछताछ करना मुनासिब न समझा। जब बुन्दू को वहाँ रहते हुए काफी वक़्त गुज़र गया तो कलन्दर बेग उसके अच्छे व्यवहार से बहुत प्रभावित हुआ। एक दिन उसने अपनी बीवी से कहा, "बुन्दू मुझे बहुत पसंद है। मैं तो सोचता हूँ, इससे अपनी एक लड़की ब्याह दूँ।"

बीवी को अपने खाविंद की बात बुरी लगी। लेकिन आखिर में उसने कहा, "पहले आप उसके खानदान के बारे में तो दरियाफ्त कीजिए।"

कलन्दर बेग ने कहा, "मैंने एक बार उसके खानदान के बारे में पूछा तो वह ज़ार-ज़ार रोने लगा। फिर मैंने इस बात पर उससे कभी गुफ्तगू नहीं की।"

बुन्दू कई वर्ष तक कलन्दर बेग के पास रहा। जब बीस वर्ष का हो गया तो कलन्दर बेग ने अपना सारा कारोबार उसके सुपुर्द कर दिया। काफी समय गुज़र गया। एक दिन बुन्दू ने बड़े अदब से अपने मालिक से विनती की, "दरिया के उस पार जो एक गाँव है, व़हाँ मैं छोटा-सा मकान बनाना चाहता हूँ। क्या मुझे आप इतना रुपया मेहरबानी करके दे सकते हैं कि मेरी यह ख्वाहिश पूरी हो जाए।"

कलन्दर मुस्कराया "तुम जितना रुपया चाहो ले सकते हो, बेटा, लेकिन यह तो बताओ कि तुम दरिया पार इतनी दूर मकान क्यों बनवाना चाहते हो?"

बुन्दू ने जवाब दिया, "यह भेद आप पर जल्दी खुल जाएगा।"

बुन्दू और चन्दू का बाप अपने बेटों की जुदाई में घुल-घुलकर मर चुका था। मुजारों की बड़ी खराब हालत थी। इसलिए कि ज़मीनों की देखभाल करने वाला कोई भी न था।

बुन्दू बहुत-सा रुपया लेकर अपने गाँव पहुँचा। एक पक्का मकान बनवाया और मुजारों को खुशहाल कर दिया।

बुन्दू का भाई चन्दू जिस शख्स के पास मुलाजिम हुआ था, उसने उसको बेटा बना लिया था। एक बार वह खतरनाक तौर पर बीमार पड़ गया तो उस शख्स की बीवी ने, जिसका नाम समद खान था, अपनी बेटी आमना से कहा कि वह उसकी सेवा-टहल करे।

आमना बड़ी नाज़ुक-सी हसीन लड़की थी। दिन-रात उसने चन्दू की खिदमत की। आखिर वह सेहतमन्द हो गया। सेवा-टहल के उस दौर में वे कुछ इस तरह घुल-मिल गए कि उन दोनों को एक-दूसरे से मुहब्बत हो गई।

मगर चन्दू सोचता था कि आमना एक दौलतमंद की लड़की है और वह सिर्फ कंगाल। उनका आपस में क्या जोड़ है। उसके माँ-बाप भला कब उनकी शादी पर राज़ी होंगे। लेकिन आमना को किसी तरह यक़ीन था कि उसके माँ-बाप राज़ी हो जाएँगे, इसलिए कि वे चन्दू को बड़ी अच्छी निगाहों से देखते थे।

एक दिन चन्दू गाय-भैसों के रेवड़ को जोहड़ पर पानी पिला रहा था कि आमना दौड़ती हुई आई। उसकी साँस फूली हुई थी। नन्हा-सा सीना धड़क रहा था। उसने खुश-खुश चन्दू से कहा, "एक बहुत अच्छी खबर लाई हूँ। आज मेरी

माँ और बाप मेरी शादी की बात कर रहे थे। उन्होंने फैसला किया कि तुम बड़े अच्छे लड़के हो। इसलिए तुम्हें मेरे साथ ब्याह देना चाहिए।"

चन्दू इतना खुश हुआ कि उसने आमना को उठाकर नाचना शुरू कर दिया।

उन दोनों की शादी हो गई। एक साल के बाद उनके घर एक लड़का पैदा हुआ, जिसका नाम जमील रखा गया।

जब बुन्दू अपने गाँव में अच्छी तरह जम गया तो उसने भाई का पता लिया। जाकर उससे मिला। दोनों बहुत खुश हुए। बुन्दू ने उससे कहा, "अब अल्लाह का फ़ज़ल है। चलो मेरे साथ और दीवानी सँभालो। मैं चाहता हूँ तुम्हारी शादी अपनी साली से करा दूँ, बड़ी प्यारी लड़की है।"

चन्दू ने उसको बताया कि वह पहले ही शादीशुदा है। सारे हालात सुनकर बुन्दू ने उसको समझाया ,"कलन्दर बेग बेहद दौलतमंद आदमी है। उसकी लड़की से शादी कर लो–सारी उम्र ऐश करते रहोगे। आमना के बाप के पास क्या रखा है।"

चन्दू अपने भाई की ये बातें सुनकर लालच में आ गया और दौलत की खातिर आमना को छोड़ दिया। तलाकनामा किसी के हाथ भिजवा दिया और उससे मिले बगैर चला गया।

चन्द दिनों के बाद ही बुन्दू ने अपने भाई की शादी कलन्दर बेग की छोटी लड़की से करा दी। आमना हैरान व परेशान थी कि उसका प्यारा चन्दू एकदम कहाँ गायब हो गया। लेकिन उसको यक़ीन था कि वह उससे मुहब्बत करता है। एक दिन ज़रूर वापस आ जाएगा। बड़ी देर उसने उसकी वापसी का इन्तज़ार किया और उसकी याद में आँसू बहाती रही। जब वह न आया तो आमना के बाप ने जमील को साथ लिया और बुन्दू के गाँव पहुँचा। उसकी मुलाक़ात चन्दू से हुई। वह दौलत के नशे में सबको भूल चुका था।

आमना के बाप ने उसकी बड़ी मिन्नत-समाजत की और उससे कहा, "और कुछ नहीं तो अपने इस कमसिन बेटे का ख्याल करो–तुम्हारे बगैर इस बच्चे की ज़िंदगी क्या है?"

चन्दू ने यह कोरा जवाब दिया, "मैं क्या अपनी दौलत और इज्ज़त इस बच्चे के लिए छोड़ सकता हूँ? जाओ इसे ले जाओ और मेरी नज़रों से दूर कर दो।"

जब आमना के बाप ने और ज़्यादा मिन्नत-समाजत की तो चन्दू ने उस बुढ़्ढे को धक्के देकर बाहर निकलवा दिया। साथ ही अपने बच्चे को भी।

बूढ़ा ग़म से चूर घर पहुँचा और आमना को सारी दास्तान सुना दी। आमना को इस कदर सदमा पहुँचा कि पागल हो गई।

चन्दू पर एक के बाद एक इतनी मुसीबतें आईं कि उसकी सारी दौलत उजड़ गई। भाई ने भी आँखें फेर लीं। बीवी लड़-झगड़कर अपने मैके चली गई। अब उसको आमना की याद आई। वह उससे मिलने के लिए गया। उसका बेटा जमील—हड्डियों का ढाँचा, उससे घर के बाहर मिला। उसने उसको प्यार किया और आमना के बारे में उससे पूछा। जमील ने उससे कहा, "आओ, तुम्हें बताता हूँ, मेरी माँ आजकल कहाँ रहती है।"

वह उसे दूर ले गया और एक क़ब्र की तरफ इशारा करके कहा, "यहाँ रहती है आमना अम्माँ।"

(16 मई, 1954)

तस्वीर

"बच्चे कहाँ हैं?"

"मर गए।"

"सबके सब?"

"हाँ, सबके सब। आपको आज उनके बारे में पूछने का क्यों ख्याल आ गया?"

"मैं उनका बाप हूँ।"

"आप-ऐसा बाप खुदा करे कभी पैदा ही न हो।"

"तुम आज इतनी ख़फ़ा क्यों हो—मेरी समझ में नहीं आता। घड़ी में रत्ती, घड़ी में माशा हो जाती हो। दफ्तर से थककर आया हूँ और तुमने यह चख-चख शुरू कर दी है। बेहतर था कि मैं वहाँ दफ्तर में पंखे के नीचे आराम करता।"

"पंखा यहाँ भी है। आप आरामतलब हैं, यहीं आराम फरमा सकते हैं।"

"तुम्हारा गुस्सा कभी नहीं जाएगा। मेरा ख्याल है कि यह चीज़ तुम्हें दहेज़ में मिली थी।"

"मैं कहती हूँ कि आप मुझसे इस किस्म की खुराफात न बका कीजिए। आपके दीदों का तो पानी ही ढल गया है।"

"यहाँ तो सब कुछ ढल गया है। तुम्हारी वह जवानी कहाँ गई? मैं तो अब ऐसा महसूस करता हूँ, जैसे सौ वर्ष का बुड्ढा हूँ।"

"आप के कर्मों का नतीजा है। मैंने तो खुद को कभी बूढ़ा महसूस नहीं किया।"

"मेरे कर्म इतने काले तो नहीं, और फिर मैं तुम्हारा शौहर होते हुए क्या इतना भी महसूस नहीं कर सकता कि तुम्हारा हुस्न अब रू-ब-मंज़िल है।"

"मुझसे ऐसी ज़बान में गुफ्तगू कीजिए जिसको मैं समझ सकूँ यह रू-ब-नज़ल क्या हुआ?"

"छोड़ो इसे, आओ मुहब्बत-प्यार की बातें करें।"

"आपने अभी तो कहा था कि आपको ऐसा महसूस होता है जैसे सौ वर्ष के

बूढ़े हैं।"

"भई, दिल तो जवान है।"

"आपके दिल को मैं क्या कहूँ—आप इसे दिल कहते हैं। मुझसे कोई पूछे तो यही कहूँगी कि पत्थर का एक टुकड़ा है जो इस शख़्स ने अपने पहलू में दबा रखा है और दावा यह करता है कि उसमें मुहब्बत भरी हुई है। आप मुहब्बत करना क्या जानें, मुहब्बत तो सिर्फ औरत ही कर सकती है।"

"आज तक कितनी औरतों ने मर्दों से मुहब्बत की है, ज़रा तारीख पढ़कर देखो। हमेशा मर्दों ने औरतों से मुहब्बत की और उसे निभाया। औरतें तो हमेशा बेवफ़ा रही हैं।"

"झूठ—इसका अव्वल झूठ, इसका आखिर झूठ। बेवफ़ाई तो हमेशा मर्दों ने की है।"

"और वह जो इंग्लिस्तान के बादशाह ने एक मामूली औरत के लिए तख़्त-व-ताज़ छोड़ दिया था?—वह क्या कोई फर्जी और झूठी दास्तान है।"

"बस एक मिसाल पेश कर दी और मुझ पर रौब डाल दिया।"

"भई, तारीख में ऐसी हज़ारों मिसालें मौजूद हैं। मर्द जब किसी औरत से इश्क़ करता है तो वह कभी पीछे नहीं हटता। कम्बख़्त अपनी जान क़ुर्बान कर देगा, मगर अपनी महबूबा को ज़रा-सी भी हानि पहुँचने नहीं देगा। तुम नहीं जानती हो, मर्द में जबकि वह मुहब्बत में गिरफ्तार हो, कितनी ताक़त होती है।"

"सब जानती हूँ। आपसे तो कल अल्मारी का जमा हुआ दरवाज़ा भी नहीं खुल सका, आखिर मुझे ही ज़ोर लगाकर खोलना पड़ा।"

"देखो, जानम—तुम ज़्यादती कर रही हो। तुम्हें मालूम है कि मेरे दाहिने बाज़ू में रीह (वायु) का दर्द था। मैं उस दिन दफ्तर भी नहीं गया था और सारा दिन और सारी रात पड़ा कराहता रहा था। तुमने मेरा कोई ख्याल नहीं किया और अपनी सहेलियों के साथ सिनेमा देखने चली गईं।"

"आप तो बहाना कर रहे थे।"

"लाहौल विला—यानी मैं बहाना कर रहा था। दर्द के मारे मेरा बुरा हाल हो रहा था और तुम कहती हो कि मैं बहाना कर रहा था, लानत है ऐसी ज़िंदगी पर।"

"यह लानत मुझ पर भेजी गई है।"

"तुम्हारी अक्ल पर तो पत्थर पड़ गए हैं—मैं अपनी ज़िंदगी का रोना रो रहा था।"

"आप तो हर वक़्त रोते ही रहते हैं।"

"तुम तो हँसती रहती हो—इसलिए कि तुम्हें किसी की परवाह नहीं। बच्चे

जाएँ जहन्नुम में। मेरा जनाज़ा निकल जाए, यह मकान जलकर राख हो जाए। मगर तुम हँसती रहोगी। ऐसी बेदिल औरत मैंने आज तक अपनी ज़िंदगी में कभी नहीं देखी।"

"कितनी औरतें देखी हैं आपने अब तक?"

"हज़ारों, लाखों—सड़कों पर तो आजकल औरतें ही औरतें नज़र आती हैं।"

"झूठ न बोलिए, आपने कोई न कोई औरत खास तौर पर देखी है?"

"खास तौर पर से तुम्हारा मतलब क्या है?"

"मैं आपके राज़ खोलना नहीं चाहती, मैं अब चलती हूँ।"

"कहाँ?"

"एक सहेली के पास, उससे अपना दुखड़ा बयान करूँगी। खुद रोऊँगी, उसको भी रुलाऊँगी—इस तरह कुछ जी हल्का हो जाएगा।"

"वह दुखड़ा जो तुम्हें अपनी सहेली से बयान करना है, मुझे ही बता दो। मैं तुम्हारे ग़म में शरीक होने का वायदा करता हूँ।"

"आपके वायदे?—कभी पूरे भी हुए हैं?"

"तुम बहुत ज़्यादती कर रही हो। मैंने आज तक तुमसे जो भी वायदा किया, पूरा किया। अभी पिछले दिनों तुमने मुझसे कहा कि चाय का एक सेट ला दो, मैंने एक दोस्त से रुपए कर्ज़ लेकर बहुत बढ़िया सेट खरीदकर तुम्हें ला दिया।"

"बड़ा अहसान किया मुझ पर। वह तो दरअसल आप अपने दोस्तों के लिए लाए थे। उसमें से दो प्याले किसने तोड़े थे, ज़रा यह तो बताइए?"

"एक प्याला तुम्हारे बड़े लड़के ने तोड़ा, दूसरा तुम्हारी छोटी बच्ची ने।"

"सारा इल्जाम आप हमेशा उन्हीं पर धरते हैं। अच्छा अब यह बहस बंद हो, मुझे नहा-धोकर कपड़े पहनना और जूड़ा करना है।"

"देखो, मैंने आज तक कभी सख्ती नहीं की। मैं हमेशा तुम्हारे साथ नर्मी से पेश आता रहा हूँ। मगर आज मैं तुम्हें हुक्म देता हूँ कि तुम बाहर नहीं जा सकतीं।"

"अजी, वाह—बड़े आए मुझ पर हुक्म चलाने वाले—आप हैं कौन?"

"इतनी जल्दी भूल गई हो—मैं तुम्हारा खाविंद हूँ।"

"मैं नहीं जानती खाविंद क्या होता है, मैं अपनी मर्ज़ी की मालिक हूँ। मैं बाहर जाऊँगी और ज़रूर जाऊँगी। देखती हूँ मुझे कौन रोकता है?"

"तुम नहीं जाओगी, बस यह मेरा फैसला है।"

"फैसला अब अदालत ही करेगी।"

"अदालत का यहाँ क्या सवाल पैदा होता है। मेरी समझ में नहीं आता, आज

तुम कैसी ऊटपटाँग बातें कर रही हो। तुक की बात करो, जाओ नहा लो ताकि तुम्हारा दिमाग किसी हद तक ठंडा हो जाए।"

"आपके साथ रहकर मैं तो सिर से पाँव तक बर्फ हो चुकी हूँ।"

"कोई औरत अपने खाविंद से खुश नहीं होती। ख्वाह वह बेचारा कितना ही शरीफ क्यों न हो। उसमें कीड़े डालना औरतों की आदत में दाखिल है। मैंने तुम्हारी कई खताएँ और ग़लतियाँ माफ की हैं।"

"मैंने, खुदा के नाम पर बताओ तो कौन-सी खता की?"

"पिछले बरस तुमने शलजम की, रात की सब्जी बड़े ठाठ से पकाने का इरादा किया। शाम को चूल्हे पर हँडिया रखकर तुम ऐसी सोईं कि सुबह उठकर जब मैं बावर्चीखाने में गया तो देखा कि देगची में सारे शलजम कोयला बने हुए हैं। उनको निकालकर मैंने अँगीठी सुलगाई और चाय तैयार की—तुम सो रही थीं।"

"मैं यह बकवास सुनने के लिए तैयार नहीं।"

"इसलिए कि इसमें झूठ का एक ज़र्रा नहीं। मैं अक्सर सोचता हूँ कि औरत को सच और हक़ीक़त से क्यों चिढ़ है। मैं अगर कह दूँ कि तुम्हारा बायाँ गाल तुम्हारे दाएँ के मुकाबले कहीं ज्यादा मोटा है, तो शायद तुम मुझे सारी उम्र न बख्शो—मगर यह हक़ीक़त है, जिसे शायद तुम भी अच्छी तरह महसूस करती हो। देखो यह पेपरवेट कहीं रख दो, उठाकर मेरे सिर पर दे मारा तो थाना-पुलिस हो जाएगा।"

"मैंने पेपरवेट इसलिए उठाया था कि यह बिल्कुल आपके चेहरे के समान है। इसके अंदर जो हवा के बुलबुले-से हैं, वे आपकी आँखें हैं—और यह जो लाल-सी चीज़ है, वह आपकी नाक है, जो हमेशा सुर्ख रहती है। मैंने जब आपको पहली बार देखा तो मुझे ऐसा लगा था जैसे आपकी आँखों के नीचे जो गाय की आँखें हैं, एक काक्रोच औंधे मुहँ बैठा है।"

"तुम्हारा जी हल्का हो गया।"

"मेरा जी कभी हल्का न होगा। मुझे आप जाने दीजिए। नहा-धोकर मैं शायद यहाँ से हमेशा के लिए चली जाऊँगी।"

"जाने से पहले यह तो बता जाओ कि इस जाने का कारण क्या है?"

"मैं बताना नहीं चाहती, आप तो अव्वल दर्जे के बेशर्म हैं।"

"भई, तुम्हारी इस सारी गुफ्तगू का मतलब अभी तक मेरी समझ में नहीं आया। मालूम नहीं तुम्हें मुझसे क्या शिकायत एकदम पैदा हो गई है।"

"ज़रा अपने कोट की अंदरूनी जेब में हाथ डालिए।"

"मेरा कोट कहाँ है?"

"लाती हूँ, लाती हूँ।"

"मेरे कोट में क्या हो सकता है—व्हिस्की की बोतल—वह तो मैंने बाहर ही खत्म करके फेंक दी थी, लेकिन हो सकता है रह गई हो।"

"लीजिए, यह रहा आपका कोट।"

"अब मैं क्या करूँ?"

"इसकी अंदर की जेब में हाथ डालिए और उस लड़की की तस्वीर निकालिए जिससे आप आजकल इश्क़ लड़ा रहे हैं।"

"लाहौल विला—तुमने मेरे औसान खता कर दिए थे। यह तस्वीर, मेरी जान, मेरी बहन की है, जिसको तुमने अभी तक नहीं देखा। अफ्रीका में है। तुमने यह खत नहीं देखा, साथ ही तो था—यह लो।"

"हाय, कितनी खूबसूरत लड़की है—मेरे भाईजान के लिए बिल्कुल ठीक रहेगी।"

(18 मई, 1954)

मिलावट

अमृतसर में अली मुहम्मद की मनिहारी की दुकान थी। छोटी-सी। मगर उसमें हर चीज़ मौजूद थी। उसने कुछ इस करीने से सामान रखा था कि ठुँसा-ठुँसा दिखाई नहीं देता था।

अमृतसर में दूसरे दुकानदार ब्लैक करते थे। मगर अली मुहम्मद उचित दर पर अपना माल बेचता था। यही वजह है कि लोग दूर-दूर से उसके पास आते और अपनी ज़रूरत की चीज़ें खरीदते थे।

वह मज़हबी किस्म का आदमी था। ज़्यादा मुनाफा लेना उसके नज़दीक गुनाह था। अकेली जान थी। उसके लिए जायज़ मुनाफा ही काफी था।

सारा दिन दुकान पर बैठता। गाहकों की भीड़ लगी रहती। उसको कभी-कभी अफ़सोस होता, जब वह किसी गाहक को सनलाइट साबुन की एक टिकिया न दे सकता या केली फोरनोन तेल की बोतल; क्योंकि ये चीज़ें उसे सीमित मात्रा में मिलती थीं।

ब्लैक न करने के बावजूद वह खुशहाल था। उसने दो हज़ार रुपए पहले से अलग रखे हुए थे। जवान था—एक दिन दुकान पर बैठे-बैठे उसने सोचा कि अब शादी कर लेनी चाहिए, बुरे-बुरे ख्याल मन में आते हैं। शादी कर लूँ कि ज़िंदगी में लुत्फ पैदा हो जाएगा। बाल-बच्चे होंगे। उनकी परवरिश के लिए मैं और ज़्यादा कमाने की कोशिश करूँगा।

उसके वाल्दैन काफी समय हुआ, अल्लाह को प्यारे हो चुके थे। उसकी कोई बहन थी न भाई। वह बिल्कुल अकेला था। शुरू-शुरू में जबकि वह दस वर्ष का था, उसने अखबार बेचने शुरू किए। उसके बाद खोंचा लगाया। कुलफियाँ बेचीं। जब उसके पास एक हज़ार रुपया जमा हो गया तो उसने एक छोटी-सी दुकान किराए पर ले ली और मनिहारी का सामान खरीदकर बैठ गया।

आदमी ईमानदार था। उसकी दुकान थोड़े ही दिनों में चल निकली। जहाँ तक आमदनी का संबंध था, वह उससे बेफिक्र था। मगर वह चाहता था कि अपना घर बसाए। उसकी बीवी हो, बच्चे हों। और वह उनके लिए ज़्यादा से ज़्यादा

कमाने की कोशिश करे। इसलिए कि उसकी ज़िंदगी मशीन जैसी बन गई है। सुबह दुकान खोलता। गाहक आते, उन्हें सौदा देता, शाम को दुकान बंद करता और एक छोटी-सी कोठड़ी में, जो उसने शरीफपुरा में ले रखी थी, सो जाता।

गंजे का होटल था। उसमें वह खाना खाता, सिर्फ एक वक़्त। सुबह नाश्ता जैमलसिंह के कटड़े में शामे हलवाई की दुकान में करता। दुकान खोलता और शाम तक अपनी गद्दी पर बैठा रहता।

उसके अंदर शादी की ख्वाहिश तेज़ी से बढ़ती जा रही थी। लेकिन सवाल यह था कि इस मामले में उसकी मदद कौन करे। अमृतसर में उसका कोई दोस्त-यार भी नहीं था जो उसके लिए कोशिश करता।

वह बहुत परेशान था। शरीफपुरा की कोठड़ी में रात को सोते वक़्त वह कई बार रोया कि उसके माँ-बाप इतनी जल्दी क्यों मर गए। उन्हें और कुछ नहीं तो इसलिए ज़रूर ज़िंदा रहना चाहिए था कि वे उसकी शादी का बंदोबस्त कर जाएँ।

उसकी समझ में नहीं आता था कि वह शादी कैसे करे। बहुत देर तक सोचता रहा। इस दौरान उसके पास तीन हज़ार रुपए जमा हो गए। उसने एक छोटे से घर को जो अच्छा-खासा था, किराए पर ले लिया। मगर वह रहता शरीफपुरा में ही था।

एक दिन उसने अखबार में एक इश्तहार देखा जिसमें यह लिखा था कि शादी के ख्वाहिशमंद हमसे संपर्क करें। बी. ए. पास, लेडी डॉक्टर, हर किस्म के रिश्ते मौजूद हैं। पत्र-व्यवहार कीजिए या खुद आकर मिलिए।

इतवार को वह दुकान नहीं खोलता था। उस दिन वह उस पते पर गया और उसकी मुलाक़ात एक दाढ़ी वाले बुजुर्ग से हुई। अली मुहम्मद ने अपना मुद्दा बयान किया। दाढ़ी वाले बुजुर्ग ने मेज़ की दराज़ खोलकर बीस-पच्चीस तस्वीरें निकालीं और उसको एक-एक करके दिखाईं कि वह उनमें से कोई पसंद कर ले।

एक लड़की की तस्वीर अली मुहम्मद को पसंद आ गई। छोटी उम्र की और खूबसूरत थी। उसने शादियाँ कराने वाले एजेंट से कहा, “जनाब, यह लड़की मुझे पसंद है।”

एजेंट मुस्कराया, “तुमने एक हीरा चुन लिया है।”

अली मुहम्मद को ऐसा महसूस हुआ कि वह लड़की उसके आग़ोश में है। उसने गुनगुनाना शुरू कर दिया, “बस—जनाब आप बात पक्की कर दीजिए।”

एजेंट संजीदा हो गया, “देखा बरखुरदार, यह लड़की जो तुमने चुनी है, अलावा हसीन होने के एक बहुत बड़े खानदान से ताल्लुक़ रखती है, लेकिन मैं तुमसे ज़्यादा फीस नहीं मागूँगा।”

"आपकी बड़ी मेहरबानी है। मैं यतीम लड़का हूँ। अगर आप मेरा यह काम कर दें तो आपको सारी उम्र अपना बाप समझूँगा।"

एजेंट की मूँछों-भरे होंठों पर मुस्कराहट दिखाई दी, "जीते रहो, मैं तुमसे सिर्फ 300 रु. फीस लूँगा।"

अली मुहम्मद ने बड़े कृतज्ञतापूर्ण लहजे में कहा, "जनाब का बहुत शुक्रिया, मुझे मंजूर है।"

यह कहकर उसने जेब से तीन नोट सौ-सौ रुपए के निकाले और उस बुजुर्गवार को दे दिए।

तारीख मुकर्रर हो गई। निकाह हुआ, रुखसती भी हुई। अली मुहम्मद ने वह छोटा-सा मकान जो किराए पर ले रखा था, अब खूब सजाया था। वह उसमें बड़े चाव से अपनी दुल्हन लेकर आया। पहली रात की कल्पना मालूम नहीं उसके दिल-व-दिमाग में किस किस्म की थी। मगर जब उसने दुल्हन का घूँघट काँपते हाथों से उठाया तो उसको ग़श-सा आ गया।

निहायत बदशक्ल औरत थी—साफतौर से उस बुजुर्ग बूढ़े ने उसके साथ धोखा किया था। अली मुहम्मद लड़खड़ाता कमरे से बाहर निकल गया और शरीफपुरे जाकर अपनी कोठड़ी में देर तक सोचता रहा कि यह क्या है। लेकिन उसकी समझ में कुछ नहीं आया।

उसने अपनी दुकान न खोली। दो हज़ार रुपए वह अपनी बीवी का हक़ मेहर उसी रात अदा कर चुका था। तीन-सौ रुपए उस एजेंट को। अब उसके पास सिर्फ 700 रुपए थे। उसने किसी तरह अपने मन में संतोष कर लिया और सोचा कि शहर ही छोड़ दूँ। सारी रात जागता रहा। आखिर उसने फैसला कर ही लिया। सुबह दस बजे उसने अपनी दुंकान एक शख्स के पास पाँच हज़ार रुपए लेकर औने-पौने दामों में बेच दी और टिकट कटवाकर लाहौर चला गया।

लाहौर जाते हुए गाड़ी में किसी जेबकतरे ने बड़ी सफाई से उसके तमाम रुपए गायब कर दिए। वह बहुत परेशान हुआ, लेकिन उसने सोचा शायद खुदा को यही मंजूर था।

लाहौर पहुँचा तो उसकी दूसरी जेब में जो कतरी नहीं गई थी, सिर्फ दस रुपए और ग्यारह आने थे। इससे उसने कुछ रोज़ गुज़ारा किया। लेकिन जल्द ही फाकों की नौबत आ गई।

इस दौरान उसने कहीं न कहीं मुलाजिम होने की बहुत कोशिश की, मगर नाकाम रहा। वह इतना मायूस हो गया कि उसने खुदकशी का इरादा कर लिया। मगर उसमें इतनी जुर्रत नहीं थी। इसके बावजूद एक रात वह रेल की पटड़ी पर

लेट गया। ट्रेन आ रही थी। मगर काँटा बदला और वह दूसरी लाईन पर चली गई कि उसे उधर ही जाना था।

उसने सोचा कि मौत भी धोखा दे जाती है, चुनाँचे उसने खुदकशी का ख्याल छोड़ दिया, और हल्दी और मिर्चे पीसनेवाली एक चक्की में 20 रुपए माहवार पर नौकरी कर ली।

यहाँ उसे पहले दिन ही मालूम हो गया कि दुनिया धोखा ही धोखा है। हल्दी में पीली मिट्टी की मिलावट की जाती है और मिर्चों में सुर्ख ईंटों की।

दस वर्ष तक वह इस चक्की में काम करता रहा। उसका मालिक हर महीने कम से कम 700 रुपए माहवार कमाता था। इस दौरान अली मुहम्मद ने 500 रुपए बचा लिए थे। एक दिन उसने सोचा, जब सारी दुनिया में धोखा ही धोखा है तो वह भी क्यों न धोखा करे।

चुनाँचे उसने एक अलग चक्की कायम कर ली और उसमें मिर्चों और हल्दी में मिलावट का काम शुरू कर दिया। उसकी आमदनी अब काफी माकूल थी। उसको शादी का कई बार ख्याल आया मगर जब उसकी आँखों के सामने उस पहली रात का नक्शा आया तो वह काँप-काँप गया।

अली मुहम्मद खुश था। उसने धोखेबाज़ी पूरी तरह सीख ली थी। उसको अब इसके तमाम गुर मालूम हो गए थे। एक मन लाल मिर्चों में कितनी ईंटें पीसनी चाहिए, हल्दी में कितनी पीली मिट्टी डालनी चाहिए और फिर वज़न का हिसाब। यह सब उसको अच्छी तरह मालूम था।

लेकिन एक दिन उसकी चक्की पर पुलिस का छापा पड़ा। हल्दी और मिर्चों के नमूने बोतलों में डालकर मुँह बंद किए गए—और जब कैमिकल एग्जामिनर की रिपोर्ट आई कि उनमें मिलावट है तो उसे गिरफ्तार कर लिया गया।

उसका लाहौर में कौन था जो उसकी जमानत देता—कई दिन हवालात में बंद रहा। आखिर मुकदमा अदालत में पेश हुआ और उसको तीन सौ रुपया जुर्माना और एक महीने के सश्रम कारावास की सज़ा हुई।

जुर्माना तो उसने अदा कर दिया, लेकिन एक महीने की क़ैद सश्रम उसे भुगतनी ही पड़ी। यह एक महीना उसकी ज़िंदगी में बहुत ही कड़ा और कठिन था। इस दौरान वह अक्सर सोचता था कि उसने बेईमानी क्यों की जबकि उसने अपनी ज़िंदगी का यह नियम बना लिया था कि वह कभी धोखेबाज़ी नहीं करेगा।

फिर वह सोचता कि उसे अपनी ज़िंदगी खत्म कर लेनी चाहिए। इसलिए कि वह इधर का रहा न उधर का। उसका किरदार मजबूत नहीं। बेहतर यही है कि मर जाए ताकि उसकी मानसिक परेशानी खत्म हो।

जब वह जेल से बाहर निकला तो यह मज़बूत इरादा कर चुका था कि खुदकशी कर लेगा, ताकि सारा झंझट ही खत्म हो। इस मतलब के लिए उसने सात दिन मजदूरी की और दो-तीन रुपए अपना पेट काट-काटकर जमा किए। इसके बाद उसने सोचा, कौन-सा ज़हर होगा जो प्रभावकारी हो सकता है।

उसने सिर्फ एक ही ज़हर का नाम सुना था जो बड़ा क़ातिल होता है— संखिया। मगर यह संखिया कहाँ से मिलती?

उसने बहुत कोशिश की। आखिर उसे एक दुकान से संखिया मिल गई। उसने शाम की नमाज़ पढ़ी। खुदा से अपने गुनाहों की माफी माँगी कि वह हल्दी और मिर्चों में मिलावट करता रहा। फिर रात को संखिया खाई और फुटपाथ पर सो गया।

उसने सुना था, संखिया खाने वालों के मुँह से झाग निकलते हैं। बेहोशी के दौरे पड़ते हैं। बड़ा कर्ब होता है। मगर उसे कुछ भी न हुआ। सारी रात वह अपनी मौत का इंतज़ार करता रहा। मगर वह न आई।

सुबह उठकर वह उस दुकानदार के पास गया जिससे संखिया खरीदी थी और उससे पूछा, "भाई साहब, यह आपने मुझे कैसी संखिया दी है कि मैं अभी तक नहीं मरा।"

दुकानदार ने आह भरकर बड़े अफसोसनाक लहजे में कहा, "क्या कहूँ, मेरे भाई, आजकल हर चीज़ नकली होती है—या उसमें मिलावट होती है।"

(19 मई, 1954)

बस स्टैण्ड

वह बस स्टैण्ड के पास खड़ी ए रूट वाली बस का इंतज़ार कर रही थी। उसके पास कई मर्द खड़े थे। उनमें से एक उसे बहुत बुरी तरह घूर रहा था। उसको ऐसा महसूस हुआ कि यह शख़्स बरमे से उसके दिल-व-दिमाग पर छेद बना रहा है।

उसकी उम्र 20-22 वर्ष की होगी, लेकिन इस पक्की उम्र के बावजूद, वह बहुत घबरा रही थी। जाड़ों के दिन थे, पर इसके बावजूद उसने कई बार अपने माथे का पसीना पोंछा। उसकी समझ में नहीं आता था, क्या करे। बस स्टैंड से चली जाए। कोई ताँगा ले ले या वापस अपनी सहेली के पास चली जाए।

उसकी यह सहेली नई-नई बनी थी। एक पार्टी में उनकी मुलाक़ात हुई और वे दोनों एक-दूसरे को भा गईं। यह पहली बार था कि वह अपनी इस नई सहेली के बुलावे पर उसके घर आई थी।

नौकर बीमार था, मगर जब इस सहेली ने इतनी जिद्द की तो वह अकेली उसके पास चली गई। दो घंटे आपस में गप लड़ाती रहीं—यह वक़्त बड़े मज़े में कटा। उसकी सहेली ने जिसका नाम शाहिदा था, उससे जाते वक़्त कहा, "सलमा, अब तुम्हारी शादी हो जानी चाहिए।"

सलमा शरमा गई, "कैसी बातें करती हो, शाहिदा! मुझे शादी नहीं करनी है।"

"तो क्या सारी उम्र कवाँरी रहोगी?"

"कवाँरी रहने में क्या हर्ज़ है?"

शाहिदा मुस्कराई, "मैं भी यही कहा करती थी लेकिन जब शादी हो गई तो दुनिया के तमाम मज़े मुझे मिल गए। यही तो उम्र है जब आदमी पूरी तरह शादी के मज़ों को खुद प्राप्त कर सकता है। तुम मेरा कहा मानो—बस एक-दो महीनों के अंदर दुल्हन बन जाओ। तुम्हारे हाथों में मेहँदी मैं खुद लगाऊँगी।"

"छोड़ो इस छेड़खानी को।"

शाहिदा ने सलमा के गालों पर हल्की चपत लगाई, "यह छेड़खानी है? अगर यह छेड़खानी है, तो सारी उम्र छेड़खानी है। मर्द और औरत का रिश्ता भी फ़िजूल है। मेरी समझ में नहीं आता, एक हमेशा से चले आ रहे रिश्ते से इंकार क्यों करती हो? देखूँगी कि तुम मर्द के बगैर कैसे ज़िंदा रहोगी। खुदा की कसम, पागल

हो जाओगी–पागल।"

"अच्छा है, जो पागल हो जाऊँ। क्या पागलों के लिए इस दुनिया में कोई जगह नहीं? इतने सारे पागल हैं, आखिर वे भी तो जैसे-तैसे जी ही रहे हैं।"

"जैसे-तैसे जीने में क्या मज़ा है, प्यारी सलमा! मैं तुमसे कहती हूँ कि जब से मेरी शादी हुई है, मेरी काया ही पलट गई है। मेरा खाविंद बहुत प्यार करने वाला है।"

"क्या काम करते हैं?"

"मुझसे मुहब्बत करते हैं–यही उनका काम है। वैसे अल्लाह का दिया बहुत कुछ है। मेरा हाथ उन्होंने कभी तंग होने नहीं दिया।"

सलमा ने यूँ महसूस किया कि उसका दिल तंग हो गया है, "शाहिदा, मुझे तंग न करो। मुझे शादी नहीं करनी है–मुझे मर्दों से नफ़रत है।"

"क्यों?"

"बस, है।"

"अब मैं तुमसे क्या कहूँ–मर्दों से मुझे भी नफ़रत थी। लेकिन जब मेरी शादी हुई और मुझसे मेरे खाविंद ने प्यार-मुहब्बत किया तो मैंने पहली बार जाना कि मर्द, औरत के लिए कितना ज़रूरी है।"

"हुआ करे–मुझे उसकी कोई ज़रूरत नहीं।"

शाहिदा हँसी, "सलमा, एक दिन ज़रूर तुम इस बात को मान जाओगी कि मर्द औरत के लिए लाज़मी है–उसके बग़ैर वह ऐसी गाड़ी है जिसके पहिए न हों। मेरी शादी को एक वर्ष हुआ। इस एक वर्ष में मुझे जितनी खुशियाँ और राहतें मेरे खाविंद ने पहुँचाई हैं, बयान नहीं कर सकती। खुदा की कसम, वह फरिश्ता है–फरिश्ता, मुझ पर जान छिड़कता है।"

सलमा ने यह सुनकर यूँ महसूस किया जैसे उसके सिर पर फरिश्तों के पंख फड़फड़ा रहे हैं। उसने सोचना शुरू किया कि शायद मर्द औरत के लिए लाज़मी हो। लेकिन फौरन ही उसके दिमाग़ में यह ख्याल आया कि उसकी अक्ल ने उसका साथ नहीं दिया–मर्द की ज़रूरत ही क्या है? क्या औरत उसके बगैर ज़िंदा नहीं रह सकती।

जैसा कि शाहिदा ने उसको बताया था कि उसका शौहर बहुत प्यार करने वाला है, बहुत नेक स्वभाव का है–लेकिन इससे यह साबित तो नहीं होता कि वह शाहिदा के लिए लाज़मी था।

सलमा हसीन थी। उभर-उभरा यौवन, भरे-भरे हाथ-पाँव, चौड़ी पेशानी, घुटनों तक लंबे काले बाल, सुतवाँ नाक और उसकी फुनगी पर एक तिल।

जब वह अपनी सहेली से इजाज़त माँगकर गुसलखाने में गई तो उसने शीशे में बड़े ग़ौर से देखा और उसे बड़ी उलझन महसूस हुई, जब उसने सोचा कि आखिर यह जिस्म, यह हुस्न, ये उभार किसके लिए हैं—खुदा की सारी कारीगरी बेकार जा रही है।

गेहूँ पैदा होता है, तो आदमी उससे अपना पेट पालते हैं। उसकी जवानी भी तो किसी खेत में उगी थी—अगर उसे कोई खाएगा नहीं, तो गल-सड़ नहीं जाएगी?

वह बहुत देर तक गुसलखाने में आइने के सामने सोचती रही। उसके दिमाग़ में सहेली की तमाम बातें गूँज रही थीं—मर्द औरत के लिए बहुत ज़रूरी है—

—उसका खाविंद उससे बहुत प्यार करता है।

—वह फरिश्ता है।

सलमा ने एक लम्हे के लिए महसूस किया कि उसकी सलवार और उसका दुपट्टा फरिश्तों के पंख बन गए हैं। वह घबरा गई और जल्दी निबटकर बाहर निकल आई।

बाहर बरामदे में मक्खियाँ भिनभिना रही थीं। सलमा को ऐसा लगा कि यह भी फरिश्ते हैं, जो भेस बदलकर आए हैं।

फिर जब उसकी सहेली अपनी कोठी से लगे बाग में उसे ले गई और वहाँ उसने कुछ तितलियाँ देखीं तो वे भी उसे फरिश्ते दिखाई दिए—लेकिन उसने कई बार सोचा कि ऐसे रंगीन, और ऐसे नन्हे-मुन्ने फरिश्ते कैसे हो सकते हैं।

उसे बहुत देर तक फरिश्ते ही फरिश्ते दिखाई देते रहे, जो उसके करीब आते, उसे प्यार करते, उसका मुँह चूमते, उसके सीने पर हाथ फेरते, जिससे उसको बड़ी राहत मिलती, लेकिन वह इन फरिश्तों के हाथ बड़ी तेज़ी से एक तरफ झटक देती और उनसे कहती, 'जाओ, चले जाओ यहाँ से—तुम्हारा घर तो आसमान है—यहाँ क्या करने आए हो?'

वे फरिश्ते उससे कहते, 'हम फरिश्ते नहीं, हज़रत आदम की औलाद हैं—वही बुजुर्ग जो जन्नत से निकाले गए थे। पर हम तुम्हें फिर जन्नत में पहुँचाने का वायदा करते हैं—चलो हमारे साथ। वहाँ दूध की नहरें बहती हैं और शहद की भी।'

सलमा ने यूँ महसूस किया कि उसके सीने में से दूध के नन्हे-नन्हे क़तरे निकलने शुरू हो गए हैं और उसके होंठ मिठास में लिपटे हुए हैं।

शाहिदा उससे बार-बार अपने खाविंद की तारीफ करती। असल में उसका मतलब यह था कि वह उसके भाई के साथ सलमा का रिश्ता क़ायम कर दे, मगर घर पर यह पहली मुलाक़ात थी। इसलिए वह खुलकर बात न कर सकी। तो भी उसने इशारे से सलमा पर यह प्रकट कर दिया कि उसका खाविंद जो बहुत शरीफ

और मुहब्बत करने वाला आदमी है, उसका भाई उससे भी कहीं ज़्यादा शरीफ और सज्जन है।

सलमा ने यह इशारा न समझा, इसलिए कि वह बहुत सीधी-सादी थी। उसने सिर्फ इतना कह दिया, "आजकल के ज़माने में शरीफ आदमियों का मिलना मुश्किल है। तुम खुश-किस्मत हो कि तुम्हें ऐसा खानदान मिल गया, जहाँ हर आदमी नेक और शरीफ है।"

"अफ़सोस है कि इस वक्त मेरे खाविंद घर पर मौजूद नहीं, वरना मैं तुमसे उन्हें ज़रूर मिलाती।"

"कभी फिर सही, क्या काम करते हैं?"

"हाय, उन्हें क्या काम करने की ज़रूरत है। लाखों रुपए की जायदाद है। मकानों और दुकानों से किराया ही हर महीने दो हज़ार के करीब वसूल हो जाता है। इसके अलावा माशा-अल्लाह ज़मीनें हैं—वहाँ की आमदनी अलग है। अनाज की कोई दिक्कत नहीं। मनों गंदुम घर में पड़ा रहता है, चावल भी। हर किस्म की तरकारी भी हर वक़्त मिल सकती है। अल्लाह का बड़ा फज़ल-व-करम है। उनका छोटा भाई जो आजकल लंदन में है, खेती के बारे में जाने क्या सीख रहा है। एक महीने तक वापस आ रहा है। वह अपने बड़े भाई के मुकाबले में ज़्यादा खूबसूरत है। तुम उसे देखोगी तो···"

सलमा ने घबराए हुए लहज़े में कहा, "हाँ, हाँ—जब वह आएँगे तो उनसे मिलने का इत्तफाक हो जाएगा।"

शाहिदा ने कहा, "बड़ा शरीफ लड़का है—बिल्कुल अपने बड़े भाई की मानिंद।"

"जी, हाँ! ज़रूर होगा। आखिर शरीफ खानदान से ताल्लुक़ रखता है।"

"वह बस आने ही वाला है, तुम मुझे अपनी एक तस्वीर दे दो।"

"क्या करोगी?"

"बस, शहद लगाकर चाटा करूँगी।"

यह कहकर शाहिदा ने सलमा का मुँह चूम लिया और फिर अपने खाविंद की तारीफें शुरू कर दीं। सलमा तंग आ गई। उसने थोड़ी देर के बाद कोई बहाना बनाकर रुखसत चाही और बस स्टैंड पर पहुँच गई, जहाँ उसे ए रूट की बस पकड़नी थी।

वह जब वहाँ पहुँची तो एक मर्द ने उसे बहुत बुरी निगाहों से घूरना शुरू कर दिया। वह परेशान हो गई। जाड़ों के दिन थे। मगर उसने कई बार अपनी पेशानी से पसीना पोंछा।

स्टैंड पर एक बस आई। उसने उसका नंबर न देखा और जब कुछ मुसाफिर

उतरे तो वह फौरन उसमें सवार हो गई। वह आदमी भी उस बस में दाखिल हो गया। उसकी परेशानी और ज़्यादा बढ़ गई।

इत्तफाक ऐसा हुआ कि बस के इंजन में कोई खराबी पैदा हो गई, जिसके कारण उसे रुकना पड़ा। सब मुसाफिरों से कह दिया गया कि वे उतर जाएँ क्योंकि काफी देर तक यह बस नहीं चल सकेगी।

सलमा नीचे उतरी तो वह आदमी भी, जो उसे बहुत बुरी तरह घूर रहा था, उसके साथ बाहर निकला। सड़क पर एक कार जा रही थी, उसने उसके ड्राइवर को आवाज़ दी, "इमामदीन?"

इमामदीन ने मोटर एकदम रोक ली। उस आदमी ने सलमा का हाथ पकड़ा और उससे कहा, "चलिए, यह मेरी अपनी कार है। जहाँ भी आप जाना चाहती हैं, मैं आपको छोड़ जाऊँगा।"

सलमा इंकार न कर सकी। मोटर में बैठ गई। उसको मॉडल टाउन जाना था। मगर वह उसे कहीं और ले गया, और···।

सलमा ने महसूस किया कि मर्द वाक़ई औरत के लिए ज़रूरी होता है। उसने अपनी ज़िंदगी का बेहतरीन दिन गुज़ारा। यद्यपि उसने पहले बहुत हील-हुज्जत और विरोध किया, मगर उस आदमी ने उसे राज़ी कर ही लिया।

तीन-चार घंटों के बाद जब सलमा ने उस शख़्स का बटुआ खोलकर यूँ ही देखा तो उसमें एक तरफ शाहिदा का फोटो था। उसने हिचकिचाहट के साथ पूछा, "यह–यह–औरत कौन है?"

उस शख़्स ने जवाब दिया, "मेरी बीवी!"

सलमा के हलक से चीख निकलते-निकलते रह गई, "आपकी बीवी?"

शाहिदा का खाविंद मुस्कराया, "क्या मर्दों की बीवियाँ नहीं होतीं?"

(20 मई, 1954)

नईमा

तालियों के शोर में प्रिंसिपल अपनी कुर्सी से उठता है और छात्र-छात्राओं से मुखातिब होता है—

"यह रस्म, जब से मैं इस कालेज का प्रिंसिपल मुकर्रर हुआ हूँ, हर साल बाक़ायदा अदा की जाती है। हर साल इस मौके पर तालियों के शोर के साथ मैं अपनी कुर्सी से उठता हूँ और करीब-करीब वही तकरीर करता हूँ जो मैंने आज से दस साल पहले की थी। तुम्हें देखकर मेरे दिल में वही जज़्बात पैदा होते हैं जो इस सिलसिले के शुरू में हुए थे। आज जब मैंने ग़ौर किया है तो मुझे ऐसा महसूस होता है कि मैं पोस्टमास्टर हूँ और कालेज की यह बिल्डिंग बहुत बड़ा डाकखाना। तुम सब वे खत हो जो कुछ देर इस बिल्डिंग में रहकर अपने-अपने ठिकाने पहुँचा दिए जाते हो। तुम में से कुछ बैरंग ही जाते हैं जिसके कारण तुम्हारे माता-पिता को जुर्माना अदा करना पड़ता है। कुछ ग़लत एड्रैस की वजह से इधर-उधर भटकते रहते हैं। जो भी हो, यह खेल है बहुत दिलचस्प। हर साल इम्तहानों का एक चक्कर शुरू होता है। इसमें कुछ कामयाब होते हैं, कुछ नाकाम। हसरत और ग़म की मिली-जुली लहरें मैं हर साल देखता हूँ। इस वक़्त मेरे सामने ऐसे कई चेहरे हैं जो कामयाबी के कारण तमतमा रहे हैं। इसके साथ-साथ मैं कुछ ऐसे चेहरे भी देख रहा हूँ जो नाकामी के सदमे से मुरझाए हुए हैं। पतझड़ और बहार का यह मिला-जुला मौसम हर साल आता है और गुज़र जाता है। वे लड़कियाँ और लड़के जो बी॰ए॰ का इम्तहान पास कर चुके हैं या जो ऊँची तालीम हासिल करने के लिए किसी बड़े कालेज में दाखिल हो जाएँगे या तालीम का सिलसिला खत्म करके दुनियावी कामों में लग जाएँगे, वे जो इस इम्तहान की दीवार नहीं फाँद सके, दोबारा कोशिश करेंगे। जो यहाँ से जा रहे हैं, उनको मैं अलविदा कहता हूँ और उनकी कामयाब ज़िंदगी के लिए दुआ करता हूँ। जो नए आए हैं, मैं उनका स्वागत करता हूँ और उनके फायदे के लिए कहता हूँ कि इस कालेज में दाखिल होते वक़्त उन लागों को एक नज़र ज़रूर देख लें जो बाहर जा रहे हैं—जो ख्वाहिश के बावजूद अपनी कमज़ोरियों के कारण या

किसी और कारण से बाहर निकलने में कामयाब न हो सके। उनसे मुझे पूरी-पूरी हमदर्दी है। खास तौर पर नईमा से जो मेहनत करने के बावजूद इस साल भी इम्तहान में कामयाब न हो सकी। अब मैं अपनी तकरीर खत्म करता हूँ। खुदा करे अगले साल नईमा कामयाब हो जाए।"

तकरीर खत्म करने के बाद जलसा समाप्त हो जाता है।

कालेज की लड़कियों की कानाफूसी शुरू हो जाती है :

ज़किया—फरखंदा, क्या नईमा हाल में मौजूद थी?

फरखंदा—नहीं तो।

ज़किया—तो फिर वह आई ही नहीं।

फरखंदा—बेचारी ग़म से निढाल होगी।

ज़किया—एक बार फेल होने ही से आदमी की कमर टूट जाती है। वह बेचारी तो दूसरी बार फेल हुई है।

फरखंदा—मेहनत तो बेहद करती थी।

ज़किया—असल में यह सब कुछ उसके स्वभाव की खराबी का नतीज़ा है—किसी से मदद लेने में क्या बुराई है। इम्तहान शुरू होने से दो महीने पहले मैंने कई बार उससे कहा—नईमा, तुम मेरे घर आ जाया करो। मैं तुम्हें सारी इकोनामिक्स तैयार करा दूँगी। बस यह सुनते ही जैसे उसके मिर्चें लग गईं। कहने लगी, तुम अपने आपको बहुत वह समझने लगी हो। तुम्हारे बगैर जैसे इकोनामिक्स किसी को आ ही नहीं सकती—मैं तो गधी हूँ। बेवकूफ हूँ। अब फरखंदा, तुम ही बताओ क्या मैंने छेड़खानी के लिए उसको अपनी मदद पेश की थी। यह तो सब जानते हैं कि वह इकोनामिक्स में बिल्कुल सिफर है। बस दिमाग ही जो ऐसा पाया है। कोई अच्छी बात भी करे तो उसे बुरी लगती है।

फरखंदा—मेरे साथ भी बिल्कुल ऐसा ही हुआ। मैंने कहा, देखो नईमा, ऐसा न हो तुम्हारा साइकोलॉजी का पेपर कमज़ोर रह जाए। कहो तो मैं अपने लिये नोट तुम्हें दे दूँ। बस यह सुनते ही बिगड़ गई। कहने लगी, नोटों की तो उसको जरूरत होती है जो किताब से कुछ न सीख सके। वैसे बाज़ार में आम बिकते हैं। कोई इतनी बड़ी तो रकम खर्च नहीं होती भई, वह दिन और यह दिन, मेरी जुबान जले जो मैंने फिर उससे ऐसी बात की हो।

जमीला—किसी को क्या पड़ी है जो…

ज़किया—पड़ी-वड़ी की बात नहीं जमीला, हमारे दिल पत्थर के तो नहीं। उसको देखकर किसे दुःख नहीं होता और ऐसे पलों में मुँह से हमदर्दी की कोई बात निकल ही जाती है।

फरखंदा–पर उसे तो हमदर्दी की ज़रूरत ही नहीं, काटने को दौड़ती है अगर उससे हमदर्दी का एक लफ़्ज भी कह दिया जाए।

ज़किया–जाने उसके मिज़ाज में तल्ख़ी कहाँ से आ गई।

जमीला–अय तल्ख़ी को छोड़ो। सबको मालूम है कि बेहद गरीब है। लेकिन अगर उससे कहो, नईमा, तुम हर रोज़ यह सब्ज़ साड़ी ही क्यों पहनती हो तो बिगड़कर जवाब देगी, मेरे पास एक नहीं ऐसी कई साड़ियाँ हैं। मुझे यह रंग पसंद है।

फरखंदा–सिर में तेल ऐसा डालती है कि उसकी बदबू से नाक फट जाती है। उससे पूछो तो यही कहेगी, यह खास तेल है। इससे बाल लंबे होते हैं।

जमीला–लंबे बालों की बच्ची!

ज़किया–नहीं जमीला, ऐसा न कहो। उसका जंगलीपन दूर हो जाए तो उस जैसी अच्छी सहेली तुम्हें चिराग़ लेकर ढूँढने पर भी नहीं मिले।

लड़कियों में ये बातें हो रही थीं कि एक लड़का अनवर उधर से गुज़रा। काफी खूबसूरत था। उसने सबसे पूछा, "क्या बातें हो रही हैं?"

ज़किया–हम नईमा का जिक्र कर रहे थे। आप दोस्तों वगैरा से मिल चुके?

अनवर–दोस्तों वगैरा से तो नहीं मिला। अलबत्ता नईमा से मिलकर आ रहा हूँ।

फरखंदा–कहाँ है, वह?

अनवर–बाहर बाग़ में।

जमीला–चलो, ज़किया चलें।

अनवर–नहीं। इस वक़्त आप उसके पास न जाएँ। उसकी तबीयत बेहद ग़मगीन है। किसी ने उसको ज़रा भी छेड़ा तो आफत बरपा हो जाएगी।

ज़किया–यह बड़ी मुसीबत है। अब अगर कोई उससे हमदर्दी दिखाना चाहे तो क्या करे?

अनवर–बस, खामोश रहे।

ज़किया–कैसे?

अनवर–बिल्कुल मेरी तरह। बग़ीचे की तरफ मेरा जाना हुआ तो मैंने देखा कि वह बैंच पर बैठी है और उसकी आँखों में आँसू थे। मेरे क़दम रुक गए। उसने मेरी तरफ देखा और मैंने उसकी तरफ। उसकी आँखों से आँसू बाहर आना ही चाहते थे और मैं यहाँ चला आया।

ज़किया–तो मुझे उसके पास नहीं जाना चाहिए?

अनवर–वह इस वक़्त गज़बनाक हालत में है। नाकामियों का असर ऐसे आदमियों पर इसी किस्म का होता है, जिन्हें ज़रूरत से ज्यादा खुद पर भरोसा होता है। दरअसल मैं कोशिश के बावजूद नईमा को नहीं समझ सका।

ज़किया—लेकिन क्लास में आपका सलूक वैसा ही था, जैसे एक बाप का अपनी बेटी से होता है।

अनवर—लेकिन इसके बावजूद मेरी भलमनसाहत ठुकराती और मेरी हमदर्दी को रौंदती रही। कुछ समझ में नहीं आता, इस लड़की का अंजाम क्या होगा। तुमने ग़ौर नहीं किया कि वह कितनी दुबली हो गई है। उसकी हड्डियाँ बाहर निकल आई हैं। मैं अक्सर सोचता हूँ एक दिन वह अपनी ज़िंदगी के भेदपूर्ण मोर्चे पर लड़ती-लड़ती अकेली मारी जाएगी।

यह कहकर अनवर लड़कियों से विदा लेकर चला गया। उसके कदम अनचाहे रूप में उसे बाग़ीचे की तरफ ले गए।

नईमा बैंच पर बैठी थी। अनवर उसके पास पहुँचा।

अनवर—नईमा, क्या मैं तुम्हारे पास आ सकता हूँ?

नईमा—तुम्हें किसने रोका है?

अनवर—तुम यहाँ बहुत देर से बैठी हो।

नईमा—कहते हो तो उठकर चली जाती हूँ।

अनवर—ये कैसी बातें करती हो। मैं पूछता हूँ, अकेले में तुम क्या बिल्कुल नहीं घबराती हो?

नईमा—कैसा अकेलापन, मैं बिल्कुल अकेली नहीं।

अनवर—हाँ, अब तुम अकेली नहीं हो।

नईमा—इससे पहले भी अकेली नहीं थी। तुम चले जाओगे तो फिर भी अकली नहीं रहूँगी। तुम हमेशा ग़लत समझते रहे। तुम क्या सबके सब। मुझमें क्या नुक्स है—क्या खराबी है जो दूसरों के दिल में बेकार हमदर्दी की भावना पैदा हो जाती है। हमदर्दी—जाओ इस हमदर्दी को अपने साथ ले जाओ।

अनवर—तुमने रोना शुरू कर दिया।

नईमा—झूठ बोलते हो तुम। मैं तो हँस रही हूँ। तुम समझते हो कि मैं अकेली हूँ। बिना किसी साथी या मददगार के हूँ। इसलिए तुम मुझे अपनी हमदर्दी के सूखे टुकड़े देते हो। मैं यह भीख नहीं लेना चाहती। जाओ, जाओ, यहाँ से चले जाओ।

अनवर महसूस करता है कि अगर उसने इस विषय पर और गुफ्तगू की तो शायद नईमा का दिमाग़ी संतुलन न बिगड़ जाए। इसलिए वह खामोशी से चला जाता है। नईमा फूट-फूटकर रोना शुरू कर देती है। मगर कोई आवाज़ पैदा नहीं करती।

अनवर अपने घर चला गया। वह अक्सर नईमा के बारे में सोचता। उसने

कई बार उसको खत लिखे। मगर उसको उसका एड्रैस मालूम नहीं था। इसलिए फाड़ दिए।

एक दिन वह बाहर बरामदे में बैठा कोई नावल पढ़ रहा था कि नौकर एक खत लाया। यह नईमा का था जिसमें सिर्फ एक लाइन थी—"मिस्टर अनवर, मैं मरने के करीब हूँ। आपसे मिलना चाहती हूँ।"

अनवर सख्त घबराहट में उठा। उसका सारा जिस्म काँप रहा था। उसने अपने बाप की मोटर ली। खत में एड्रैस मौजूद था। वहाँ पहुँचा। अँधेरा और गलीज़-सा कमरा था। अनवर को कुछ नज़र न आया।

अनवर—नईमा, नईमा! कहाँ हो तुम?

नईमा—आ जाओ, इधर मेरे पास आ जाओ।

अब अँधेरे में अनवर को सुझाई देने लगा था। उसने देखा कि एक टूटी-सी चारपाई पर नईमा की हड्डियों का ढाँचा लेटा है। अनवर उसके पास बैठ गया।

नईमा—तुम्हें हैरत हो रही है, इस गलीज़ कमरे को देखकर—इसे न देखो। यहाँ जिस चीज़ को भी देखोगे, तुम्हें हैरत होगी। सबसे बड़ी हैरत वाली चीज़ तो मैं हूँ। मुझे देखो और जितना हैरतज़दा होना चाहो हो लो।

अनवर—यह क्या हो गया तुम्हें?

नईमा—अनवर, मेरी किश्ती टुकड़े-टुकड़े हो चुकी है। पैंदे और पतवारों के बग़ैर इसे कई वर्ष मझधार में खेती रही हूँ। अब मैं अपने साथ क़ब्र में ले जाऊँगी। अनवर, क्या वहाँ इसकी मरम्मत हो जाएगी? तुम बोलते क्यों नहीं?

अनवर—मैं सुन रहा हूँ।

नईमा—मैं अपनी इस टूटी हुई किश्ती के लिए इधर-उधर से चीथड़े इकट्ठे करके बादबान बनाती रही, लेकिन तूफानों ने बड़ी बेरहमी से इनको चीर-फाड़ दिया। अनवर, मुझे बताओ, ये तूफान इतने बेरहम क्यों होते हैं?

अनवर—तूफान हमेशा बेरहम होते हैं, नईमा!

नईमा—तुम ठीक कहते हो। मैंने बहुत तकलीफें बरदाश्त कीं। सिर्फ इसलिए कि बी॰ए॰ का इम्तहान पास कर लूँ और खुद कमाने के काबिल हो जाऊँ, लेकिन इन तमाम कुर्बानियों का अंजाम तुम्हारे सामने हड्डियों के ढाँचे की सूरत में लेटा है।

नईमा की आवाज़ आहिस्ता-आहिस्ता मद्धम होती जा रही थी। अनवर की समझ में नहीं आता था कि वह क्या करे।

नईमा—मैं मर रही हूँ, अनवर, और तुमने मुझे कुछ नहीं बताया। अब ऐसा करना कि मेरी ये दो सब्ज़ साड़ियाँ जो स्टूल पर पड़ी हैं और ये सारी किताबें उठाकर मेरे साथ दफन कर देना। मुमकिन है वहाँ ये चीज़ें और भी ज़्यादा महँगी

मिलें। मैंने बड़ी मुसीबतों से खरीदी थीं। और देखो किसी और को मेरी मौत की खबर न हो। मुझसे अब ज़्यादा बोला नहीं जाता। मेरा ख्याल है मुझे और भी कुछ कहना था।

अनवर ने देखा कि वह मरने के करीब है। उसने हिलक-हिलककर रोना शुरू कर दिया। नईमा ने, जिसकी आँखें मुँद रही थीं, बड़ी मुश्किल से करवट बदली और अनवर के आँसू अपने मैले दुपट्टे से पोंछे, और कहा, "मुझे याद आ गया है जो मुझे तुमसे कहना था।"

अनवर—क्या कहना था?

नईमा मुस्कराई, "एक बेवकूफी की बात है—अपने होंठ मेरे मुर्दा होंठों के साथ लगा दो।"

अनवर ने उसका कहना पूरा किया। नईमा को जो खुशी मिली, वह उसकी ताब न ला सकी और अपना आखिरी साँस इस बोसे के सुपुर्द कर दिया।

(21 मई, 1954)

बदतमीज़ी

"मेरी समझ में नहीं आता कि आपको कैसे समझाऊँ?"

"जब कोई बात समझ में न आए तो उसे समझाने की कोशिश नहीं करनी चाहिए।"

"आप तो बस हर बात पर गला घोंट देते हैं—आपने यह तो पूछ लिया होता कि मैं आपसे कहना क्या चाहती हूँ।"

"इसके पूछने की ज़रूरत ही क्या थी। तुम बस सिर्फ लड़ाई मोल लेना चाहती हो।"

"लड़ाई मैं मोल लेना चाहती हूँ कि आप—सारे पड़ोसी अच्छी तरह जानते हैं कि आप आए दिन मुझसे लड़ते-झगड़ते रहते हैं।"

"खुदा झूठ न बुलवाए तो एक बरस तक मैंने तुमसे न कोई कड़वी बात की है न मीठी।"

"मीठी बात करने का सलीका ही आपको कहाँ आता है। नौकर को आवाज़ देकर बुलाएँगे, तो सारे मुहल्ले को पता चल जाएगा कि आप उसे गोली से मार देना चाहते हैं।"

"मेरे पास बंदूक ही नहीं। वैसे मैं खरीद सकता हूँ। मगर उसको चलाएगा कौन? मैं तो पटाखे से डरता हूँ।"

"आप बनिए नहीं, मैं आपको अच्छी तरह जानती हूँ। यह फ्रॉड मेरे साथ नहीं चलेगा आपका।"

"अब मैं फ्रॉड बन गया?"

"आप हमेशा से फ्रॉड थे।"

"यह फैसला आपने किन कारणों से कायम किया?"

"जब आप पाँचवीं जमाअत में पढ़ते थे, तो क्या आपने अपने अब्बा जी की जेब से दो रुपए नहीं निकाले थे?"

"निकाले थे।"

"क्यों?"

"इसलिए कि भंगी की लड़की को ज़रूरत थी।"

"भंगी की लड़की से आपको इतनी हमदर्दी क्यों थी?"

"इसलिए कि वह भंगी की लड़की थी—बहुत बीमार। वालिद साहब से अगर कहा जाता तो कभी एक पैसा भी उसे न देते। मैंने इसीलिए मुनासिब समझा कि उनके कोट से दो रुपए निकालकर उसको दे दूँ। यह कोई गुनाह नहीं।"

"जा, हाँ। बहुत बड़ा पुण्य है—बाप के कोट पर छापा मारकर आप तो अपने ख्याल के मुताबिक जन्नत में अपनी सीट बुक कर चुके होंगे। लेकिन मैं आपसे कहे देती हूँ कि इसकी सज़ा आपको इतनी कड़ी मिलेगी कि आपकी तबीयत साफ हो जाएगी।"

"तबीयत तो मेरी यहाँ हर रोज़ साफ हो जाती है। अब इतनी साफ हो गई है कि जी चाहता है कि इस तबीयत को कीचड़ में लथपथ कर दूँ ताकि तुम्हारा शुगल जारी रह सके।"

"कीचड़ में तो आप हर वक़्त लिथड़े रहते हैं।"

"यह सरासर इल्ज़ाम है।"

"इल्ज़ाम क्या है—हक़ीकत है। आप सिर से पाँव तक कीचड़ में धँसे हुए हैं। आपको किसी नफ़ीस चीज़ से दिलचस्पी ही नहीं। बात करेंगे तो गंदगी की। नहाते आप नहीं।"

"ग़ज़ब खुदा का—मैं तो दिन में तीन बार नहाता हूँ।"

"वह भी कोई नहाना है। बदन पर दो डोंगे पानी के डाले, तौलिए से अपना अधभीगा जिस्म पोंछा और गुसलखाने से बाहर निकल आए।"

"दो डोंगे तो नहीं, कम से कम बीस होते हैं।"

"सो इनसे भी क्या होता है। क्या आपने आज तक कभी साबुन इस्तेमाल किया है?"

"मैं तुमसे कई बार कह चुका हूँ कि साबुन चमड़ी के लिए बहुत ही नुकसानदेह है।"

"क्यों?"

"इसलिए कि इसमें ऐसे तेज़ाबी तत्व होते हैं जो चमड़ी का सत्यानाश कर देते हैं।"

"मेरी चमड़ी तो आज तक सत्यानाश नहीं हुई। आपकी चमड़ी बहुत ही नाजुक होगी।"

"नाजुक होने का सवाल नहीं—यह एक साइंटिफिक बहस है।"

"मैं साइंटिफिक-वाइंटिफिक कुछ नहीं जानती। बस मैं आपसे यह पूछना चाहती हूँ कि आप साबुन क्यों नहीं इस्तेमाल करते?"

"भई, मैं तुम्हें बता चुका हूँ कि यह नुकसानदेह है।"

"तो फिर आप नहाते किस तरह हैं?"

"नहाने का सिर्फ एक ही तरीक़ा है—पानी डालते गए और नहाते गए।"

"जिस्म पर आप कोई चीज़ नहीं मलते? मेरा मतलब है कि साबुन नहीं तो कोई और चीज़।"

"मला करता हूँ।"

"क्या?"

"बेसन।"

"वह क्या होता है?"

"अरे भई, चने का आटा।"

"आपकी जो बात है, निराली है। मैं तो आप-ऐसे सनकी से खुदा क़सम तंग आ गई हूँ। मेरी समझ में नहीं आता, कहाँ जाऊँ?"

"अपने मैके चली जाओ। वहाँ तुम्हें अपनी हमख्याल मिल जाएँगी।"

"मैं क्यों जाऊँ वहाँ—मैं यहीं रहूँगी।"

"मैंने तुमसे आज ही कहा—इसलिए कि तुम लाख बार मुझे यह धमकी देती रही हो कि मैं चली जाऊँगी अपने मैके।"

"मुझे जब जाना होगा, चली जाऊँगी।"

"आज तुम्हारी तबीयत नहीं चाहती?"

"आप मुझे चिढ़ाने की कोशिश क्यों कर रहे हैं?"

"मैंने तो कोई कोशिश नहीं की। अगर तुम चाहती हो कि कोशिश करूँ तो यक़ीन मानो, तुम अभी ताँगा लेकर स्टेशन पहुँच जाओगी।"

"कोशिश करके देख लीजिए—मैं यहाँ से एक इंच नहीं हटूँगी। यह मेरा घर है।"

"आपका है—आपके बाप-दादा का है, लेकिन यह तो बताइए···"

"मेरे बाप-दादा का नाम मत लीजिए। उन बेचारों का क्या कसूर था?"

"कसूर तो सारा मेरा है, लेकिन बेगम, तुम कभी-कभी इतना तो ग़ौर कर लिया करो कि मैंने आखिर तुम्हें कौन-सा जानी या माली नुकसान पहुँचाया है कि तुम लट्ठ लेकर मेरे पीछे पड़ जाती हो।"

"लट्ठ तो हमेशा आपके हाथ में रहा है—मैं तो उसे उठा भी नहीं सकती।"

"तुम बड़े से बड़ा गज़र उठा सकती हो। तुम-ऐसी औरतों में बला की ताक़त होती है। तुम गिद्ध हो। तुम्हारे सामने तो मेरी हैसीयत एक चिड़िया की सी है।"

"बातें बनाना कोई आपसे सीखे। आप चिड़िया हैं—सुभान-अल्लाह! जब आप कड़कते और गरजते हैं तो ऐसा महसूस होता है कि शेर दहाड़ रहा है।"

"इस शेर को पहले एक नज़र देख लो।"

"क्या देखूँ? पंद्रह वर्ष से देख रही हूँ।"

"यह खाकसार शेर है क्या?"

"शेर है, मगर खाक में लिपटा हुआ।"

"इस तारीफ का शुक्रिया! अब आप यह बताइए कि आप कहना क्या चाहती हैं?"

"आप इतना लायक-फायक बने फिरते हैं—समझिए कि मैं क्या कहना चाहती हूँ।"

"तुम्हारी बातें तो सिर्फ खुदा ही समझ सकता है—मैं क्या समझूँगा।"

"खुदा को बीच में क्यों लाते हो?"

"खुदा अगर बीच में न लाया जाए तो कोई काम हो ही नहीं सकता।"

"बड़े आए हैं आप खुदा को मानने वाले।"

"खुदा को तो मैं हमेशा से मानता आया हूँ—वह ताक़त जो दुनिया पर कंट्रोल करती है।"

"कंट्रोल तो आप मुझ पर करते आए हैं।"

"किस किस्म का?"

"हर किस्म का। मैं आज तक अपनी मर्ज़ी के मुआफिक कोई चीज़ नहीं कर सकी। कपड़े लेती हूँ तो उसमे आपकी मर्ज़ी का दखल होता है, खाने के बारे में भी अपकी मर्ज़ी चलती है—आज यह पके, कल वह पके।"

"इसमें तुम्हें क्या एतराज़ है?"

"एतराज़ क्यों नहीं—मेरा जी अगर कभी चाहता है कि ओझड़ी खाऊँ तो आप नफ़रत का इज़हार करते हैं।"

"ओझड़ी भी कोई खाने की चीज़ है।"

"आप क्या जानें कितनी मज़ेदार होती है। चूने में डालकर उसे साफ कर लिया जाता है। इसके बाद अच्छी तरह घी में तला जाता है। अल्लाह कसम, मज़ा आ जाता है।"

"लाहौल-विला—मैं ऐसी ग़लत चीज़ को देखना भी पसंद नहीं करता।"

"और टिंडे?"

"बकवास है, सब्ज़ी की सबसे बड़ी तौहीन है। उनमें कोई रस होता है न लज्ज़त—बस सिर्फ टिंडे होते हैं। मेरी समझ में नहीं आता कि वे पैदा किस मतलब से किए गए थे। निहायत वाहियात होते हैं। मैं तो अक्सर यह दुआ माँगता हूँ कि उनका वजूद शुरू ही से गायब हो जाए—बड़े बेजान होते हैं। उनके

मुकाबले में कद्दू कहीं अधिक बेहतर होता है, हालाँकि वह भी मुझे सख्त नापसंद है।"

"आपको कौन-सी चीज़ पसंद है? हर अच्छी चीज़ में आप कीड़े डालते हैं। भिंडी आपको पसंद नहीं कि उसमें लेस होती है। गोभी आपको नहीं भाती कि उसमें यह नुक्स निकाला जाता है कि बदबू होती है। टमाटर आपको अच्छे नहीं लगते, इसलिए कि उसके छिलके हज़म नहीं होते।"

"तुम इन बातों को छोड़ो—टिंडे, गोभी और टमाटर जाए जहन्नम में। तुम मुझे यह बताओ कि मुझसे कहना क्या चाहती थीं।"

"कुछ भी नहीं—बस, ऐसे ही आ गई। मैंने देखा आप कोई काम नहीं कर रहे, तो आपके पास आकर बैठ गई।"

"बड़ी नवाज़िश है आपकी, लेकिन कुछ न कुछ तो कहना होगा आपको।"

"आपसे अगर कुछ कह भी दिया तो उसका हासिल क्या होगा?"

"जो आपको आगे हासिल होता रहा है, उसी हिसाब से आज भी हासिल हो जाएगा। आप यहाँ से कुछ हासिल किए बग़ैर टलेंगी कैसे?"

"मैं आपसे एक खास बात करने आई थी।"

"क्या?"

"मैं यह कहने आई थी कि मेरी समझ में नहीं आता, मैं आपको कैसे समझाऊँ?"

"आप क्या समझाने आई थीं, मुझे?"

"आपको तो खुदा समझाएगा। मैं यह कहने आई थी कि आप पतलून पहनकर उसके बटन बालकनी में बंद न किया करें। पड़ोसिनों को सख्त एतराज़ है। यह बहुत बड़ी बदतमीज़ी है।"

(22 मई, 1954)

क़ादिरा कसाई

ईदन बाई आगरे वाली छोटी ईद को पैदा हुई थी। यही वजह है कि उसकी माँ ज़ोहराजान ने उसका नाम ईदन रखा। ज़ोहराजान अपने वक्त की बहुत मशहूर गाने वाली थी। बड़ी दूर-दूर से रईस उसका मुज़रा सुनने के लिए आते थे।

कहा जाता है कि मेरठ के एक व्यापारी अब्दुल्ला से जो लाखों में खेलता था, उसे मुहब्बत हो गई। चुनाँचे उसने इस जज़्बे के तहत अपना पेशा छोड़ दिया। अब्दुल्ला बहुत प्रभावित हुआ और उसकी माहवार तनख्वाह मुक़र्रर कर दी—कोई तीन सौ रुपए के क़रीब। हफ्ते में तीन बार उसके पास आता और रात ठहरकर सुबह-सबेरे वहाँ से चला जाता।

जो शख्स ज़ोहराजान को जानते हैं, वे आगरा के रहने वाले हैं। उनका यह कहना है कि उसका चाहने वाला एक बढ़ई था, मगर वह उसे मुँह नहीं लगाती थी। वह बेचारा ज़रूरत से ज्यादा मेहनत-मशक्क़त करता और तीन-चार महीने के बाद रुपए जमा करके ज़ोहराजान के पास आ जाता, मगर वह उसे दुत्कार देती।

आखिर एक दिन उस बढ़ई को ज़ोहराजान से खुलकर गुफ्तगू करने का मौका मिल ही गया। पहले तो वह कोई बात न कर सका, इसलिए कि उस पर अपनी महबूबा के हुस्न का रौब छाया था लेकिन उसने थोड़ी देर के बाद जुर्रत से काम लिया और उससे कहा, "ज़ोहराजान, मैं गरीब आदमी हूँ। मुझे मालूम है कि बड़े-बड़े धन वाले तुम्हारे पास आते हैं और तुम्हारी हर अदा पर सैकड़ों रुपए न्यौछावर करते हैं, लेकिन तुम्हें शायद यह बात मालूम नहीं कि गरीब की मुहब्बत धन-दौलत वालों के लाखों रुपयों से बड़ी होती है। मैं तुमसे मुहब्बत करता हूँ—मालूम नहीं क्यों?"

ज़ोहराजान हँसी। इस हँसी से बढ़ई के दिल को ठेस लगी, "तुम हँसती हो—मेरी मुहब्बत का मज़ाक उड़ाती हो, इसलिए कि यह कँगले की मुहब्बत है जो लकड़ियाँ चीरकर अपनी रोज़ी कमाता है। याद रखो तुम्हारे लाखों में खेलने वाले तुम्हें वह मुहब्बत और प्यार नहीं दे सकते जो मेरे दिल में तुम्हारे लिए मौजूद है।"

ज़ोहराजान उकता गई। उसने अपने मिरासी को बुलाया और उससे कहा कि बढ़ई को बाहर निकाल दो। लेकिन वह उससे पहले ही चला गया।

एक वर्ष के बाद ईदन पैदा हुई। उसका बाप अब्दुल्ला था या कोई और, उसके बारे में कोई भी पक्के तौर पर कुछ नहीं कह सकता। कुछ लोगों का ख्याल है कि वह गाज़ियाबाद के एक हिन्दू सेठ से है। किसी से भी हो, मगर वह बला की खूबसूरत थी।

उधर ज़ोहराजान की उम्र ढलती गई, इधर ईदन जवान होती गई। उसकी माँ ने उसको संगीत की बड़ी अच्छी तालीम दी। लड़की ज़हीन थी। कई उस्तादों से उसने सबक लिए और उनसे दाद वसूल की।

ज़ोहराजान की उम्र अब चालीस वर्ष के करीब होगी। वह अब उस मंज़िल से गुज़र चुकी थी जब किसी वेश्या में कशिश बाकी रहती है। वह अपनी इकलौती लड़की ईदन के सहारे जी रही थी। अभी तक उसने उससे मुजरा नहीं कराया था। वह चाहती थी कि बहुत बड़ा समारोह हो जिसका उद्घाटन कोई राजा नवाब करे।

ईदन बाई के हुस्न के चर्चे आम थे। दूर-दूर तक ऐय्याश रईसों में उसके चर्चे होते थे। वे अपने एजेंटों को ज़ोहराजान के पास भेजते और ईदन की नथनी उतारने के लिए अपने-अपने प्रस्ताव भेजते। मगर उसको इतनी जल्दी कोई नहीं थी। वह चाहती थी कि मिस्सी की रस्म बड़ी धूम-धाम से हो और वह ज़्यादा से ज़्यादा कीमत वसूल करे। उसकी बेटी लाखों में एक थी। सारे शहर में उस जैसी हसीन लड़की और कोई नहीं थी।

उसके हुस्न की नुमायश करने के लिए वह हर वीरवार की शाम को उसके साथ पैदल बाहर सैर को जाती। इश्क़ में डूबे मर्द उसको देखते और दिल थाम लेते।

फँसी-फँसी चोली में गदराया हुआ जोबन। सुडौल बाहें, मखरूती अँगुलियाँ जिनके नाखूनों पर ताजा लहू ऐसा रंग, ठुमका-सा क़द, घुँघराले बाल, क़दम-क़दम पर क़यामत ढाती थी।

आखिर एक दिन ज़ोहराजान की उम्मीद पूरी हुई। एक नवाब ईदन पर ऐसा लट्टू हुआ कि वह मुँहमाँगे दाम देने पर राज़ी हो गया। ज़ोहराजान ने अपनी बेटी की म्रिस्सी की रस्म के लिए बड़ा इंतज़ाम किया। कई देगें पुलाव और मतंजन की चढ़ाई गईं।

शाम को नवाब साहब अपनी बग्घी में आए। ज़ोहराजान ने उनकी बड़ी आव-भगत की। नवाब साहब बहुत खुश हुए। ईदन दुल्हन बनी हुई थी। नवाब साहब के इरशाद के मुताबिक उसका मुज़रा शुरू हुआ—फट पड़ने वाला शबाब

मानो नग़मा सुना रहा था।

ईदन उस शाम बला की खूबसूरत दिखाई दे रही थी। उसकी हर जुम्बिश, हर अदा, उसके गाने का हर सुर दिल को मोह लेने वाला था। नवाब साहब गाव-तकिए का सहारा लिए बैठे थे। उन्होंने सोचा, आज रात वह उस जन्नत की सैर करेंगे जो किसी और को नसीब नहीं हुई।

वह यह सोच रहे थे कि अचानक एक फटेहाल आदमी अंदर दाखिल हुआ और ज़ोहराजान के पास बैठ गया। वह बहुत घबराई, यह वही बढ़ई था—उसका आशिक-ए-ज़ार। बहुत मैले और गंदे कपड़े पहने था। नवाब साहब को जो बहुत नफासतपसंद थे, उबकाइयाँ आने लगीं। उन्होंने ज़ोहराजान से कहा, "यह कौन बदतमीज़ है?"

बढ़ई मुस्कराया, "हुजूर, मैं इनका आशिक़ हूँ।"

नवाब साहब की तबीयत और भी ज़्यादा बिगड़ गई, "ज़ोहराजान, निकालो इस हैवान को बाहर।"

बढ़ई ने अपने थैले से आरी निकाली और बड़ी मज़बूती से ज़ोहराजान को पकड़कर उसकी गर्दन पर तेज़ी से चलाना शुरू कर दी। नवाब साहब और मिरासी वहाँ से भाग गए। ईदन बेहोश हो गई।

बढ़ई ने अपना काम बड़े इत्मीनान से खत्म किया और लहू-सनी आरी अपने थैले में डालकर सीधा थाने गया, और अपना जुर्म कबूल कर लिया। कहा जाता है कि उसे उम्र-क़ैद की सज़ा हो गई थी।

ईदन को अपनी माँ के क़त्ल होने का इतना सदमा हुआ कि वह दो-ढाई महीने तक बीमार रही। डॉक्टरों का ख्याल था कि वह ज़िंदा नहीं रहेगी। मगर आहिस्ता-आहिस्ता उसकी तबीयत सँभलने लगी और वह इस क़ाबिल हो गई कि चल-फिर सके। अस्पताल में उसकी तीमारदारी सिर्फ उसके उस्ताद और मिरासी ही करते थे। वे नवाब और रईस जो उस पर अपनी जान छिड़कते थे, भूले से भी उसको पूछने के लिए न आए। वह बहुत दुखी हुई।

वह आगरा छोड़कर दिल्ली चली आई, मगर उसका मन इतना उदास था कि उसका जी क़तई मुजरा करना नहीं चाहता था। उसके पास बीस-पच्चीस हज़ार रुपए के जेवरात थे, जिनमें से आधे उसकी क़त्ल हुई माँ के थे। वह उन्हें बेचती रही और गुज़ारा करती रही।

औरत को जेवर बड़े प्यारे होते हैं। उसको बड़ा दुःख होता था, जब वह कोई चूड़ी या नेकलेस आधे-पौने दामों बेचती थी—लेकिन आखिर क्या करती। उसका जी ही नहीं चाहता था कि राग-रंग की महफिलें क़ायम करे।

उन दिनों पाकिस्तान बनने की बात बड़े ज़ोरों पर थी। आखिर एक दिन यह ऐलान हुआ जो ईदन ने अपने पाँच वाल्व रेडियो सैट पर सुना कि हिन्दुस्तान के दो हिस्से हो गए। उसके फौरन बाद फसाद शुरू हो गए। हिन्दू मुसलमानों को मारते, मुसलमान हिन्दुओं को—अजब आलम था। खून पानी से भी अधिक सस्ता हो रहा था।

मुसलमान धड़ाधड़ पाकिस्तान जा रहे थे कि उनकी जानें बची रहें। ईदन ने भी फैसला कर लिया कि वह दिल्ली नहीं रहेगी, लाहौर चली जाएगी। बड़ी मुश्किलों से अपने कई जेवरात बेचकर वह लाहौर पहुँच गई। लेकिन रास्ते में उसकी तमाम बहुत क़ीमती पेशवाज़ें और बाकी बचे जेवर उसके अपने भाई मुसलमानों ही ने गायब कर दिए।

जब वह लाहौर पहुँची तो लुटी-पिटी थी, लेकिन उसका हुस्न वैसे का वैसा था। देहली से लाहौर आते हुए हज़ारों ललचाई आँखों ने उसकी तरफ देखा, मगर उसने उनकी तरफ कोई ध्यान नहीं दिया।

वह जब लाहौर पहुँची तो उसने सोचा कि ज़िंदगी बसर कैसे होगी? उसके पास तो चने खाने को भी पैसे नहीं थे, लेकिन लड़की ज़हीन थी। सीधी उस जगह पहुँची, जहाँ उसकी हमपेशा रहती थीं। यहाँ उसकी बड़ी आव-भगत की गई।

उन दिनों लाहौर में रुपया आम था। हिन्दू जो कुछ यहाँ छोड़ गए थे, मुसलमानों की मल्कियत बन गया था। हीरामंडी के वारे-न्यारे थे।

ईदन को जब लोगों ने देखा तो वे उसके आशिक़ हो गए। रात-भर उसको सैकड़ों गाने सुनने वालों की फरमाइशें पूरी करनी पड़तीं। सुबह चार बजे के करीब जब उसकी आवाज़ जवाब दे चुकी होती, वह अपने आने वालों से विदा माँगती और औंधे मुँह अपनी चारपाई पर लेट जाती।

यह सिलसिला करीब-करीब डेढ़ वर्ष तक जारी रहा—ईदन उसके बाद एक अलग कोठा किराए पर ले वहाँ उठ आई, क्योंकि जहाँ वह रहती थी, उस नायिका को उसे अपनी आधी आमदनी देनी पड़ती थी।

जब उसने अलग अपने कोठे पर मुजरा शुरू किया तो उसकी आमदनी बढ़ गई। अब उसे हर किस्म की सुविधा हासिल थी। उसने कई जेवरात, कपड़े भी अच्छे से अच्छे तैयार करा लिए।

इसी दौरान उसकी मुलाक़ात एक ऐसे शख़्स से हुई जो ब्लैक मार्किट का बादशाह था। उसने कम-से-कम दो करोड़ रुपए कमाए थे। खूबसूरत था। उसके पास तीन कारें थीं। पहली ही मुलाक़ात पर वह ईदन के हुस्न से इतना प्रभावित हुआ कि उसने अपनी खुली सफेद पैकार्ड उसके हवाले कर दी।

इसके अलावा वह हर शाम आता और कम-से-कम दो-ढाई सौ रुपए उसको भेंट ज़रूर करता। एक शाम वह आया तो चाँदनी कुछ ज़्यादा मैली थी। उसने ईदन से पूछा, "क्या बात है, आज तुम्हारी चाँदनी इतनी गंदी है?"

ईदन ने एक अदा के साथ जवाब दिया, "आजकल लट्ठा कहाँ मिलता है?"

दूसरे दिन उस ब्लैक मार्केट के बादशाह ने चालीस थान लट्ठे के भिजवा दिए। उसके तीसरे दिन उसने ढाई हज़ार रुपए दिए कि ईदन अपने घर की सजावट का समान खरीद ले।

ईदन को अच्छा गोश्त खाने का बहुत शौक था। जब वह आगरा और दिल्ली में थी तो उसे उम्दा गोश्त नहीं मिलता था, मगर लाहौर में उसे क़ादिरा कसाई बेहतरीन गोश्त मुहैया करता था—बग़ैर रेशे की, हर बोटी ऐसी होती थी जैसे रेशम की बनी हो।

दुकान पर अपना शागिर्द बिठाकर क़ादिरा सुबह-सबेरे आता और डेढ़ सेर गोश्त, जिसकी बोटी-बोटी फड़क रही होती, ईदन के हवाले कर देता। उससे देर तक बातें करता रहता जो आम तौर पर गोश्त ही के बारे में होतीं।

ब्लैक मार्केट का बादशाह, जिसका नाम ज़फ़रशाह था, ईदन के इश्क में बहुत बुरी तरह गिरफ्तार हो चुका था। उसने एक शाम ईदन से कहा कि वह अपनी सारी जायदाद—चल और अचल—उसके नाम लिखने को तैयार है अगर वह उससे शादी कर ले, मगर ईदन न मानी। ज़फ़रशाह बहुत मायूस हुआ।

उसने कई बार कोशिश की कि ईदन उसकी हो जाए। मगर हर बार उसे नाकामी का सामना करना पड़ा। वह मुजरे से निपटकर रात के दो-तीन बजे के करीब बाहर निकल जाती थी, मालूम नहीं कहाँ।

एक रात जब ज़फ़रशाह अपना ग़म ग़लत करके—यानी शराब पीकर पैदल ही चला आ रहा था तो उसने देखा कि साईं के तकिये के बाहर ईदन एक निहायत बदनुमा आदमी के पाँव पकड़े विनती कर रही है कि खुदा के लिए मुझ पर मेहरबानी करो। मैं दिल-व-जान से तुम पर फिदा हूँ। तुम इतने जालिम क्यों हो। और वह शख़्स जिसे ग़ौर से देखने पर ज़फ़रशाह ने पहचान लिया कि क़ादिरा कसाई है, उसे दुत्कार रहा था—

"जा, हमने आज तक किसी कंजरी को मुँह नहीं लगाया—मुझे तंग न किया कर।" क़ादिरा उसे ठोकरें मारता रहा और ईदन उसी में लज़्ज़त महसूस करती रही।

(24 मई, 1954)

खुदकशी

ज़ाहिद (पाक) सिर्फ नाम का ही ज़ाहिद नहीं था। उसकी पाकीज़गी के सब कायल थे। उसने पच्चीस वर्ष की उम्र में शादी की। उस ज़माने में उसके पास दस हज़ार रुपए के क़रीब थे। शादी पर पाँच हज़ार खर्च हुए और इतनी ही रकम बाकी रह गई।

ज़ाहिद बहुत खुश था। उसकी बीवी बड़े अच्छे स्वभाव की और खूबसूरत थी। उसको उससे बेहद मुहब्बत हो गई। वह भी उसको दिल-व-जान से चाहती थी। दोनों समझते थे कि जन्नत में आबाद हैं।

एक वर्ष के बाद उनके घर में एक लड़की पैदा हुई, जो माँ पर थी। यानी वैसी ही हसीन, बड़ी-बड़ी गुलाबी आँखें, उन पर लंबी पलकें, महीन अब्रू, छोटे-से होंठ और मुँह। उस लड़की का नाम सोचने में काफी देर लग गई। ज़ाहिद और उसकी बीवी को दूसरों के बताए या सुझाए नाम पसंद नहीं आते थे। वह चाहती थी कि खुद ज़ाहिद नाम बताए।

ज़ाहिद देर तक सोचता रहा, लेकिन उसके दिमाग में ऐसा कोई सही नाम न आया जो वह अपनी बेटी के लिए चुनता।

उसने अपनी बीवी से कहा, "इतनी जल्दी क्या है—नाम रख लिया जाएगा।"

बीवी उत्सुक थी कि नाम ज़रूर रखा जाए, "मैं अपनी बेटी को इतनी देर बेनाम नहीं रखना चाहती।"

वह कहता, "इसमें क्या हर्ज़ है। जब कोई अच्छा-सा नाम दिमाग़ में आएगा तो इस गुल-गूथनी के साथ टाँक देंगे।"

"पर मैं इसे क्या कहकर पुकारूँ? मुझे तो बड़ी उलझन होती है।"

"फिलहाल बिटिया कह देना काफी है।"

"यह काफी नहीं है। मेरी बिटिया का कोई नाम होना चाहिए।"

"तुम खुद ही कोई चुन लो।"

"यह काम आपका है, मेरा नहीं।"

"तो थोड़े दिन इंतज़ार करो। मैं उर्दू की डिक्शनरी लाता हूँ। उसके पहले पन्ने

से आखिरी पन्ने तक ग़ौर से देखूँगा। यक़ीनन कोई अच्छा नाम मिल जाएगा।"

"मैंने आज तक यह कभी नहीं सुना था कि लोग अपने बच्चे-बच्चियों के नाम तक डिक्शनरियों से निकालते हैं।"

"नहीं, मेरी जान, निकालते हैं। मेरा एक दोस्त है। उसके घर जब बच्ची पैदा हुई तो उसने फौरन उर्दू की डिक्शनरी निकाली और उसके पन्ने उलटना शुरू कर दिया, और एक नाम चुन लिया।"

"क्या नाम था?"

"निकहत।"

"इसका मतलब क्या है?"

"खुश्बू।"

"बड़ा अच्छा नाम है—निकहत—यानी खूश्बू।"

"तो यही नाम रख लो।"

ज़ाहिद की बीवी ने अपनी बच्ची को, जो सो रही थी, एक नज़र देखा और कहा, "नहीं—मैं अपनी बिटिया के लिए पुराना नाम नहीं रखना चाहती। कोई नया नाम तलाश कीजिए। जाइए डिक्शनरी ले आइए।"

ज़ाहिद मुस्कुराया, "लेकिन मेरे पास पैसे कहाँ हैं।"

ज़ाहिद की बीवी भी मुस्कराई, "मेरा पर्स अल्मारी में पड़ा है। उसमें से जितने रुपए आपको चाहिए निकाल ले जाइए।"

ज़ाहिद ने 'बहुत बेहतर' कहा और अल्मारी खोलकर उसमें से अपनी बीवी का पर्स निकाला, और दस रुपए का एक नोट लेकर बाज़ार रवाना हो गया कि डिक्शनरी खरीद ले।

वह कई किताब बेचने वाली दुकानों पर गया, कई डिक्शनरियाँ देखीं। कुछ तो बहुत क़ीमती थीं जिनकी तीन-तीन जिल्दें थीं, कुछ बड़ी बेकार। आखिर उसने एक डिक्शनरी जिसकी क़ीमत ठीक थी, खरीद ली और रास्ते में उसके पन्ने पलटता रहा, ताकि नाम की समस्या जल्दी हल हो जाए।

जब वह अनारकली से गुज़र रहा था तो उसको एक दोस्त मिल गया। वह उसे अपनी बूटों (जूतों) की दुकान में ले गया—वहाँ उसे क़रीब-क़रीब एक घंटे तक बैठना पड़ा, क्योंकि बहुत देर के बाद उससे मुलाक़ात हुई थी। जब उसके दोस्त को बातचीत के दौरान पता चला कि ज़ाहिद के घर लड़की हुई है तो वह बहुत खुश हुआ। तिजोरी में से ग्यारह रुपए निकाले और ज़ाहिद से कहा, "ये उस बच्ची को दे देना, कहना तुम्हारे चाचा ने दिए हैं—नाम क्या रखा है, उसका?"

ज़ाहिद ने डिक्शनरी की तरफ देखा जिसकी जिल्द लाल रंग की थी, "अभी तक कोई अच्छा नाम सूझा ही नहीं।"

उस दोस्त ने एक जूते को कपड़े से साफ करते हुए कहा, "यार, नाम रखने में दिक्कत ही क्या पेश आती है। समीना है, शाहीना है, नसरीन है, अल्मास है।"

ज़ाहिद ने जवाब दिया, "ये सब बकवास हैं।"

उसके दोस्त ने जूता डब्बे में रखा, "तो अब जो बकवास तुम करोगे, वह भी हम सुने लेंगे।" इसके बाद उठकर उसने ज़ाहिद को गले से लगाया, "खुदा उसकी उम्र दराज़ करे—नाम हो न हो, इससे क्या फर्क पड़ता है।"

ज़ाहिद जब दुकान से बाहर निकला तो उसने सोचना शुरू किया—वाकई नाम में क्या रखा है। खैराती का यह मतलब तो नहीं कि वह बड़ी खैरात करता है। ईदन क्या बला है, और घसीटा—क्या उसे लोग घसीटना शुरू कर दें, और यह रुलदू—शुबराती?

उसके जी में आया कि यह डिक्शनरी किसी गंदी मोरी में फेंक दे और घर जाकर अपनी बीवी से कहे, 'मेरी जान, नाम में कुछ नहीं पड़ा, बस यह दुआ करो कि बच्ची की उम्र दराज़ हो…।'

वह बहुत से ख्यालों में ग़र्क़ था, लेकिन मालूम नहीं क्यों, उसका दिल ग़ैर-मामूली तौर पर धड़क रहा था। उसने सोचा कि शायद ऐसा परागंदा ख्याली के कारण है। थोड़ी देर चलने के बाद उसकी तबीयत बहुत ज्याद खराब हो गई। वह चाहता था कि उड़कर घर पहुँचे और अपनी बच्ची की पेशानी चूमे।

बगल में डिक्शनरी थी। उसको उसने कई बार देखने की कोशिश की, मगर उसका दिल-व-दिमाग़ ठिकाने नहीं था। उसने तेज़-तेज़ चलना शुरू कर दिया। मगर थोड़ा फासला तय करने के बाद ही बहुत बुरी तरह काँपने लगा और एक दुकान के थड़े पर बैठ गया। इतने में एक खाली ताँगा आया। उसने उसको ठहराया और उसमें बैठकर ताँगेवाले को कहा, "चलो भजंग ले चलो लेकिन जल्दी पहुँचा दो। मुझे वहाँ एक बड़ा ज़रूरी काम है।"

मगर घोड़ा बहुत ही सुस्त रफ़्तार था। या शायद ज़ाहिद को ऐसा महसूस हुआ कि उसको जल्दी थी। वह बिजली की रफ्तार से घर पहुँचना चाहता था।

उसने कई बार ताँगेवाले से सख्त-सुस्त कहा जो वह बरदाश्त करता गया। आखिर जब उसकी बरदाश्त का पैमाना लबरेज़ हो गया तो उसने ज़ाहिद को ताँगे से उतार दिया—हाई कोर्ट के करीब। उसने ज़ाहिद से किराया भी नहीं माँगा।

ज़ाहिद और ज्यादा परेशान हुआ। वह जल्दी घर पहुँचना चाहता था। वह कुछ

देर चौक में खड़ा रहा। इतने में एक पेशावरी ताँगा आया। उसमें बैठकर वह भजंग पहुँचा। किराया चुकाया और अपने घर में दाखिल हुआ।

क्या देखता है कि सेहन में कई औरतें खड़ी हैं जो शायद पड़ोसिन थीं। वह दरवाज़े के पास रुक गया। एक औरत दूसरी औरत से कह रही थी, "मुश्किल से ही बचेगी बेचारी—ऐंठन के ये दौरे बड़े खतरनाक होते हैं।"

ज़ाहिद उन औरतों की परवाह न करते हुए पागलों की तरह अंदर भागा और उस कमरे में पहुँचा जहाँ वह और उसकी बीवी रहते थे। अंदर दाखिल होते ही उसने अपनी बीवी की आसमान को भेदने वाली चीख सुनी।

उसकी बिटिया दम तोड़ चुकी थी और उसकी बीवी बेहोश पड़ी थी। ज़ाहिद ने अपना सिर पीटना शुरू कर दिया। पड़ोसिनें पर्दे को भूलकर बेअख्तियार अंदर चली आईं और ज़ाहिद को उस कमरे से बाहर निकाल दिया।

एक पड़ोसिन के शौहर के पास मोटर थी। वह एक डॉक्टर ले आया। उसने ज़ाहिद की बीवी को एक-दो इंजेक्शन लगाए जिनसे वह होश में आ गई।

ज़ाहिद एक ऐसे आलम में था कि उसके सोचने-समझने की सब ताक़तें खत्म हो गई थीं। वह सेहन में एक कुर्सी पर बैठा, बगल में डिक्शनरी दबाए, शून्य में देख रहा था, जैसे वह अपनी बच्ची के लिए कोई नाम तलाश करने में डूबा हो।

बच्ची को दफनाने का वक़्त आया तो ज़ाहिद को होश आया। उसने कोई आँसू न बहाया। कफन में पड़ी बच्ची को उठाया और अपने दोस्तों और पड़ोसियों के साथ क़ब्रिस्तान रवाना हो गया। वहाँ क़ब्र पहले ही तैयार करा ली गई थी। उसमें उसने खुद उसे लिटाया और उसके साथ डिक्शनरी रख दी।

लोगों ने समझा कुरान मजीद है। उन्हें बड़ी हैरत हुई कि मुर्दों के साथ कुरान कौन दफन करता है? यह तो सरासर कुफ़्र है, लेकिन उनमें से किसी ने भी ज़ाहिद से इसके बारे में कुछ न कहा। बस आपस में खुसर-पुसर करते रहे।

बच्ची को दफनाकर जब वह घर आया तो उसे मालूम हुआ कि उसकी बीवी को बहुत तेज़ बुखार है। सरसाम की हालत है।

फौरन डॉक्टर बुलाया गया। उसने अच्छी तरह देखा और ज़ाहिद से कहा, "हालत बहुत नाजुक है। मैं इलाज तजवीज़ किए देता हूँ लेकिन मैं सेहत की बहाली के बारे में कुछ नहीं कर सकता।"

ज़ाहिद को ऐसा महसूस हुआ कि उस पर बिजली आन गिरी है, लेकिन उसने सँभलकर डॉक्टर से पूछा, "तकलीफ क्या है?"

डॉक्टर ने जवाब दिया, "बहुत-सी तकलीफें हैं। एक तो यह कि इन्हें बहुत

बड़ा सदमा पहुँचा। दूसरी यह कि इनका दिल बहुत कमज़ोर है—तीसरा यह कि इन्हें 105 डिग्री बुखार है।"

डॉक्टर ने कुछ टीके बताए। दो नुस्खे पीने वाली दवाओं के लिखे और चला गया।

ज़ाहिद फौरन ये सब चीज़ें ले आया। टीके लगाए। दवाएँ बड़ी मुश्किल से हलक में टपकाई गईं, लेकिन मरीज़ा की हालत बेहतर न हुई।

दस-पंद्रह रोज़ के बाद उसे थोड़ा-सा होश आया। बड़बड़ाने की स्थिति भी दूर हो गई। ज़ाहिद ने इत्मीनान का साँस लिया। उसकी प्यारी हसीन बीवी ने उसे बुलाया और बड़ी धीमी आवाज़ में कहा, "मेरा अब आखिरी वक़्त आ गया है—मैं चंद घड़ियों की मेहमान हूँ···"

ज़ाहिद की आँखों में आँसू आ गए, "कैसी बातें करती हो तुम। तुम्हें खुदा न करे कुछ हो गया तो मैं कहाँ ज़िंदा रहूँगा।"

उसकी बीवी ने अपनी बड़ी-बड़ी आँखों से उसकी तरफ देखा, "ये सब कहने की बातें हैं। मैं मर गई, कल दूसरी आ जाएगी। खुदा आपकी उम्र दराज़ करे—और—और···"

उसने हिचकी ली और एक सेकंड के अंदर-अंदर उसकी रूह परवाज़ कर गई। ज़ाहिद ने बड़े सब्र और शांति से काम लिया। उसके कफन-दफन से निपट कर वह रात को घर से बाहर निकला और रेलवे टाइम टेबल देखकर रेलवे लाइन का रुख किया।

रात को साढ़े नौ बजे के करीब एक गाड़ी आती थी। वह मुग़लपुरा की तरफ रवाना हो गया ताकि वहाँ पटड़ी पर लेट जाए और उसे कोई देख न सके। गाड़ी आएगी तो उसका खात्मा हो जाएगा—मुझे लंबी उम्र की कोई ख्वाहिश नहीं। यह जितनी जल्दी छोटी हो उतना ही अच्छा है। मैं अब और ज़्यादा सदमे बरदाश्त नहीं कर सकता।

जब वह रेलवे लाइन के पास पहुँचा तो उसे गाड़ी की तेज़ रोशनी, जो इंजन की पेशानी पर होती है, दिखाई दी लेकिन अभी दूर-दूर थी। उसने इंतज़ार किया कि जब क़रीब आएगी तो वह पटड़ी पर लेट जाएगा।

थोड़ी देर बाद गाड़ी क़रीब आ गई। ज़ाहिद आगे बढ़ा। मगर उसने देखा कि एक आदमी कहीं से प्रगट हुआ और पटड़ी के ऐन बीच में खड़ा हो गया। गाड़ी बड़ी तेज़ रफ्तार से आ रही थी और क़रीब था कि वह आदमी उसकी झपट में आ जाए। वह तेज़ी से लपका और उस आदमी को धक्का देकर पटड़ी के उस तरफ गिरा दिया। गाड़ी दनदनाती हुई गुज़र गई।

उस आदमी से ज़ाहिद ने कहा, "क्या तुम खुदकशी करना चाहते थे?"

उसने जवाब दिया, "जी, हाँ।"

"क्यों?"

"बस—सदमे उठाते-उठाते अब जीने को जी नहीं चाहता।"

ज़ाहिद नसीहत करने लगा—"भाई मेरे, ज़िंदगी ज़िंदा रहने के लिए है। इसको अच्छी तरह इस्तेमाल करो। खुदकशी बहुत बड़ी बुज़दिली है। अपनी जान खुद लेना कहाँ की अक्लमंदी है। उठो, अपने सदमों को भूल जाओ। इंसान की ज़िंदगी में सदमे न हों तो वह खुशियों का क्या मज़ा उठाएगा। चलो मेरे साथ।"

(25 मई, 1954)

पेशावर से लाहौर तक

वह इंटर क्लास के जनाने डिब्बे से निकली। उसके हाथ में छोटा-सा अटैची केस था। जावेद पेशावर से उसे देखता चला आ रहा था। रावलपिंडी के स्टेशन पर गाड़ी काफी देर ठहरी तो वह साथ वाले जनाने डिब्बे के पास से कई बार गुज़रा।

लड़की हसीन थी। जावेद उसकी मुहब्बत में गिरफ्तार हो गया। उसकी नाक की फुनगी पर छोटा-सा तिल था। गालों पर नन्हे-नन्हे गड्ढे थे जो उसके चेहरे पर बहुत भले लगते थे।

रावलपिंडी स्टेशन पर उस लड़की ने खाना मँगवाया। बड़े इत्मीनान से एक-एक निवाला उठाकर अपने मुँह में डालती रही। जावेद दूर खड़ा यह सब कुछ देखता रहा। उसका जी चाहता था कि वह भी उसके साथ बैठ जाए और दोनों मिलकर खाना खाएँ।

वह यक़ीनन उसके पास पहुँच जाता मगर मुसीबत यह थी कि डिब्बा जनाना था। औरतों से भरा हुआ। यही वजह है कि जुर्रत न कर सका।

लड़की ने खाना खाने के बाद हाथ धोए, जो बहुत नाजुक थे। लंबी-लंबी मख़रूती अँगुलियाँ, जिनको उसने अच्छी तरह साफ किया और अटैची केस से तौलिया निकालकर अपने हाथ पोंछे, फिर इत्मीनान से अपनी सीट पर बैठ गई।

जावेद गाड़ी चलने तक उसकी तरफ देखता रहा। आखिर अपने डिब्बे में सवार हो गया और उसी लड़की के ख्यालों में गर्क़ हो गया–

–मालूम तो यह होता है कि बड़े अच्छे घराने की है। दोनों कलाइयों में क़रीब बारह-बारह सोने की चूड़ियाँ होंगी। कानों में टापस भी थे। दो अँगुलियों में, अगर मेरा अंदाज़ गलत नहीं, हीरे की अँगूठियाँ हैं। लिबास बहुत उम्दा, साटन की सलवार, टाफटा की कमीज़, शनून का दुपट्टा।

–हैरत है कि घटिया दर्जे में क्यों सफर करती है।

–पेशावर से आई है–वहाँ की औरतें तो सख्त पर्दा करती हैं, लेकिन यह बुर्के के बगैर वहाँ से गाड़ी में सवार हुई।

–और इसके साथ कोई मर्द भी नहीं–न कोई औरत। अकेली सफ़र कर रही

हैं। आखिर यह किस्सा क्या है?

—मेरा ख्याल है, पेशावर की रहने वाली नहीं। वहाँ किसी अज़ीज़ से मिलने गई होगी, मगर अकेली क्यों? क्या इसे डर नहीं लगा कि उठाकर ले जाएगा कोई—ऐसे अकेले हुस्न पर तो हर मर्द झपट्टा मारना चाहता है।

फिर जावेद को एक अंदेशा हुआ—कि शादीशुदा तो नहीं?

वह दरअसल दिल में ठान चुका था कि उस लड़की का पीछा करेगा और रोमान लड़ाकर उससे शादी करेगा। वह हरामकारी का बिल्कुल कायल नहीं था।

कई स्टेशन आए और गुज़र गए। उसे सिर्फ रावलपिंडी तक जाना था कि वहीं उसका घर था, मगर वह बहुत आगे निकल गया।

एक स्टेशन पर चैकिंग हुई जिसके कारण उसे जुर्माना देना पड़ा, मगर उसने इसकी कोई परवाह नहीं की।

टिकट चैकर ने पूछा, “आपको कहाँ तक जाना है?”

जावेद मुस्कराया, “जी, अभी तक मालूम नहीं। आप लाहौर का टिकट बना दीजिए कि वही आखिरी स्टेशन है।”

टिकट चैकर ने उसे लाहौर का टिकट बना दिया। रुपए वसूल किए और दूसरे स्टेशन पर उतर गया। जावेद भी उतरा, क्योंकि ट्रेन को टाइम-टेबिल के मुताबिक पाँच मिनट रुकना था।

साथ वाले कंपार्टमेंट के पास गया। वह लड़की खिड़की के साथ लगी दाँतों में खलाल कर रही थी। जावेद की तरफ जब उसने देखा तो उसके दिल-व-दिमाग़ में चिंउटियाँ दौड़ने लगीं। उसने महसूस किया कि वह उसकी मौजूदगी से गाफिल नहीं है। समझ गई है कि वह बार-बार सिर्फ उसे ही देखने आता है।

जावेद को देखकर वह मुस्कराई। उसका दिल बाग-बाग हो गया। मगर जावेद भावनाओं की तेज़ी के कारण वहाँ से हटकर अपने डिब्बे में चला गया और रोमानों की दुनिया की सैर करने लगा। उसको ऐसा महसूस होता था कि उसके आस-पास की तमाम चीज़ें मुस्करा रही हैं।

ट्रेन का पंखा मुस्करा रहा है। खिड़की के बाहर तार के खंबे मुस्करा रहे हैं। इंजन की सीटी मुस्करा रही है और वह बदसूरत मुसाफिर जो उसके साथ बैठा था, उसके मोटे-मोटे होंठों पर भी मुस्कराहट है। उसके अपने होठों पर मुस्कराहट नहीं थी, लेकिन उसका दिन मुस्करा रहा था।

अगले स्टेशन पर जब वह साथ वाले कंपार्टमेंट के पास गया तो वह वहाँ नहीं थी। उसका दिल धक से रह गया—कहाँ चली गई, कहीं पिछले स्टेशन पर तो नहीं उतर गई जहाँ उसने एक मुस्कराहट से मेरी तरफ देखा था।—नहीं, नहीं।

गुसलखाने में गई होगी।

वाक़ई वह गुसलखाने में थी। एक मिनट के बाद वह खिड़की में नमूदार हुई। जावेद को देखकर मुस्कराई और हाथ के इशारे से उसको बुलाया।

जावेद काँपता, लरजता खिड़की के पास पहुँचा। उस लड़की ने बड़ी महीन और सुरीली आवाज़ में कहा—"एक तकलीफ देना चाहती हूँ, आपको—मुझे दो सेब ला दीजिए···" यह कहकर उसने अपना पर्स निकाला और एक रुपए का नोट जावेद की तरफ बढ़ा दिया।

जावेद ने, जो इस अप्रत्याशित बुलावे के कारण भौचक्का-सा था, एक रुपए का नोट पकड़ लिया लेकिन फौरन उसके होश बरकरार हो गए। नोट वापस देकर उसने उस लड़की से कहा, "आप यह रखिए—मैं सेब ले आता हूँ।" और वह प्लेटफार्म पर उस रेहड़ी की तरफ दौड़ा जिसमें फल बेचे जाते थे। उसने जल्दी-जल्दी छह सेब खरीदे, क्योंकि व्हिसल हो चुकी थी।

दौड़ा-दौड़ा वह उस लड़की के पास आया। उसको सेब दिए और कहा, "माफ कीजिएगा—व्हिसल हो रही थी, इसलिए मैं अच्छे सेब चुन न सका।"

लड़की मुस्कराई—वही दिलफरेब मुस्कराहट। गाड़ी हरकत में आई। जावेद अपने कंपार्टमेंट में दाखिल होते गोया हाँफ रहा था, लेकिन बहुत खुश था। उसको ऐसा महसूस हो रहा था कि उसको दोनों जहान मिल गए हैं। उसने अपनी ज़िंदगी में कभी किसी से मुहब्बत नहीं की थी, लेकिन अब वह इस लज्ज़त का मजा पा रहा था।

उसकी उम्र 25 वर्ष के करीब थी। उसने सोचा कि इतनी देर मैं कितना खुश्क रहा हूँ। आज मालूम हुआ है कि मुहब्बत इंसान को कितना तरोताज़ा बना देती है। वह सेब खा रही होगी, लेकिन उसके गाल तो खुद सेब हैं। मैंने जो सेब उसको दिए हैं, क्या वे उनको देखकर शर्मिन्दा नहीं होंगे।

वह मेरी मुहब्बत के इशारों को समझ गई, तभी तो मुस्कराई और उसने मुझे हाथ के इशारे से बुलाया और कहा कि मैं उसे सेब ला दूँ।

मुझसे अगर वह कहती कि गाड़ी का रुख पलट दूँ तो मैं खुदा की कसम, उसकी खातिर यह भी कर देता। गो मुझमें इतनी ताक़त नहीं। लेकिन मुहब्बत में आदमी बहुत बड़े-बड़े काम पूरे कर सकता है—फरहाद ने शीरीं के लिए पहाड़ काटकर क्या नहर नहीं, खोदी थी?

मैं भी कितना बेवकूफ हूँ। उससे और कुछ नहीं तो कम-से-कम यही पूछ लिया होता कि तुम्हें कहाँ तक जाना है। खैर, मैं लाहौर तक का टिकट तो बनवा चुका हूँ—हर स्टेशन पर देख लिया करूँगा।

वैसे वह अब मुझे बिन बताए जाएगी भी नहीं। शरीफ खानदान की लड़की है। मेरी प्रेम-भावनाओं ने उसे काफी प्रभावित किया है। सेब खा रही है। काश कि मैं उसके पास बैठा होता। हम दोनों एक सेब को एक वक़्त अपने दाँतों से काटते–उसका मुँह मेरे मुँह से कितना क़रीब होता।

मैं उसके घर का पता लूँगा। ज़रा और बातें कर लूँ। फिर रावलपिंडी पहुँचकर अम्मी से कहूँगा–मैंने एक लड़की देख ली है। उससे मेरी शादी कर दीजिए। वह मेरी बात कभी नहीं टालेंगी। बस एक-दो महीने के अंदर-अंदर शादी हो जाएगी।

अगले स्टेशन पर जब जावेद उसे देखने गया तो वह पानी पी रही थी। वह जुर्रत करके आगे बढ़ा और उससे बोला, "आपको किसी और चीज़ की ज़रूरत हो तो फ़रमाइए।"

लड़की मुस्कराई–वही दिलफरेब मुस्कराहट, "मुझे सिगरेट ला दीजिए।"

जावेद नें बड़ी हैरत से पूछा, "आप सिगरेट पीती हैं?"

वह लड़की फिर मुस्कराई, "जी, नहीं–यहाँ एक औरत है, पर्दादार, उसको सिगरेट पीने की आदत है।"

"ओह! मैं अभी लाया–किस ब्रांड की सिगरेट हो?"

"मेरा ख्याल है वह गोल्ड-फ्लैक पीती है।"

"मैं अभी हाज़िर किए देता हूँ।" यह कहकर जावेद स्टाल की तरफ दौड़ा। वहाँ से उसने दो पैकेट लिए और उस लड़की के हवाले कर दिए। उसने शुक्रिया उस औरत की तरफ से अदा किया, जो सिगरेट पीने की आदी थी।

जावेद अब और भी खुश था कि उस लड़की से एक और मुलाक़ात हो गई। मगर इस बात की बड़ी उलझन थी कि वह उसका नाम नहीं जानता था। उसने कई बार खुद को कोसा कि उसने नाम क्यों नहीं पूछा। इतनी बातें होती रहीं। लेकिन वह उससे इतना न कह सका, "आपका नाम?"

उसने इरादा कर लिया कि अगले स्टेशन पर जब गाड़ी ठहरेगी तो वह उससे नाम ज़रूर पूछेगा। उसे यक़ीन था कि वह फौरन बता देगी, क्योंकि उसमें एतराज़ ही क्या था। अगला स्टेशन बहुत देर बाद आया। इसलिए कि फासला बहुत लंबा था। जावेद को बड़ी कोफ्त हो रही थी। उसने कई बार टाइम-टेबल देखा। घड़ी बार-बार देखी। उसका जी चाहता था कि इंजन को पर लग जाएँ ताकि वह उड़कर जल्दी अगले स्टेशन पर पहुँच जाए।

गाड़ी एकदम रुक गई। मालूम हुआ कि इंजन के साथ भैंस टकरा गई है। वह अपने कंपार्टमेंट से उतरकर साथ वाले डिब्बे के पास पहुँचा, मगर लड़की अपनी सीट पर मौजूद नहीं थी।

मुसाफिरों ने मरी-कटी भैंस को पटड़ी से हटाने में काफी देर लगा दी। इतने में वह लड़की जो शायद दूसरी तरफ तमाशा देखने में लगी थी, आई और अपनी सीट पर बैठ गई। जावेद पर जब उसकी नज़र पड़ी तो मुस्कराई—अपनी दिलफरेब मुस्कराहट।

जावेद खिड़की के पास गया, मगर उसका नाम न पूछ सका।

लड़की ने उससे कहा, "ये भैंसें क्यों गाड़ी के नीचे आ जाती हैं?"

जावेद को कोई जवाब न सूझा। गाड़ी चलने वाली थी, इसलिए वह अपने कंपार्टमेंट में चला गया।

कई स्टेशन आए मगर वह न उतरा। आखिर लाहौर आ गया। प्लेटफार्म पर जब गाड़ी रुकी तो वह जल्दी-जल्दी बाहर निकला। लड़की मौजूद थी। जावेद ने अपना सामान निकलवाया और उससे जिसने हाथ में अटैची केस पकड़ा हुआ था, कहा, "लाइए, यह अटैची केस मुझे दे दीजिए।"

उस लड़की ने अटैची केस जावेद के हवाले कर दिया। कुली ने जावेद का सामान उठाया और दोनों बाहर निकले। ताँगा लिया। जावेद ने उससे पूछा, "आप को कहाँ जाना है?"

लड़की ने बड़े नर्म-व-नाजुक लहजे में जवाब दिया, "जी, रावी रोड।"

"चलिए मैं आपको वहाँ छोड़ आता हूँ।"

"बहुत-बहुत शुक्रिया!"

ताँगा रावी रोड से गुज़र रहा था। जावेद ने उस लड़की से पूछा, "कहाँ जाइएगा अब आप?"

लड़की के होठों पर वही दिलफरेब मुस्कराहट पैदा हुई, "जी, हीरा मंडी।"

जावेद बौखला-सा गया, "क्या आप वहाँ रहती हैं?"

लड़की ने सादगी से जवाब दिया, "जी हाँ, मेरा मकान देख लें। आज रात मेरा मुजरा सुनने ज़रूर आइएगा।"

जावेद पेशावर से लाहौर तक अपना मुजरा सुन चुका था। उसने उस तवायफ को उसके घर छोड़ा और उसी ताँगे में सीधा लारियों के अड्डे पर पहुँचा और रावलपिंडी रवाना हो गया।

(26 मई, 1954)

बिजली पहलवान

बिजली पहलवान के बारे में बहुत-से क़िस्से मशहूर हैं। कहते हैं वह बिजली की तरह फुरतीला था। बिजली की तरह अपने दुश्मनों पर गिरता था और उन्हें भस्म कर देता था। लेकिन जब मैंने उसे मुग़ल बाज़ार में देखा तो वह मुझे बेज़रर कद्दू की मानिंद नज़र आया। बड़ा फुसफुस-सा, तोंद बाहर निकली हुई, बंद-बंद ढीले गाल लटके हुए। अलबत्ता उसका रंग सुर्ख व सफेद था।

वह मुग़ल बाज़ार में एक बज़ाज़ की दूकान पर आलती-पालथी मारे बैठा था। मैंने उसको ग़ौर से देखा। मुझे उसमें कोई गुंडापन नज़र न आया। हालाँकि उसके विषय में मशहूर यही था कि हिन्दुओं का वह सबसे बड़ा गुंडा है।

वह गुंडा हो ही नहीं सकता था। इसलिए कि उसके हाव-भाव इसको नकारते थे। मैं थोड़ी देर सामने वाली किताबों की दुकान के पास खड़ा उसको देखता रहा। इतने में एक मुसलमान औरत जो बड़ी ग़रीब दिखाई देती थी, बज़ाज़ की दुकान के पास पहुँची। बिजली पहलवान से उसने कहा, "मुझे बिजली पहलवान साहब से मिलना है।"

बिजली पहलवान ने हाथ जोड़कर उसे प्रणाम किया, "माता, मैं ही बिजली पहलवान हूँ।"

उस औरत ने उसको सलाम किया, "खुदा, तुम्हें सलामत रखे। मैंने सुना है कि तुम बड़े दयालु हो।"

बिजली ने बड़ी विनम्रता से कहा, "माता, दयालु परमेश्वर है—मैं क्या दया कर सकता हूँ। लेकिन तुम मुझे बताओ कि मैं क्या सेवा कर सकता हूँ।"

"बेटा, मुझे अपनी जवान लड़की का ब्याह करना है। तुम अगर मेरी कुछ मदद कर सको तो मैं सारी उम्र तुम्हें दुआएँ दूँगी।"

बिजली ने उस औरत से पूछा, "कितने रुपयों में काम चल जाएगा।"

औरत ने जवाब दिया, "बेटा, तुम खुद ही समझ लो। मैं तो एक भिखारिन बनकर तुम्हारे पास आई हूँ।"

बिजली ने कहा, "भिखारिन, मुँह से कहो—मेरा फर्ज़ है तुम्हारी मदद करूँ।"

इसके बाद उसने बज़ाज़ से जो थान तह कर रहा था, कहा, "लालाजी, दो हज़ार रुपए निकालिए।"

लालाजी ने दो हज़ार रुपए फौरन अपनी संदूकची से निकाले और गिनकर बिजली पहलवान को दे दिए। वे रुपए उसने उस औरत को पेश कर दिए, "माता, भगवान करे तुम्हारी बेटी के भाग अच्छे हों।"

वह औरत कुछ क्षण के लिए नोट हाथ में लिए बुत बनी खड़ी रही। शायद उसको एकदम इतने रुपए मिलने की आशा नहीं थी। जब वह सँभली तो उसने बिजली पहलवान पर दुआओं की बौछार कर दी। मैंने देखा कि पहलवान बड़ी उलझन महसूस कर रहा था। आखिर उसने उस औरत से कहा, "माता, मुझे शर्मिंदा न करो। जाओ अपनी बेटी के दान-दहेज का इंतज़ाम करो। उसको मेरा आशीर्वाद देना।"

मैं सोच रहा था कि यह किस किस्म का गुंडा और बदमाश है जो दो हज़ार रुपए एक ऐसी औरत को जो मुसलमान है और जिसे वह जानता भी नहीं, पकड़ा देता है। लेकिन बाद में मुझे मालूम हुआ कि वह बड़ा उदार है। हर महीने हज़ारों रुपए दान के तौर पर देता है।

मुझे उसके व्यक्तित्व से दिलचस्पी पैदा हो गई थी, इसलिए मैंने काफी छानबीन के बाद बिजली पहलवान के बारे में कई जानकारियाँ प्राप्त कर लीं।

मुग़ल बाज़ार की कई दुकानें उसकी थीं। हलवाई की दुकान है, बज़ाज़ की दुकान है। शर्बत बेचने वाला है, शीशे बेचने वाला है, पंसारी है। अर्थात इस सिरे से उस सिरे तक, जहाँ वह बज़ाज़ की दुकान में बैठा था, उसने एक 'लाइन-ऑफ-कम्यूनिकेशन' कायम कर रखी थी कि अगर पुलिस छापा मारने के उद्देश्य से आए तो उसे फौरन खबर मिल जाए।

दरअसल उसकी दो बैठकों में जो बज़ाज़ की दुकान के बिल्कुल सामने थी, बहुत भारी जुआ होता था। हर रोज़ हज़ारों रुपए उसे 'नाल' के तौर पर वसूल हो जाते थे।

वह खुद जुआ नहीं खेलता था। न शराब पीता था। मगर उसकी बैठकों में शराब हर वक़्त मिल सकती थी। इससे भी उसकी आमदनी काफी थी।

शहर के जितने बड़े-बड़े गुंडे थे, उनको उसने 'हफ्ता' मुकर्रर कर रखा था यानी हफ्तावार उन्हें उनके रुतबे के मुताबिक तनख्वाह मिल जाती थी। मेरा ख्याल है, उसने यह सिलसिला अपनी हिफाज़त के लिए शुरू किया था कि वे गुंडे बड़े खतरनाक किस्म के थे।

जहाँ तक मुझे याद है, ये गुंडे सब के सब मुसलमान थे। ज्यादातर हाथी

दरवाज़े के। हर हफ्ते बिजली पहलवान के पास जाते और इतनी तनख्वाह वसूल कर लेते। वह उनको कभी नाउम्मीद न लौटाता। इसलिए कि उसके पास रुपया आम था।

मैंने सुना, एक दिन वह रोज़ की तरह बज़ाज़ की दुकान पर बैठा था कि एक हिन्दू बनिया जो काफी मालदार था, उसकी खिदमत में हाज़िर हुआ और अर्ज़ की, "पहलवान जी, मेरा लड़का खराब हो गया है—उसको ठीक कर दीजिए।"

पहलवान ने मुस्कराकर उससे कहा, "मेरे दो लड़के हैं—बहुत शरीफ। लोग मुझे गुंडा और बदमाश कहते हैं लेकिन मैंने उन्हें इस तरह पाला और पोसा है कि वे कोई बुरी हरकत कर ही नहीं सकते। महाशय जी, आपका कसूर है, आपके लड़के का नहीं।"

बनिए ने हाथ जोड़कर कहा, "पहलवान जी, मैंने भी उसको अच्छी तरह पाला-पोसा है। पर उसने अब चोरी-चोरी बहुत बुरे काम शुरू कर दिए हैं।"

बिजली ने अपना फैसला सुना दिया, "उसकी शादी कर दो।"

इस घटना को दस दिन गुज़रे थे कि बिजली पहलवान एक नौजवान लड़की की मुहब्बत में गिरफ्तार हो गया। हालाँकि उससे इस किस्म की कोई अपेक्षा नहीं हो सकती थी। लड़की की उम्र 16-17 वर्ष के लगभग होगी और बिजली पचास के ऊपर होगा। आदमी प्रभावशाली और मालदार था। लड़की के माता-पिता राज़ी हो गए। चुनाँचे शादी हो गई।

उसने शहर के बाहर आलीशान कोठी बनाई थी। दुल्हन को वह जब उसमें लेकर गया तो उसे ऐसा महसूस हुआ कि तमाम झाड़ और फानूस मंद पड़ गए हैं।

लड़की बहुत खूबसूरत थी। पहली रात बिजली पहलवान ने कसरत करनी चाही, मगर न कर सका। इसलिए कि उसके दिमाग़ में अपनी पहली बीवी का ख्याल करवटें ले रहा था। उसके दो जवान लड़के थे जो उसी कोठी के किसी कमरे में सो रहे थे, या जाग रहे थे।

उसने अपनी पहली बीवी को कहीं बाहर भेज दिया था। उसको इसका बिल्कुल पता नहीं था कि उसके पति ने दूसरी शादी कर ली है। बिजली पहलवान सोचता था कि उसे कुछ नहीं तो अपनी पहली स्त्री को ज़रूर बता देना चाहिए।

सारी रात नई-नवेली दुल्हन, जिसकी उम्र सोलह-सत्रह वर्ष के करीब थी, चौड़े-चकले पलँग पर बैठी बिजली पहलवान की ऊटपटाँग बातें सुनती रही। उसकी समझ में नहीं आता था कि यह शादी क्या है। क्या उसे हर रोज़ इस तरह की बातें सुननी होंगी।

"कल मैं तुम्हारे लिए दस हज़ार के ज़ेवर और लाऊँगा।"

"तुम बड़ी सुंदर हो।"

"बर्फी खाओगी या पेड़े?"

"यह सारा शहर समझो, तुम्हारा है।"

"यह कोठी तुम्हारे नाम लिख दूँगा।"

"कितने नौकर चाहिए, तुम्हें—मुझे बता दो। एक मिनट में इंतज़ाम हो जाएगा।"

"मेरे दो जवान लड़के हैं, बहुत शरीफ। तुम उनसे जो काम लेना चाहो, ले सकती हो। वे तुम्हारा हुक्म मानेंगे।"

दुल्हन हर रोज़ इस किस्म की बातें सुनती रही। यहाँ तक कि छह महीने गुज़र गए। बिजली पहलवान दिन-ब-दिन उसकी मुहब्बत में ग़र्क़ होता गया। वह उसके तीखे-तीखे नक्श देखता तो अपनी सारी पहलवानी भूल जाता।

उसकी पहली बीवी बदशक्ल थी। इन मायनों में उसमें कोई कशिश नहीं थी। वह एक आम खत्रानी थी जो एक बच्चा जनने के बाद ही बूढ़ी हो जाती है। लेकिन उसकी यह दूसरी बीवी बड़ी ठोस थी। दस बच्चे पैदा करने के बाद भी वह साबित और सालम रह सकती थी।

बिजली पहलवान का एक वैद्य दोस्त था। उसके पास वह कई दिनों से जा रहा था। उसने बिजली को यक़ीन दिलाया कि अब किसी किस्म के डर की ज़रूरत नहीं, सब ठीक हो जाएगा।

पहलवान खुश था। वैद्य के यहाँ से आते हुए उसने कई स्कीमें तैयार कीं। रास्ते में मिठाई खरीदी। सोने के दो बड़े-बड़े खुशनुमा कड़े लिए। बारह कमीज़ों और बारह शलवारों के लिए बेहतरीन कपड़ा क़ीमत अदा किए बिना हासिल किया। इसलिए कि वे लोग जो दुकान के मालिक थे, उससे दबते थे और कीमत लेने से इंकार करते थे।

शाम को सात बजे वह घर पहुँचा। आहिस्ता-आहिस्ता क़दम उठाते हुए वह अपने कमरे में गया। देखा तो वहाँ उसकी दूसरी बीवी नहीं थी। उसने सोचा शायद गुसलखाने में होगी। चुनाँचे उसने अपना बोझ, मेरा मतलब है वे थान आदि पलँग पर रखकर गुसलखाने का रुख किया, मगर वह खाली था।

बिजली पहलवान बड़ा परेशान हुआ कि उसकी बीवी कहाँ गई। तरह-तरह के ख्यालात उसके दिमाग़ में आए मगर वह कोई नतीजा नहीं निकाल सका। उसने वैद्य की दी हुई गोलियाँ खाईं और पलँग पर बैठ गया कि उसकी बीवी आ जाएगी। आखिर उसे जाना कहाँ है?

वह गोलियाँ खाकर पलँग पर बैठा कमीज़ों के कपड़े को मसल-मसलकर देख रहा था कि उसे अपनी बीवी की हँसी की आवाज़ सुनाई दी। वह चौंका, उठकर

उस कमरे में गया जो उसने बड़े लड़के को दे रखा था। अंदर से उसकी बीवी और उसके बेटे की हँसी की आवाज़ निकल रही थी।

उसने दस्तक दी, लेकिन दरवाज़ा न खुला। फिर बड़े ज़ोर से चिल्लाना शुरू किया कि दरवाज़ा खोलो। उस वक़्त उसका खून खौल रहा था।

दरवाज़ा फिर भी न खुला। उसे ऐसा महसूस हुआ कि उस कमरे के अंदर उसकी बीवी और बड़े लड़के ने साँस लेना भी बंद कर दिया है।

बिजली पहलवान ने बड़े कमरे में जाकर गुरमुखी भाषा में एक रुक्का लिखा, जिसकी इबारत उर्दू में कुछ इस प्रकार हो सकती है :

"यह कोठी अब तुम्हारी है। मेरी बीवी भी अब तुम्हारी बीवी है। खुश रहो। तुम्हारे लिए कुछ तोहफे लाया था, वे यहाँ छोड़े जा रहा हूँ।"

यह रुक्का लिखकर उसने साटिन के थान के साथ टाँक दिया।

(27 मई, 1954)

एक ज़ाहिदा एक फाहिशा

जावेद मसूद से मेरा इतना गहरा दोस्ताना था कि मैं एक क़दम भी उसकी मर्ज़ी के खिलाफ उठा नहीं सकता था। वह मुझ पर कुर्बान था, मैं उस पर। हम हर रोज़ क़रीब-क़रीब दस-बारह घंटे साथ-साथ रहते।

वह अपने रिश्तेदारों से खुश नहीं था। इसलिए जब भी वह बात करता तो कभी अपने बड़े भाई की बुराई करता और कहता 'गधा, मुर्दाखोर' और कभी-कभी घंटों खामोश रहता, जैसे शून्य में देख रहा हो। मैं उसके इन लम्हों से तंग आकर जब ज़ोर से पुकारता, "जावेद, यह क्या बेहूदगी है?"

वह एकदम चौंकता और माफी माँगता, "ओह—सआदत भाई, माफ करना—अच्छा तो फिर क्या हुआ?"

वह उस वक़्त बिल्कुल खाली दिमाग़ होता। मैं कहता, "भई जावेद, देखो—मुझे तुम्हारा समय-समय पर मालूम नहीं किन गहराइयों में खो जाना बिल्कुल पसंद नहीं। मुझे तो डर लगता है, एक दिन तुम पागल हो जाओगे।"

यह सुनकर जावेद बहुत हँसा, "पागल होना बहुत मुश्किल है, सआदत…" लेकिन आहिस्ता-आहिस्ता उसका शून्य में ताकना बढ़ता गया और उसकी खामोशी लंबी खामोशी में बदल गई और वह प्यारी-सी मुस्कराहट जो उसके होंठो पर हर वक्त खेलती रहती थी, बिल्कुल फीकी पड़ गई।

मैंने एक दिन उससे पूछा, "आखिर बात क्या है—तुम स्थिर पानी बन गए हो? हुआ क्या है, तुम्हें?—मैं तुम्हारा दोस्त हूँ, खुदा के लिए मुझ से तो अपना भेद न छुपाओ।"

जावेद खामोश रहा। जब मैंने उसकी बहुत लान-तान की तो उसने अपनी ज़बान खोली, "मैं कालेज से फारिग होकर डेढ़ बजे के क़रीब आऊँगा। उस वक़्त तुम्हें जो पूछना होगा, बता दूँगा।"

वायदे के मुताबिक वह ठीक डेढ़ बजे मेरे पास आया। वह मुझसे चार साल छोटा था। बेहद खूबसूरत। उसमें लड़कियों की नज़ाकत की झलक थी। पढ़ाई से मुझे कोई दिलचस्पी नहीं थी, इसलिए मैं आवारागर्द था। लेकिन वह बाक़ायदगी

के साथ तालीम हासिल कर रहा था।

मैं उसको अपने कमरे में ले गया। जब मैंने उसको सिगरेट पेश किया तो उसने मुझसे कहा, "तुम मेरे रोग के बारे में पूछना चाहते थे?"

मैंने कहा, "मुझे मालूम नहीं–रोग है या सोग। जो भी हो, तुम नार्मल हालत में नहीं हो। तुम्हें कोई न कोई दिमाग़ी तकलीफ ज़रूर है।"

वह मुस्कराया, "इसलिए कि मुझे एक लड़की से मुहब्बत हो गई है।"

"मुहब्बत!"–मैं बोखला गया। जावेद की उम्र मुश्किल से अठारह वर्ष की होगी। खुद एक सुंदर-सी लड़की की तरह। उसको किस लड़की से मुहब्बत हो सकती है, या हो गई है। वह तो कँवारी लड़कियों से कहीं ज्यादा शर्मीला और लचकीला था। वह मुझसे बातें करता, तो मुझे यूँ महसूस होता कि वह एक देहाती युवती है, जिसने पहली दफा कोई इश्क़िया फिल्म देखी है। आज वही मुझसे कह रहा था कि उसे एक लड़की से मुहब्बत हो गई है।

मैंने पहले समझा, शायद मज़ाक कर रहा है। मगर उसका चेहरा बहुत संजीदा था। ऐसा लगता था कि फिकर की अथाह गहराइयों में डूबा हुआ है। आखिर मैंने उससे पूछा, "किस लड़की से मुहब्बत हुई है, तुम्हें?"

उसने कोई झेंप महसूस नहीं की, "एक लड़की है ज़ाहिदा–हमारे पड़ोस में रहती है। बस उससे मुझे मुहब्बत हो गई है। उम्र सोलह वर्ष के करीब है। बहुत खूबसूरत है और भोली-भाली। चोरी-छुपे उससे कई मुलाक़ातें हो चुकी हैं। उसने मेरी मुहब्बत कबूल कर ली है।"

मैंने उससे पूछा, "तो फिर, इस उदासी का मतलब क्या है जो तुम पर हर वक़्त छाई रहती है।"

उसने मुस्कराकर कहा, "सआदत, तुमने कभी मुहब्बत की हो तो जानो। मुहब्बत उदासी का दूसरा नाम है–हर वक़्त आदमी खोया-खोया-सा रहता है। इसलिए कि उसके दिल-व-दिमाग़ में सिर्फ ख्याल-ए-यार होता है। मैंने ज़ाहिदा से तुम्हारा ज़िक्र किया और उससे कहा कि तुम्हारे बाद अगर कोई हस्ती मुझे अज़ीज़ है तो वह मेरा दोस्त सआदत है।"

"यह कहने की क्या ज़रूरत थी?"

"बस, मैंने कह दिया, और ज़ाहिदा ने बड़ी उत्सुकता दिखाई कि मैं तुम्हें उससे मिलाऊँ। उसे मेरी वह चीज़ पसंद है, जिसे मैं पसंद करता हूँ। बोलो, चलोगे अपनी भाभी को देखने?"

मेरी समझ में न आया कि उससे क्या कहूँ। उसके पतले-पतले नाज़ुक होंठों पर सिर्फ 'भाभी' सजता नहीं था।

"मेरी बात का जवाब दो।"

मैंने सरसरी तौर पर कह दिया, "चलेंगे—जरूर चलेंगे—पर कहाँ?"

"उसने मुझसे कहा था कि वह कल शाम को पाँच बजे किसी बहाने से लारेंस गार्डन आएगी—आप अपने प्यारे दोस्त को ज़रूर साथ लाइएगा। अब तुम कल तैयार रहना, बल्कि खुद ही पाँच बजे से पहले-पहले वहाँ पहुँच जाना। हम जिमखाना क्लब के इस तरफ लाइन में तुम्हारा इंतज़ार करते होंगे।"

मैं इंकार कैसे करता, इसलिए कि मुझे जावेद से बेहद प्यार था। मैंने वायदा कर लिया। लेकिन मुझे उस पर तरस आ रहा था। मैंने उससे अचानक पूछा, "लड़की शरीफ और पाकबाज़ है न?"

जावेद का चेहरा गुस्से से तमतमाने लगा, "मैं ज़ाहिदा के बारे में ऐसी बातें सोच सकता हूँ, न सुन सकता हूँ। तुम्हें अगर उससे मिलना है तो कल शाम को ठीक पाँच बजे लारेंस गार्डन पहुँच जाना—खुदा हाफ़िज़।"

जब वह एकदम उठकर चला गया, तो मैंने सोचना शुरू किया। मुझे बड़ी शर्म महसूस हुई कि मैंने क्यों उससे ऐसा सवाल किया जिससे उसके जज़्बात को चोट लगी। आखिर वह उससे मुहब्बत करता था। अगर कोई लड़की किसी से मुहब्बत करे तो ज़रूरी नहीं कि वह बदचलन हो।

जावेद उसे अपना सबसे गहरा दोस्त यक़ीन करता था। यही वजह है कि वह नाराज़गी के बावजूद उससे नाराज़ न हुआ और उससे जाते हुए कह गया कि वह शाम को लारेंस गार्डन आए।

मैं सोचता था कि ज़ाहिदा से मिलकर मैं उससे किस किस्म की बातें करूँगा। बेशुमार बातें मेरे ज़हन में आईं, लेकिन वे इस काबिल नहीं थीं कि किसी दोस्त की महबूबा से की जाएँ। मेरे बारे में खुदा मालूम वह उससे क्या कुछ कह चुका था—यक़ीनन उसने मुझसे अपनी मुहब्बत का इज़हार प्रेमपूर्वक किया होगा। यह भी हो सकता है कि ज़ाहिदा के दिल में मेरे लिए ईर्ष्या पैदा हो गई हो, क्योंकि औरतें अपने आशिक़ों की मुहब्बत बँटते नहीं देख सकतीं। शायद मेरा मज़ाक उड़ाने के लिए उसने जावेद से कहा हो कि तुम मुझे अपने प्यारे दोस्त से ज़रूर मिलाओ।

जो भी हो, मुझे अपने सबसे अज़ीज़ दोस्त की महबूबा से मिलना था। इस मौके पर मैंने सोचा, कोई तोहफा तो ले जाना चाहिए। रात-भर गौर करता रहा। आखिर एक तोहफा समझ में आया कि सोने के टापस ठीक रहेंगे। अनारकली में गया तो सब दुकानें बंद। मालूम हुआ कि इतवार की छुट्टी है लेकिन एक जौहरी की दुकान खुली थी। उससे टापस खरीदे और वापस घर आया। चार बजे

तक जाऊँ या न जाऊँ की स्थिति में रहा। मुझे कुछ परेशानी-सी महसूस होती है—लड़कियों से खुलकर बातें करने का आदी नहीं था। इसलिए मुझ पर घबराहट छाई हुई थी।

दोपहर का खाना खाने के बाद मैंने कुछ देर सोना चाहा, मगर करवटें बदलता रहा। टापस मेरे तकिए के नीचे पड़े थे। ऐसा लगता था कि दो दहकते हुए अंगारे हैं। उठा—गुसल किया। इसके बाद शेव—फिर नहाया और कपड़े बदल कर बड़े कमरे में क्लाक की टिक-टिक सुनने लगा।

तीन बज चुके थे। अखबार उठाया मगर उसकी एक खबर भी न पढ़ सका। अजीब मुसीबत थी। इश्क़ मेरा दोस्त जावेद कर रहा था और मैं एक किस्म का मजनूँ बन गया था।

मेरा बेहतरीन सूट, रेकँन का सिला हुआ मेरे बदन पर था। रूमाल नया, शू भी नए। मैंने यह सिंगार इसलिए किया था कि जावेद ने जो तारीफ के पुल ज़ाहिदा के सामने बाँधे हैं, कहीं टूट न जाएँ।

साढ़े चार बजे मैं उठा। अपनी रेले की सब्ज़ साइकिल ली और आहिस्ता-आहिस्ता लारेंस गार्डन रवाना हो गया। जिमखाना क्लब के इस तरफ लॉन में मुझे जावेद दिखाई दिया। वह अकेला था। उसने ज़ोर का नारा बुलंद किया। मैं जब साइकिल पर से उतरा तो वह मेरे साथ चिमट गया। कहने लगा, “तुम पहले ही पहुँच गए, बहुत अच्छा किया। ज़ाहिदा अब आती ही होगी। मैंने उससे कहा था कि मैं अपनी कार भेज दूँगा। मगर वह रज़ामंद न हुई। ताँगे में आएगी।”

जावेद के बाप की एक कार थी। बेबी आस्टिन, खुदा मालूम किस सदी का मॉडल था। ज़्यादातर यह जावेद ही के इस्तेमाल में आती थी। लारेंस गार्डन में दाखिल होते वक़्त यह मोटर देख ली थी। मैंने उससे कहा, “आओ बैठ जाएँ।”

लेकिन वह रज़ामंद न हुआ। मुझसे कहने लगा, “तुम ऐसा करो—बाहर गेट पर जाओ—एक ताँगा आएगा, जिसमें एक दुबली-पतली लड़की स्याह बुर्का पहने होगी। तुम ताँगेवाले को ठहरा लेना और उससे कहना, मैं जावेद का दोस्त सआदत हूँ, उसने मुझे तुम्हारे स्वागत के लिए भेजा है।”

“नहीं जावेद, मुझमें इतनी जुर्रत नहीं।”

“लाहौल विला—जब तुम नाम बता दोगे तो उसे चूँ करने की भी जुर्रत नहीं होगी—तुम्हारी जुर्रत का सवाल ही कहाँ पैदा होता है। यार, ज़िंदगी में कोई न कोई ऐसी चीज़ होनी चाहिए, जिसे बाद में याद करके आदमी खुश हो सके। जब ज़ाहिदा से मेरी शादी हो जाएगी तो हम आज की इस घटना को याद करके खूब हँसा करेंगे। जाओ मेरे भाई, वह बस अब आती ही होगी।”

मैं जावेद का कहना कैसे मोड़ सकता था। न चाहते हुए बेदिल से चला गया और गेट से कुछ दूर खड़ा रहकर उस ताँगे का इंतज़ार करने लगा, जिसमें ज़ाहिदा अकेली काले बुर्के में हो।

आधे घंटे के बाद एक ताँगा अंदर दाखिल हुआ, जिसमें एक लड़की काला रेशमी बुर्का पहने पिछली सीट पर टाँगें फैलाए बैठी थी।

मैं झेंपता, सिमटता, डरता आगे बढ़ा और ताँगेवाले को रोका। उसने फौरन अपना ताँगा रोक लिया। मैंने उससे कहा, "यह सवारी कहाँ से आई है?"

ताँगेवाले ने ज़रा सख्ती से जवाब दिया, "तुम्हें इससे क्या मतलब—जाओ अपना काम करो?"

बुर्कापोश लड़की ने महीन आवाज़ में ताँगेवाले को डाँटा, "तुम शरीफ आदमियों से बात करना भी नहीं जानते।"

फिर वह मुझसे बोली, "आपने ताँगा क्यों रोका था, जनाब!"

मैंने हकलाकर जवाब दिया, "जावेद—जावेद—मैं जावेद का दोस्त सआदत हूँ—आपका नाम ज़ाहिदा है न?"

उसने बड़ी नर्मी से जवाब दिया, "जी हाँ। मैं आपके बारे में उनसे बहुत-सी बातें सुन चुकी हूँ।"

"उसने मुझसे कहा था कि मैं आपसे इसी तरह मिलूँ और देखूँ कि आप मुझसे किस तरह पेश आती हैं। वह उधर जिमखाना क्लब के पास घास के तख्ते पर बैठा आपका इंतज़ार कर रहा है।"

उसने अपनी नकाब उठाई। अच्छी-खासी शक्ल-व-सूरत थी। मुस्कराकर मुझसे कहा, "आप अगली सीट पर बैठ जाइए, मुझे एक ज़रूरी काम है। अभी चंद मिनटों में लौट आएँगे। आपके दोस्त को ज़्यादा देर तक घास पर नहीं बैठना पड़ेगा।"

मैं इंकार नहीं कर सकता था। अगली सीट पर कोचवान के साथ बैठ गया। ताँगा एसेंबली हॉल के पास से गुज़रा तो मैंने ताँगेवाले से कहा, "भाई साहब, यहाँ कोई सिगरेट वाले की दुकान हो तो ज़रा देर के लिए ठहर जाना। मेरे सिगरेट खत्म हो गए हैं।"

ज़रा आगे बढ़े तो सड़क पर एक सिगरेट-पान वाला बैठा था। ताँगेवाले ने अपना ताँगा रोका। मैं उतरा तो ज़ाहिदा ने कहा, "आप क्यों तकलीफ करते हैं। यह ताँगेवाला ले आएगा।"

मैंने कहा, "इसमें तकलीफ की क्या बात है।" और उस पान-सिगरेट वाले के पास पहुँच गया। एक डिबिया गोल्ड फ्लैक की ली, एक माचिस और दो पान।

जब पाँच के नोट से बाकी पैसे लेकर मुड़ा तो कोचवान मेरे पीछे खड़ा था। उसने दबी जबान में मुझसे कहा, "हुजूर, इस औरत से बचकर रहिएगा।"

मैं बड़ा हैरान हुआ, "क्यों?"

कोचवान ने बड़ी दृढ़ता से कहा, "फाहशा है—इसका काम ही यह है कि शरीफ और नौजवान लड़कों को फाँसती रहे। मेरे ताँगे में अक्सर बैठती है।"

यह सुनकर मेरे होश गुम हो गए। मैंने ताँगेवाले से कहा, "खुदा के लिए तुम इसे वहीं छोड़ आओ, जहाँ से लाए हो। कह देना कि मैं उसके साथ जाना नहीं चाहता। इसलिए कि मेरा दोस्त वहाँ लारेंस गार्डन में मेरा इंतज़ार कर रहा है।"

ताँगेवाला चला गया। मालूम नहीं उसने ज़ाहिदा से क्या कहा। मैंने एक दूसरा ताँगा लिया और सीधा लारेंस गार्डन जा पहुँचा। देखा कि जावेद एक खूबसूरत लड़की से गुफ्तगू करने में लगा है। बड़ी शर्मीली और लजीली थी। जब मैं पास आया तो उसने फौरन अपने दुपट्टे से मुँह छुपा लिया।

जावेद ने बड़ी नाराज़गी-भरे लहजे में मुझसे कहा, "तुम कहाँ ग़ारत हो गए थे—तुम्हारी भाभी कब की आई बैठी है।"

समझ में न आया क्या कहूँ। सख्त बौखला गया—इस बौखलाहट में यह कह गया, "तो वह कौन थी जो मुझे ताँगे में मिली।"

जावेद हँसा, "मज़ाक न करो मुझसे—बैठ जाओ। और अपनी भाभी से बातें करो। यह तुमसे मिलने को बहुत उत्सुक थीं।"

मैं बैठ गया और कोई सलीके की बात न कर सका। इसलिए कि मेरे दिल-व-दिमाग़ पर वह लड़की या औरत छा गई थी, जिसके बारे में ताँगेवाले ने मुझे बड़े दोस्ताना ढंग से बता दिया था कि 'फाहशा' है।

(28 मई, 1954)

शैदा

शीदे के बारे में अमृतसर में यह मशहूर था कि वह चट्टान से भी टक्कर ले सकता है। उसमें बला की फुर्ती और ताक़त थी। गो तन-बदन के लिहाज़ से वह एक कमज़ोर इंसान दिखाई देता था। लेकिन अमृतसर के सारे गुंडे उससे खौफ खाते थे और उसको इज्ज़त की नज़रों से देखते थे।

फरीद का चौक—मालूम नहीं फ़सादों के बाद अब उसकी क्या हालत है—अजीब-व-ग़रीब जगह थी। यहाँ शायर भी थे, डॉक्टर और हकीम भी, मोची और जुलाहे, जुआरी और बदमाश, नेक और परहेज़गार—सभी यहाँ बसते थे। हर वक्त गहमा-गहमी रहती थी।

शीदे के कार्य-कलाप चौक से बाहर होते थे। यानी वह अपने इलाके में कोई ऐसी हरकत नहीं करता था, जिस पर उसके मुहल्ले वालों को ऐतराज़ हो। उसने जितनी लड़ाइयाँ लड़ीं, दूसरे गुंडों के मुहल्ले में।

वह कहा करता था, "अपने मुहल्ले में किसी दूसरे मुहल्ले के गुंडों से लड़ना नामर्दी की निशानी है—मज़ा तो यह है कि दुश्मन को उसकी अपनी जगह पर मारा जाए।"

और यह सही था। एक बार पड़ंगों से उसकी ठन गई। वे कई बार चौक फरीद से गुज़रे—बड़कें मारते, नारे लगाते, शीदे को गालियाँ देते। वह ये सब सुन रहा था मगर उसने उनसे भिड़ना मुनासिब न समझा और खामोश रहमान तांदरो की दुकान में बैठा रहा।

लेकिन दो घंटों के बाद वह पड़ंगों के मुहल्ले की तरफ रवाना हुआ। अकेला—बिल्कुल अकेला और फिर बिना किसी हथियार के।

वहाँ जाकर उसने एक गगनभेदी नारा बुलंद किया और पड़ंगों को जो अपने काम में लगे थे, ललकारा, "निकलो बाहर,—तुम्हारी···"

दस-बारह पड़ंगे लाठियाँ लेकर बाहर निकल आए और जंग शुरू हो गई। मेरा ख्याल है, शीदा गतके और बनोट का माहिर था। उस पर लाठियाँ बरसाई गईं, लेकिन उसने एक भी चोट अपने पर न लगने दी। ऐसे पैतरें बदलता रहा कि पड़ंगों की सिट्टी गुम हो गई।

आखिर उसने एक पड़ंगे से बड़ी चालाकी से लाठी छीन ली और हमलावरों को मार-मारकर अधमुआ कर दिया।

दूसरे दिन उसे गिरफ्तार कर लिया गया—दो वर्ष क़ैद-बा-मशक़्क़त की सज़ा हुई। वह जेल चला गया जैसे वह उसका अपना घर है। इस दौरान उसकी बूढ़ी माँ कभी-कभी मुलाक़ात के लिए आती रहीं।

वह मेहनत करता, लेकिन उसे कोई कोफ्त न होती। वह सोचता था कि चलो कसरत हो रही है। सेहत ठीक रहेगी।

उसकी सेहत बावजूद इसके कि खाना बड़ा वाहियात होता था, पहले से बेहतर थी। उसका वजन बढ़ गया था, लेकिन वह कभी-कभी गमग़ीन हो जाता और अपनी कोठड़ी में सारी रात जागता रहता। उसके होंठों पर पंजाबी की यह बोली होती—

कि कच्चिए तेरी यारी,
महनाँ महनाँ हो के टुट गई।

एक वर्ष गुज़र गया मशक़्क़त करते-करते। अब उसकी उदासी का दौर शुरू हुआ। उसने अलग-अलग बोलियाँ गाना शुरू कर दिया। मुझे एक क़ैदी ने बताया जो उसके साथ वाली कोठड़ी में था, कि वह ये बोलियाँ गाया करता था—

लभ जाणगे यार गवाचे,
ठेके ले ले पलाँ दे।

इसका मतलब यह है कि तुझे अपना खोया महबूब मिल जाएगा, अगर तू दरिया के किनारे पर किश्तियाँ चलाने का ठेका ले ले।

गुड्डी कर जांदी जिन्हाँ दी प्रेम वाली,
मुंडे ले जांदे उन्हाँ दी डोर लुट के।

यानी जिनकी मुहब्बत की पतंग कट जाती है तो लड़के वाले बड़ा शोर मचाते हैं और उनकी डोर लूटकर ले जाते हैं।

मैं अब और बोलियों का जिक्र नहीं करूँगा, क्योंकि उन सबका जो शीदे के होठों पर होती थीं, एक ही किस्म का मतलब है।

उस कैदी ने मुझसे कहा, "हम समझ गए थे, शीदा किसी के इश्क़ में गिरफ्तार है, क्योंकि हमने कई बार उसे आहें भरते भी देखा। मशक़्क़त के दौरान वह बिल्कुल खामोश रहता। ऐसा मालूम होता जैसे वह किसी और दुनिया की सैर कर रहा है। थोड़ी-थोड़ी देर के बाद एक लंबी आह भरता और फिर अपने ख्यालात में खो जाता।"

डेढ़ वर्ष के बाद जब शीदा खुदकशी का इरादा कर चुका था और कोई ऐसी

तरकीब सोच रहा था कि अपनी ज़िंदगी खत्म कर दे कि उसे खबर मिली कि एक जवान लड़की उससे मिलने आई है। उसको बड़ी हैरत हुई कि यह जवान लड़की कौन हो सकती है। उसकी तो सिर्फ माँ ही थी जो उससे अपनी ममता के कारण मिलने आ जाया करती थी। मुलाक़ात का इंतज़ाम हुआ। शीदा सलाखों के पीछे खड़ा था। उसके साथ हथियारबंद सिपाही। लड़की को बुलाया गया। शीदे ने सलाखों से देखा कि एक बुर्कापोश औरत लोहे के पिंजरे की तरफ बढ़ रही है। उसको अभी तक यह हैरत थी कि यह औरत या लड़की कौन हो सकती है।

सफेद बुर्का था। जब वह पास आई तो उसने नकाब उठाई—शीदा चीखा—"तुम—तुम कैसे?"

जुलेखा जो पड़ंगों की लड़की थी, बिलख-बिलख कर रोने लगी। उसके हलक में लफ्ज़ अटक-अटक गए, "मैं तुमसे मिलने आई हूँ—लेकिन—लेकिन मुझे—माफ कर देना। इतनी देर के बाद आई हूँ—तुम—खुदा मालूम—अपने दिल में मेरे लिए क्या सोचते होगे।"

शीदे ने सलाखों के साथ सिर लगाकर कहा, "नहीं, मेरी जान, मैं तुम्हारे लिए सोचता ज़रूर रहा, लेकिन मैं जानता था कि तुम मज़बूर हो।"

जुलेखा ने रोते हुए कहा, "मैं वाक़ई मज़बूर थी, लेकिन आज मुझे मौका मिला तो मैं आ गई, सच कहती हूँ मेरा दिल किसी चीज़ में नहीं लगता था।"

"यह मौका तुम्हें कैसे मिल गया?"

जुलेखा की आँखों से आँसू बह रहे थे। मेरे अब्बा का इंतकाल हो गया है। कल उनका चालीसवाँ था।

शीदा मरहूम से अपनी सारी दुश्मनी भूल गया, "खुदा उन्हें जन्नत बख्शे—मुझे यह खबर सुनकर बड़ा अफ़सोस हुआ।" यह कहते हुए उसकी आँखों में आँसू आ गए, "सब्र करो, जुलेखा। इसके सिवा और कोई चारा नहीं।" जुलेखा ने अपने सफेद बुर्के से आँसू पोंछे, "मैंने बहुत सब्र किया है शीदे, अब और कितनी देर करना पड़ेगा—तुम यहाँ से कब निकलोगे।"

"बस, छह महीने रह गए हैं। लेकिन मेरा ख्याल है कि मुझे बहुत पहले ही छोड़ देंगे। यहाँ के सब अफसर मुझ पर मेहरबान हैं···।"

जुलेखा की आवाज़ में मुहब्बत का असीम जज़्बा पैदा हो गया, "जल्दी आओ प्यारे—मुझे अब तुम्हारी होने से रोकने वाला कोई नहीं। खुदा की कसम, अगर किसी ने तुम्हारी तरफ आँख उठाकर भी देखा तो मैं खुद उससे निपट लूँगी। मैं नहीं चाहती कि तुम फिर ऐसी मुसीबत में गिरफ्तार हो जाओ।"

संतरी ने कहा कि वक़्त खत्म हो गया। चुनाँचे उनकी मुलाक़ात भी खत्म

हो गई। जुलेखा रोती-रोती चली गई और शीदा दिल में खुशी और आँखों में आँसू लिए जेल के अंदर चला गया, जहाँ उसको मशक्क़त करनी थी। उस दिन उसने इतना काम किया कि जेलर दंग रह गए।

दो महीने के बाद उसे रिहा कर दिया गया। इस दौरान जुलेखा दो बार उससे मुलाक़ात करने आई थी। उसने आखिरी मुलाक़ात में उसको बता दिया था कि वह किस तारीख को जेल से बाहर निकलेगा। चुनाँचे वह गेट के पास बुर्का पहने खड़ी थी। दोनों खुशी से आँसू बहाने लगे।

शीदे ने ताँगा लिया। दोनों उसमें सवार हुए और शहर की तरफ चले। लेकिन शीदा की समझ में नहीं आता था कि वह जुलेखा को कहाँ ले जाएगा।

"जुलेखा, तुम्हें कहाँ जाना है?" जुलेखा ने जवाब दिया, "मुझे मालूम नहीं—तुम जहाँ ले जाओगे, वहीं मैं चली जाऊँगी।"

शीदे ने कुछ देर सोचा और जुलेखा से कहा, "नहीं—यह ठीक नहीं। तुम अपने घर जाओ—दुनिया मुझे गुंडा कहती है। लेकिन मैं तुझे जायज़ तरीके पर हासिल करना चाहता हूँ। तुमसे बाक़ायदा शादी करूँगा।"

जुलेखा ने पूछा, "कब?"

"बस एक-दो महीने लग जाएँगे। मैं अपनी जुए की बैठक फिर से क़ायम कर लूँ। इस दौरान इतना रुपया इकट्ठा हो जाएगा कि मैं तुम्हारे लिए ज़ेवर, कपड़े खरीद सकूँ।"

जुलेखा बहुत प्रभावित हुई, "तुम कितने अच्छे हो, शीदे! जितनी देर तुम कहोगे, मैं उस घड़ी के लिए इंतज़ार करूँगी, जब मैं तुम्हारी हो जाऊँगी।"

शीदा ज़रा भावुक हो गया, "जानी, तुम अब भी मेरी हो—मैं भी तुम्हारा हूँ। लेकिन मैं चाहता हूँ, जो काम हो तौर-तरीके से हो। मैं उन लोगों में से नहीं जो दूसरों की जवान लड़कियों को बरगलाकर खराब करते हैं। मुझे तुमसे मुहब्बत है, जिसका सबसे बड़ा सबूत यह है कि तुम्हारी खातिर मैंने मार खाई और क़रीब-क़रीब दो वर्ष जेल में काटे। खुदावंद पाक की क़सम खाकर कहता हूँ, हर वक़्त मेरे होंठों पर तुम्हारा नाम रहता था।"

जुलेखा ने कहा, "मैंने कभी नमाज़ नहीं पढ़ी थी। लेकिन तुम्हारे लिए मैंने एक पड़ोसिन से सीखी और बिना नागा पाँचों वक़्त पढ़ती रही। हर नमाज़ के बाद दुआ माँगती, खुदा तुम्हें हर आफ़त से महफ़ूज़ रखे।"

शीदे ने शहर पहुँचते ही दूसरा ताँगा ले लिया और जुलेखा से अलग हो गया, ताकि वह अपने घर जाए और वह अपने।

शीदे ने डेढ़ माह के अंदर-अंदर एक हज़ार रुपए पैदा कर लिए। उनसे उसने

जुलेखा के लिए सोने की चूड़ियाँ और अँगूठियाँ बनवाईं। गले के लिए एक नेकलेस भी लिया। अब वह पूरी तरह लैस था।

एक दिन वह अपने घर में ऊपर सीढ़ी पर बैठा खाना खाने लगा था कि नीचे से किसी औरत के बैन करने जैसी आवाज़ आई। वह उसे पुकार रही थी और साथ-साथ कोसने भी दे रही थी।

शीदा ने उठकर खिड़की में से नीचे झाँका तो एक बुढ़िया थी जो उसके मुहल्ले की नहीं थी। उसने गर्दन उठाकर ऊपर देखा और पूछा, "क्या तुम ही शीदे हो?"

"हाँ, माँ!"

"खुदा करे न रहो इस दुनिया के तख्ते पर, तुम्हारी जवानी टूटे, तुम पर बिजली गिरे।"

शीदे ने किसी कदर गुस्से में उस बुढ़िया से पूछा, "बात क्या है?"

बुढ़िया का लहजा और ज़्यादा तल्ख़ हो गया, "मेरी बच्ची तुम पर जान छिड़के और तुम्हें कुछ पता ही नहीं।"

शीदे ने हैरत से उस बुढ़िया से सवाल किया, "कौन है तुम्हारी बच्ची?"

"जुलेखा, और कौन?"

"क्यों, क्या हुआ है उसको?"

बुढ़िया रोने लगी, "वह तुमसे मिलती थी। तुम गुंडे हो। इसलिए एक थानेदार ने जबरदस्ती उसके साथ अपना मुँह काला किया।"

शीदे के होश-हवास एक क्षण के लिए गायब हो गए। मगर सँभलकर उसने बुढ़िया से पूछा, "क्या नाम है उस थानेदार का?"

बुढ़िया काँप रही थी, "करमदाद। तुम यहाँ ऊपर मज़े से बैठे हो। बहुत बड़े गुंडे बने फिरते हो। अगर तुम में थोड़ी-सी भी ग़ैरत है तो जाओ उस थानेदार का सिर गंडासे से काटकर रख दो।"

शीदा ने कुछ न कहा। खिड़की से हटकर उसने बड़ी तसल्ली से खाना खाया पेट भरकर। दो गिलास पानी के पिए और एक कोने में रखी हुई कुल्हाड़ी लेकर बाहर चला गया।

एक घंटे के बाद उसने जुलेखा के घर दरवाज़े पर दस्तक दी। वही बुढ़िया बाहर निकली। शीदे के हाथ में खून से सनी कुल्हाड़ी थी। उसने बड़े शांत लहजे में उससे कहा, "माँ, जो काम तुमने मुझसे कहा था, कर आया हूँ। जुलेखा से मेरा सलाम कहना। मैं अब चलता हूँ।"

यह कहकर वह सीधा कोतवाली गया और खुद को पुलिस के हवाले कर दिया।

(30 मई, 1954)

बुड्ढा खूसट

यह विश्वयुद्ध के खात्मे के बाद की बात है जब मेरा सबसे प्रिय दोस्त लेफ्टिनेंट कर्नल मुहम्मद सलीम शेख ईरान, इराक और दूसरे मोर्चों से होता हुआ बंबई पहुँचा। उसको अच्छी तरह मालूम था, मेरा फ्लैट कहाँ है। हममें कभी-कभार पत्र-व्यवहार भी होता रहता था लेकिन उससे कुछ मज़ा नहीं आता था। इसलिए कि हर खत सेंसर होता था। और इधर से जाए या उधर से आए। अजीब मुसीबत थी।

मगर अब उन मुसीबतों का जिक्र क्या करना। बंबई के बी॰बी॰ एंड सी॰आई॰ए॰ के टर्मिनस पर उसकी पोस्टिंग हुई। उस वक़्त वह सिर्फ लेफ्टिनेंट था। हम दोनों लंबे-चौड़े रेलवे स्टेशन के बूफे में बैठ गए और दोपहर के बारह-एक बजे तक ठंडी-ठंडी बीयर पीते रहे। उसने इस दौरान मुझे कई कहानियाँ सुनाईं, जिनमें से एक खास तौर पर क़ाबिल-ए-ज़िक्र है।

उसने ईरान, इराक और और खुदा मालूम किन-किन मुल्कों के अपने इश्क़ के किस्से सुनाए। मैं सुनता रहा। पेशेवर आशिक़ तो वह कालेज के जमाने से था। उसकी दास्तानें अगर मैं सुनाऊँ तो एक बड़ी किताब बन जाए। बहरहाल आपको इतना बताना ज़रूरी है कि उसे लड़कियों को अपनी तरफ आकर्षित करने का गुर मालूम था।

गोर्डन कालेज, रावलपिंडी में वह राजा इंद्र था। उसके दरबार में वहाँ की तमाम परियाँ मुजरा किया करती थीं—खूबसूरत था, काफी खूबसूरत, मगर उसका हुस्न मर्दाना हुस्न था। पतली नुकीली नाक जो यक़ीनन अपना काम कर जाती होगी। छोटी-छोटी गहरे मुसले रंग की आँखें, जो उसके चेहरे पर सज गई थीं। बड़ी होतीं तो शायद उसके चेहरे की सारी कशिश मारी जाती।

वह खिलंदरा था। जिस तरह लार्ड बायरन सिर्फ कुछ अरसे के लिए किसी से दिलचस्पी लेता था और फिर उसे छोड़कर आगे बढ़ जाता, जैसे वह उसकी ज़िंदगी में कभी आई ही नहीं, इसी तरह का सलूक वह अपने जाल में फँसी हुई लड़कियों से करता। मुझे उसका यह रवैया पसंद नहीं था कि यह मेरी नज़र में बहुत क्रूर है। मगर वह बेपरवाह था। कहा करता, "उल्लू के पट्ठे—ग़ालिब पढ़ो, वह क्या कहता है—उसे मूल पाठ याद नहीं रहता था। मगर उसका मतलब अपने

शब्दों में बता दिया करता। वह कहता है—वही शाख-ए-तौबा और जन्नत में वही एक हूर/वाल्लाह ज़िंदगी अजीरन हो जाएगी—शहद की मक्खी बनो, कली-कली का रस चूसो—मक्खी किसी मिस्री की न बनो जो वहीं चिपक कर रह जाए।" फिर उसने इक़बाल के एक शेर का हवाला अपना बीयर का गिलास खाली करते हुए दिया, "क्या कहा है इकबाल ने—

तू ही नादाँ चंद कलियों पर कनाअत कर गया,
वरना गुलशन में इलाज-ए-तनगी दामाँ भी था।

साबित हुआ कि तुम न सिर्फ नादाँ हो बल्कि दर्ज़ा अव्वल वनस्पति घी की तरह दर्ज़ा अव्वल चुग़द भी हो—अब हटाओ इस बकवास को।"

मैंने यह बकवास इस तरह हटाई जैसे बैरे ने मेरी बीयर की खाली बोतल।

इससे पहले कि मैं असल कहानी की तरफ आऊँ, मैं आपको शेख सलीम के बारे में एक बहुत दिलचस्प घटना सुनाता हूँ। हम गोर्डन कालेज में बी॰ए॰ फाइनल में पढ़ते थे कि क्रिसमस की छुट्टियों में एक रुक्मणी की शादी की उड़ती-उड़ती अफ़वाह हमें मिली। यह रुक्मणी हमारी ही किसी क्लास में पढ़ती थी और कुछ समय पहले बुरी तरह शेख सलीम पर लट्टू थी। शक्ल-सूरत उसकी वाजिबी थी। मगर मेरा दोस्त शहद की मक्खी था। चुनाँचे दो महीनों तक उनका इश्क़ चलता रहा। इसके बाद वह उससे बिल्कुल अजनबी हो गया।

जब उसको बताया गया कि रुक्मणी जो तुम्हारी महबूबा थी और जिसकी खातिर तुमने इतने झगड़े अपनी क्लास के छात्रों से किए, वह अगर दूसरी जगह ब्याही जाए तो डूब मरो—लेकिन तुम तैरना जानते हो। डुबोने का काम हम अपने जिम्मे लेते हैं।

शेख सलीम को इस किस्म की बातें अमूमन खा जाती थीं। उसने अपनी महीन-महीन मूँछों को ताव देने की कोशिश की और कहा, "अच्छा, तुम देख लेना—क्या होगा।"

उसकी पार्टी के एक लंबे-चौड़े लड़के ने पूछा, "क्या होगा?"

शेख सलीम ने उसको झाग की तरह बिठा दिया, "जो होगा तुम्हारी माँ का सिर—जब शादी का दिन आएगा, देख लेना—चलो, आओ मेरे साथ। मुझे तुमसे कुछ बातें करनी हैं।"

शादी का दिन आ गया। बारात जब दुल्हन वालों के घर के पास पहुँची तो कोई शख्स सिर पर सेहरा बाँधे, अच्छे घोड़े पर सवार अंदर दाखिल हो गया। दूल्हा मोटर में था, जिस पर फूलों का जाल बुना हुआ था।

घुड़सवार सेहरे से लदाफदा शामियाने के पास था। घोड़ा खुद दूल्हा बना हुआ

था। दुल्हन का बाप और उसके रिश्तेदार आगे बढ़े। घोड़े का मालिक भागा-भागा आ गया था। इस सेहरे से लदे हुए आदमी को उस जगह बैठा दिया गया, जहाँ दुल्हन को भी साथ बैठना था। बीच में हवनकुंड था जिसमें छोटी-छोटी लकड़ियों के टुकड़े जल रहे थे। उन्होंने नंगे बदन उठकर दूल्हे को आशीर्वाद दिया और उससे कहा, "सरदार जी, दुल्हन को जल्द बुलाइए। मुहूर्त हो गया है।"

फौरन रुक्मणी पहुँच गई और कुछ देर के लिए दूल्हा के साथ बिठा दी गई। पंडित जी ने कुछ पढ़ा, जिसका मतलब मेरी समझ में नहीं आया। लेकिन एकदम शादी के उस जलसे में एक हड़बोंग-सी मच गई, जब कार से एक और दूल्हा निकलकर सामने आ गया और ऊँची आवाज़ में तमाम हाज़रीन को कहा, "मेरे साथ धोखा हुआ है—मैं दावा दायर कर दूँगा।"

वह दूल्हा जो हाथ पकड़कर दुल्हन को उठा रहा था, बड़ी खौफनाक आवाज़ में चिल्लाया, "अबे, जा बे, दावा दायर करने के कुछ लगते।"

यह कहकर उसने अपने फूलों का घूँघट उठा दिया और उन हज़ार के करीब आदमियों से जो शामियाने के नीचे थे, कुछ कहना चाहा, मगर क़हक़हे का समंदर मौज़ें मारने लगा। दूसरी पार्टी के आदमी भी इन क़हक़हों में शरीक हुए क्योंकि जब यह फूलों का पर्दा अलग हुआ तो उन्होंने देखा कि शेख सलीम है।

रुक्मणी बड़ी गुस्सा हुई, मगर शेख सलीम ने बड़ी जुर्रत से काम लेकर उससे बुलंद आवाज़ में पूछा, "तुम इस चुग़द के साथ शादी करने के लिए तैयार हो?"

रुक्मणी खामोश रही।

"अच्छा जाओ जहन्नुम में। लेकिन एक दिन नहीं, पूरे तीन महीने तुम हमें पूजती रही हो"—यह कहकर वह सही दूल्हा की तरफ बढ़ा, जिसके मुँह से गुस्से के मारे झाग निकल रहे थे। आगे बढ़कर उसने अपने सारे हार उसके गले में डाल दिए। सब बराती बुत बने बैठे थे।

हँसता, क़हक़हे लगाता वह अपने घोड़े पर बड़ी सफाई से सवार हुआ और ऐड़ लगाकर कोठी से बाहर निकल गया। घोड़े से उतरकर हम दूर निकल गए थे। इसलिए कि मैं उसके पीछे घोड़े की-सी तेज़ रफ्तार से भागा था, उसने मेरा कंधा बड़े ज़ोर से हिलाया, "क्यों बेटे, तुमसे मैंने क्या कहा था—अब देख लिया?"

हुआ तो सब कुछ ठीक था मगर मुझे डर था, कहीं शेख सलीम गिरफ्तार न हो जाए। मैंने उससे कहा, "जो तुमने किया, वह कोई और नहीं कर सकता। लेकिन भाई मेरे, कहीं हँसी में फँसी न हो जाए। फर्ज़ करो अगर रुक्मणी के बाप ने तुम्हें गिरफ्तार करा दिया?"

वह कड़ककर बोला, "उसके बाप का बाप भी नहीं कर सकता। कौन अपनी बेटी

को अदालत चढ़ाएगा। मैं तो इसी वक़्त गिरफ्तार होने के लिए तैयार हूँ। ले जाए मुझे थाने। उस साली के सारे पोल खोल दूँगा। मेरे पास उसके दर्जनों खत पड़े हैं।"

सारे शहर में यही अफवाह फैली हुई थी कि रुक्मणी का बाप शेख सलीम को ज़रूर उसकी गुस्ताख़ी की सज़ा दिलवाएगा कि वह सारी उम्र याद रखे। मगर कुछ न हुआ। जब कई दिन गुज़र गए तो वह मेरे पास गाता हुआ आया—

"थी खबर गर्म कि ग़ालिब के उड़ेंगे पुरजे,
देखने हम भी गए पर वह तमाशा न हुआ!"

अब मैं असल कहानी की तरफ पलटता हूँ, जो इस वाकये से भी कहीं ज़्यादा दिलचस्प और अर्थपूर्ण है। यह खुद उसने मुझे सुनाई, जिसकी सदाक़त पर मुझे सौ फीसदी यक़ीन है—इसलिए कि शेख सलीम झूठा कभी नहीं था।

उसने मुझे बताया, "मैं ईरान में था। वहाँ की लड़कियाँ आम यूरोपियन लड़कियों की तरह होती हैं, वही लिबास, वही आकार-प्रकार, अलबत्ता नाक-नक्शे के लिहाज़ से काफी भिन्न होती हैं। जितनी खुराफात वहाँ होती है, शायद किसी और मुल्क में न होती हो—मैंने वहाँ कई शिकार कीं। वहाँ मेरे एक बड़े अफसर कर्नल उस्मानी थे। हालाँकि उनका ओहदा जैसा कि ज़ाहिर है, मुझसे बहुत बड़ा था लेकिन वह मेरे बड़े मेहरबान थे। मैस में जब भी मुझे देखते, ज़ोर से पुकारते—'इधर आओ, शेख! मेरे पास बैठो।' और वह मेरे लिए एक कुर्सी मँगवाते। व्हिस्की का दौर चलता तो इधर-उधर की बातें शुरू कर देते। कर्नल उस्मानी साहब को मुझसे छेड़खानी करने में खास मज़ा आता। जब वह कोई फिकरा मुझ पर चुस्त करते तो बहुत खुश होते—खासी बड़ी उम्र के थे। इसके इलावा बड़े अफसर। मैं खामोश रहता। उनको उन पोलिस्तानी नर्सों से बड़ी दिलचस्पी थी जो वहाँ एंबुलेंस कोर में काम करती थीं। ये पोलिस्तानी लड़कियाँ बला की मजबूत होती हैं—ये मोटी-मोटी सफेद पिंडलियाँ, बड़ी मजबूत, छातियाँ बड़ी-बड़ी और सेहतमंद, कूल्हे चौड़े और गोश्त से भरे हुए, जिनमें सख्ती हो—लोहे जैसी सख्ती। मेरी कई दोस्त थीं। पर जब मैं आयरन से मिला तो सब भूल गया। सारे ईरान को भूल गया। बड़ी सिफ्तें थीं। नक्श सब छोटे-छोटे थे। अगर तुम उसकी छातियों और पिंडलियों को दृष्टि में रखते तो यही समझते कि उसके हाथ डबल रोटी की तरह होंगे। उसकी अँगुलियाँ इतनी मोटी होंगी जैसे किसी दरख़्त की टहनी। मगर नहीं दोस्त उसके हाथ बड़े नर्म-व-नाजुक थे और उसकी अँगुलियाँ, तुम यह समझ लो कि चुग़ताई की बनाई तस्वीरों की मखरूती नहीं, मगर पतली-पतली थीं—मैं तो उस पर लट्टू हो गया। चंद रोज़ की मुलाक़ातों ही में उसके-मेरे संबंध बेतकल्लुफी की हद तक बढ़ गए।"

यहाँ तक पहुँचकर शेख रुक गया। एक नया पैग गिलास में डाला और सोड़ा मिलाकर गटागट पी गया, "न याद कराओ यह किस्सा।" मैंने उससे कहा, "लेफ्टिनेंट साहब, आपने खुद ही तो शुरू किया था।"

उसने माथे पर त्यौरी चढ़ाकर मेरी तरफ देखा। एक और पैग अपने गिलास में डाला। तीन-चार पैग जो बोतल में बाकी बच गए थे, इत्तफाक़ से मेरे गिलास में डाले और खुद सूखी जिसे अंग्रेज़ी में नीट कहते हैं पी गया, और खाँस-खाँसकर अपना बुरा हाल कर लिया, "लानत हो, तुम पर।"

"यानी यह क्या मौक़ा है, मुझ पर लानत भेजने का?"

उसकी खाँसी अब बंद हो गई थी और वह रूमाल से अपना मुँह पोंछ रहा था। "कुछ न पूछो मेरी जान—दूसरे दिन रात को कर्नल साहब से मुलाक़ात हुई। उन्होंने बड़े व्यंग्य से कहा, 'कहो साहिबज़ादे, मुझे बुड्ढा कहते हो। वह तुमने कहावत नहीं सुनी—नया एक दिन पुराना सौ दिन।'

"मैंने उनसे अर्ज़ की, 'कर्नल साहब, आपका मेरा क्या मुकाबला।' मगर मैंने दिल ही दिल में सोचा कि यह कम्बख्त इस हक़ीकत से अब तक अनजान है कि क़ब्र में पाँव लटकाए बैठा है और इश्क़ फरमा रहा है।

"मैं तो खुदा की क़सम, जब इस उम्र को पहुचूँगा तो खुदकशी कर लूँगा। इस मुँह के साथ जिसमें आधे दाँत बनावटी हैं, मेरी आइरन पर निगाह लगाए बैठा है। कर्नल होगा तो अपने घर में। इसने कभी फिर उसकी बात की तो एक ऐसा घूँसा जमाऊँगा उसकी सूखी गर्दन पर कि मनका बाहर आ जाएगा।

"देर तक उस बुड्ढे खूसट से आइरन—निहायत ही प्यारी आइरन के बारे में बातें होती रहीं और वह व्यंग्य करने से बाज न आया। व्हिस्की का चौथा दौर चल रहा था। मैंने अपने होंठों पर बड़ी फरमाबरदार किस्म की मुस्कराहट पैदा की और उससे कहा, 'कर्नल साहब, जो आपको बुड्ढा कहे, वह खुद बुड्ढा है। आप तो माशा-अल्लाह धान-पान हैं।'

"यह महफिल खत्म हुई तो मैं बहुत खुश हुआ। आइरन ने मुझसे वायदा किया कि वह दूसरे दिन फलाँ-फलाँ होटल में शाम को सात बजे मिलेगी। उसमें फौज़ियों को इजाज़त थी। इतवार था, इसलिए मैं वर्दी के बजाय निहायत उम्दा सूट पहनकर वहाँ पहुँचा। सात बजने में अभी नौ मिनट बाकी थे। मैं डाइनिंग हॉल में दाखिल हुआ, तो मेरे पाँव वहीं के वहीं जम गए। कर्नल उस्मानी साहब आस-पास बैठे हुए लोगों से लापरवाह आइरन का बड़ा लंबा बोसा ले रहे थे। मुझे ऐसा महसूस हुआ कि मैं उस कर्नल से कहीं ज्यादा बूढ़ा खूसट बन गया हूँ।"

(31 मई, 1954)

अनारकली

नाम उसका सलीम था। मगर उसके यार-दोस्त उसे शाहज़ादा सलीम कहते थे। शायद इसलिए कि उसका चेहरा-मोहरा मुग़लई था, खूबसूरत था। चाल-ढाल से रईसी टपकती थी।

उसका बाप पी॰डब्ल्यू॰डी॰ के दफ्तर में नौकर था। तनख्वाह ज़्यादा से ज़्यादा सौ रुपए होगी, मगर बड़े ठाठ से रहता था। ज़ाहिर है कि रिश्वत खाता था। यही वजह है कि सलीम अच्छे-से-अच्छा कपड़ा पहनता। जेब-खर्च भी उसको काफी मिलता था, इसलिए कि वह अपने माता-पिता का इकलौता बेटा था।

वह बहुत बन-ठनकर रहता। उसके पास कई सूट, कई कमीज़ें थीं, जो वह बदल-बदलकर पहनता। शू कम-से-कम 20 के करीब होंगे।

जब कालेज में था तो कई लड़कियाँ उस पर जान छिड़कती थीं, मगर वह उनके प्रति बेपरवाह रहता। आखिर उसकी आँख एक शोख-चंचल लड़की से, जिसका नाम सीमा था, लड़ गई। सलीम ने उससे दोस्ती पैदा करनी चाही। उसे यक़ीन था कि वह उसकी दोस्ती हासिल कर लेगा।—नहीं, वह तो यहाँ तक समझता था कि सीमा उसके क़दमों में गिर पड़ेगी और उसकी एहसानमंद और शुक्रगुज़ार होगी कि उसने मुहब्बत की निगाहों से उसे देखा।

एक दिन कालेज में सलीम ने सीमा से पहली बार संबोधित करते हुए कहा, "आप किताबों का इतना बोझ उठाए हुए हैं—लाइए, मुझे दे दीजिए। मेरा ताँगा बाहर मौजूद है। आपको और इस बोझ को आपके घर तक पहुँचा दूँगा।"

सीमा ने अपनी भारी-भरकम किताबें बगल में दबाए हुए बड़े खुश्क लहजे में जवाब दिया, "आपकी मदद की मुझे कोई ज़रूरत नहीं, फिर भी शुक्रिया अदा किए देती हूँ।"

शाहज़ादा सलीम को अपनी ज़िंदगी का सबसे बड़ा सदमा पहुँचा। कुछ लम्हों के लिए वह अपनी झेंप मिटाता रहा। इसके बाद उसने सीमा से कहा, "औरत को मर्द के सहारे की ज़रूरत होती है। मुझे हैरत है कि आपने मेरी पेशकश को क्यों ठुकरा दिया?"

सीमा का लहजा और ज़्यादा खुश्क हो गया, "औरतों को मर्द के सहारे की ज़रूरत होगी, मगर फिलहाल मुझे ऐसी कोई ज़रूरत महसूस नहीं होती। आपकी पेशकश का शुक्रिया मैं अदा कर चुकी हूँ, इससे ज़्यादा आप और क्या चाहते हैं?"

यह कहकर सीमा चली गई। शहज़ादा सलीम जो अनारकली के ख्वाब देख रहा था, आँखें झपकता रह गया। उसने बहुत बुरी तरह शिकस्त खाई थी।

इससे पहले उसकी ज़िंदगी में कई लड़कियाँ आ चुकी थीं जो उसकी आँख के इशारे पर चलती थीं, मगर यह सीमा क्या समझती है अपने को। इसमें कोई शक़ नहीं कि खूबसूरत है। जितनी लड़कियाँ मैंने अब तक देखी हैं, उनमें सबसे ज़्यादा हसीन है। मगर मुझे ठुकरा देना—यह बहुत बड़ी ज़्यादती है। मैं ज़रूर उससे बदला लूँगा—चाहे, कुछ भी हो जाए।

शाहज़ादा सलीम ने उससे बदला लेने की कई स्कीमें बनाईं, मगर कामयाब साबित न हुईं। उसने यहाँ तक सोचा कि उसकी नाक काट डाले। वह यह जुर्म कर बैठता, मगर उसे सीमा के चेहरे पर यह नाक बहुत पसंद थी। कोई बड़े से बड़ा चित्रकार भी ऐसी नाक की कल्पना नहीं कर सकता था।

सलीम तो अपने इरादों में कामयाब न हुआ, मगर तक़दीर ने उसकी मदद की। उसकी माँ ने उसके लिए रिश्ता ढूँढना शुरू किया। चुनाव की निगाह आखिर सीमा पर पड़ी जो उसकी सहेली की सहेली की लड़की थी।

बात पक्की हो गई, मगर सलीम ने इंकार कर दिया। इस पर उसके माता-पिता बहुत नाराज़ हुए। घर में दस-बारह दिन तक हंगामा मचा रहा।

सलीम के वालिद ज़रा सख्त तबीयत के थे। उन्होंने उससे कहा, "देखो, तुम्हें हमारा फैसला कबूल करना होगा।"

सलीम हठधर्मी था। जवाब में यह कहा, "आपका फैसला कोई हाईकोर्ट का फैसला नहीं, फिर मैंने क्या जुर्म किया है जिसका आप फैसला सुना रहे हैं।"

उसके वालिद को यह सुनकर तैश आ गया, "तुम्हारा यह जुर्म है कि तुम नाफरमाबरदार हो—अपने माता-पिता का कहना नहीं मानते। हुक्म-उदूली करते हो। मैं तुम्हें जायदाद से अलग कर दूँगा।"

सलीम का जोश थोड़ा-सा ठंडा हो गया, "लेकिन अब्बाजान, शादी मेरी मर्ज़ी के मुताबिक तो होनी चाहिए।"

"बताओ, तुम्हारी मर्ज़ी क्या है?"

"अगर आप ठंडे दिल से सुनें तो अर्ज़ करूँ?"

"मेरा दिल काफी ठंडा है। तुम्हें जो कुछ कहना है, फौरन कह डालो। मैं ज़्यादा देर इंतज़ार नहीं कर सकता।"

सलीम ने रुक-रुककर कहा, "मुझे—मुझे—एक लड़की से मुहब्बत है।"

उसका बाप गरजा, "किस लड़की से?"

सलीम थोड़ी देर हिचकिचाया, "एक लड़की है।"

"कौन है वह? क्या नाम है, उसका?"

"सीमा—मेरे साथ कालेज में पढ़ती थी।"

"मियाँ इफ्तख़ाररुद्दीन की लड़की?"

"जी, हाँ। उसका नाम सीमा इफ्तख़ार है—मेरा ख्याल है, वही है।"

उसके वालिद बेतहाशा हँसने लगे, "ख्याल के बच्चे—तुम्हारी शादी उसी लड़की से तय हुई है—क्या वह तुम्हें पसंद करती है?"

सलीम बौखला-सा गया। यह सिलसिला कैसे हो गया, उसकी समझ में नहीं आता था। कहीं उसका बाप झूठ तो नहीं बोल रहा था? सलीम से सवाल किया गया था, उसका जवाब उसके पिता को नहीं मिला था, चुनाँचे उन्होंने कड़ककर पूछा, "सलीम, मुझे बताओ, क्या सीमा तुम्हें पसंद करती है?"

सलीम ने कहा, "जी, नहीं।"

"तुमने यह कैसे जाना?"

"उससे—उससे एक बार मैंने थोड़े से शब्दों में मुहब्बत का इज़हार किया, लेकिन उसने मुझे…"

"तुम्हें भरोसेमंद न समझा।"

"जी, हाँ—बड़ी बेरुखी बरती।"

सलीम के पिता ने अपने गंजे सिर को थोड़ी देर के लिए खुजलाया और कहा, "तो फिर यह रिश्ता नहीं होना चाहिए। मैं तुम्हारी माँ से कहता हूँ कि वह लड़की वालों से कह दे कि लड़का रज़ामंद नहीं।"

सलीम एकदम भावुक हो गया, "नहीं, अब्बाजान—ऐसा न कीजिएगा। शादी हो जाए तो सब ठीक हो जाएगा। मैं उससे मुहब्बत करता हूँ, और किसी की मुहब्बत बेकार नहीं जाती। लेकिन आप उन लोगों को—मेरा मतलब है सीमा को यह पता न लगने दें कि उसका ब्याह मुझसे हो रहा है, जिसके प्रति वह बेरुखी और लापरवाही प्रगट कर चुकी है।"

उसके बाप ने अपने गंजे सिर पर हाथ फेरा, "मैं इसके बारे में सोचूँगा।"

यह कहकर वह चले गए कि उन्हें एक ठेकेदार से रिश्वत वसूल करनी थी, अपने बेटे की शादी के खर्चों के सिलसिले में।

शहज़ादा सलीम जब रात को पलँग पर सोने के लिए लेटा तो उसे अनार की कलियाँ ही कलियाँ नज़र आईं। सारी रात वह इनके ख्वाब देखता रहा।

घोड़े पर सवार बाग़ में आया है—शाहाना लिबास पहने। घोड़े से उतरकर बाग़ की एक रविश पर जा रहा है। क्या देखता है कि सीमा अनार के बूटे की सबसे ऊँची शाख से एक नई कली तोड़ने की कोशिश कर रही है। उसकी भारी-भरकम किताबें ज़मीन पर बिखरी पड़ी हैं। ज़ुल्फें उलझीं हुई हैं और वह उचक-उचककर उस शाख तक अपना हाथ पहुँचाने की कोशिश कर रही है। मगर हर बार नाकाम रहती है।

वह उसकी तरफ बढ़ा। अनार की झाड़ी के पीछे छुपकर उसने उस शाख को पकड़ा और झुका दिया। सीमा ने वह कली तोड़ ली जिसके लिए वह इतनी कोशिश कर रही थी, लेकिन फौरन उसे इस बात का अहसास हुआ कि वह शाख कैसे झुक गई।

वह अभी यह सोच ही रही थी कि शहज़ादा सलीम उसके पास पहुँच गया। सीमा घबरा गई। लेकिन सँभलकर उसने अपनी किताबें उठाईं और बगल में दबा लीं। अनारकली अपने जूड़े में खोंस ली और ये खुश्क शब्द कहकर वहाँ से चली गई, "आपकी इमदाद की मुझे कोई ज़रूरत नहीं थी, बहरहाल शुक्रिया अदा किए देती हूँ।"

तमाम रात वह इसी किस्म के ख्वाब देखता रहा—सीमा, उसकी भारी-भरकम किताबें, अनार की कलियाँ और शादी की धूमधाम।

शादी हो गई। शहज़ादा सलीम ने इस अवसर पर अपनी अनारकली की एक झलक भी नहीं देख पाई थी। वह उस लम्हे के लिए तड़प रहा था जब सीमा उसके आगोश में होगी। वह उससे इतना प्यार करेगा कि वह तंग आकर रोना शुरू कर देगी।

सलीम को रोने वाली लड़कियाँ बहुत पसंद थीं। उसका यह फलसफा था कि औरत जब रो रही हो तो बहुत हसीन हो जाती है। उसके आँसू शबनम के क़तरों की तरह होते हैं, जो मर्द की भावनाओं के फूलों पर टपकती हैं तो उनसे उसे ऐसी राहत, ऐसा संतोष मिलता है जो और किसी वक़्त नसीब नहीं हो सकता।

रात के दस बजे दुल्हन को सुहागरात के कमरे में दाखिल कर दिया गया। सलीम को भी इजाज़त मिल गई कि वह उस कमरे में जा सकता है। लड़कियों की छेड़-छाड़ और रीति-रिवाज सब खत्म हो गए तो वह कमरे के अंदर दाखिल हुआ।

फूलों से सजी हुई सेज पर दुल्हन घूँघट काढ़े रेशम की गठरी-सी बनी बैठी थी। शहज़ादा सलीम ने खास इंतज़ाम किया था कि फूल अनार की कलियाँ हों। वह धड़कते हुए दिल के साथ सेज की तरफ बढ़ा और दुल्हन के पास बैठ गया।

काफी देर तक वह अपनी बीवी से कोई बात न कर सका। उसको ऐसा महसूस होता था कि उसकी बगल में किताबें होंगी जिनको वह उठाने नहीं देगी। आखिर उसने बड़ी हिम्मत से काम लिया और उससे कहा, "सीमा…"

यह नाम लेते ही उसकी जबान खुश्क हो गई। लेकिन उसने फिर हिम्मत बटोरी और अपनी दुल्हन के चेहरे से घूँघट उठा दिया, और भौंचक्का रह गया।—यह सीमा नहीं थी, कोई और ही लड़की थी। अनार की सारी कलियाँ, उसको ऐसा महसूस हुआ, मुर्झा गई हैं।

(1 जून, 1954)